CANTO DE MURO

LUÍS DA CÂMARA CASCUDO

CANTO DE MURO

São Paulo
2006

© Anna Maria Cascudo Barreto e
Fernando Luís da Câmara Cascudo, 2001

4ª EDIÇÃO, GLOBAL EDITORA, 2006

Diretor Editorial
JEFFERSON L. ALVES

Gerente de Produção
FLÁVIO SAMUEL

Assistente Editorial
ANA CRISTINA TEIXEIRA

Revisão
ANA CRISTINA TEIXEIRA
ANTONIO ORZARI

Foto de Capa
ERICA COLLINS/ZEFA/CORBIS

Capa
EDUARDO OKUNO

Editoração Eletrônica
ANTONIO SILVIO LOPES

Dados Internacionais de Catalogação na Publicação (CIP)
(Câmara Brasileira do Livro, SP, Brasil)

Cascudo, Luís da Câmara, 1898-1986.
 Canto de muro/Luís da Câmara Cascudo. – 4. ed. – São Paulo : Global, 2006.

 ISBN 85-260-1070-0

 1. Folclore – Literatura infanto-juvenil I. Título.

06-3071   CDD–028.5

Índices para catálogo sistemático:

1. Folclore brasileiro : Literatura infantil   028.5
2. Folclore brasileiro : Literatura infanto-juvenil   028.5

Direitos Reservados

GLOBAL EDITORA E DISTRIBUIDORA LTDA.
Rua Pirapitingüi, 111 – Liberdade
CEP 01508-020 – São Paulo – SP
Tel.: (11) 3277-7999 – Fax: (11) 3277-8141
E.mail: global@globaleditora.com.br
www.globaleditora.com.br

Colabore com a produção científica e cultural.
Proibida a reprodução total ou parcial desta obra
sem a autorização do editor.

Nº DE CATÁLOGO: **2731**

Sobre a reedição de Canto de Muro

A reedição da obra de Câmara Cascudo tem sido um privilégio e um grande desafio para a equipe da Global Editora. A começar pelo nome do autor. Com a anuência da família, foram acrescidos os acentos em Luís e em Câmara, por razões de normatização bibliográfica, permanecendo sem acento no corpo do texto quando o autor cita publicações de sua obra.

O autor usava forma peculiar de registrar fontes. Como não seria adequado utilizar critérios mais recentes de referenciação, optamos por respeitar a forma da última edição em vida do autor. Nas notas foram corrigidos apenas erros de digitação, já que não existem originais da obra.

Mas, acima de detalhes de edição, nossa alegria é compartilhar essas "conversas" cheias de erudição e sabor.

Os editores

Sumário

Canto de muro e seus moradores	13
Caça noturna	19
O mundo de Quiró	28
Proezas de Gô	40
O bacurau-mede-légua	49
A estória de Vênia	54
Três personagens à procura de autor	63
Titius bate-se em duelo	74
O canário da goiabeira	83
Romance de coruja	91
Triste fim de Raca	99
De como Licosa perdeu uma pata e o mais que sucedeu	109
Gesta de grilo	120
Simples vida da cobrinha-de-coral	129
Xexéus latinistas e as tapiucabas	134
Lavadeira e bem-te-vi	141
Reino de Ata	147
Fu ou o mistério da simpatia	170
Canção da vida breve	179
De re aliena	185
Irmã Água	194
KA ou a inutilidade virtuosa	202
A raposa e o avião	210
Namoro de pombos	214
Depoimento	217

A Dáhlia,
Fernando Luís
e Anna Maria,
meus amores.

Valeu a pena? Tudo vale a pena
Se a alma não é pequena.

Fernando Pessoa

Il ne faut jamais dire aux gens:
"Écoutez un bon moi, oyez une merveille."
Savez-vous si les écoutants
En feront une estime à votre pareille?

La Fontaine

L'auter, vêtu modestement et courbé, présentat sa pièce au lecteur.

(Beaumarchais: *Lettre Modérée sur
la chute et la critique du Barbier de Séville,
1775.)*

Quase todos os episódios contidos neste romance de costumes foram observados diretamente e qualquer semelhança não é mera coincidência.

Se alguns dos meus personagens, fixados na liberdade de todas as horas do dia e da noite, portaram-se aqui diferentemente do que fizeram nos laboratórios científicos, nas horas de experimentação grave, a culpa pertence a eles pela duplicidade cínica de atitudes e sonegação a um depoimento legítimo de verdade, diante de pessoas sérias e de boa reputação social.

Por mim foram vistos sem que soubessem que estavam sendo motivos de futura exploração letrada. Não tiveram tempo para disfarce e transformação parcial ou total nos hábitos diurnos e noturnos.

Afirmo que este é um livro de boa-fé, como escrevia o Senhor de Montaigne, e certifico haver simplesmente anotado cenas de conjunto e atos individuais em pura essência verídica.

Foram eles os originais aos quais me reporto e dou fé.

Natal, dezembro de 1957.

Luís da Câmara Cascudo

Canto de muro e seus moradores

> Irmãos, volvamos para a Natureza!
> Civilizados, para trás! Voltemos...
>
> Humberto de Campos

*T*repadeiras listam de verde úmido o velho muro cinzento, abrindo nos pequeninos cachos vermelhos e brancos uma leve alegria visual. Esta trepadeira é chamada Romeu e Julieta porque no mesmo molho estão as flores de duas cores, confusas e juntas. Uma outra, de folhas miúdas, sustenta campânulas minúsculas e rubras que abrem as bocas escarlates para os besouros escuros, redondos e sonoros.

No canto de muro, tijolos quebrados, cobertos pelos cacos de telha ruiva, aprumam-se numa breve pirâmide de que restos de papel, pano e palha disfarçam as entradas negras da habitação coletiva desde o térreo, domínio dual de Titius, o escorpião, e de Licosa, aranha orgulhosa, até o último andar onde mora um grilo solitário e tenor.

Perto há, tão curvo quanto o pescoço de um cisne, um cano de onde pende enferrujada torneira. Duas vezes por dia escorre, lento e claro, um fio de água trêmula e cintilante na sua cantiga rápida no tanque raso de bordas o nível do chão. Uma folha sempre verde passeia devagar na face arrepiada, e Dica, a aranha-d'água, corre pela superfície de prata sem molhar as seis patas finíssimas.

Na margem há duas pedras, dois tijolos sujos debaixo dos quais reside um sapo negro e ouro, orgulhoso, atrevido e covarde na classe musical dos barítonos. Chama-se Fu.

Água do tanque sobe duas vezes cada dia, vagarosa, sacudida pelos círculos concêntricos que sustentam a existência do reservatório, bebedouro do bem-te-vi, lavadeira de casaca preta, xexéus do bairro residencial próprio e permite o abastecimento regular de aves no tipo das vizinhas toleradas e dos visitantes dispensáveis e teimosos.

No meio do quintal, a mangueira estende a galharia robusta, derramando sombra e agasalho. É uma árvore bem velha, alta e copada, mas de frutos azedos e reduzidos. Aquela imponência ornamental basta para justificar a presença poderosa. Os frutos carecem de importância para ela. Não deseja reproduzir a dinastia de porte lindo ou demasiado confia na solidariedade famélica dos pássaros e dos morcegos. Bem no centro há um oco, janelão ogival, que é a porta nobre de Sofia, a coruja noturna, misteriosa e venerada.

Há do lado um sapotizeiro denso e baixo onde ainda resiste ao redor do tronco um círculo carcomido de folha-de-flandres, posto ali há muitos anos, impedindo as subidas vorazes de Musi, proprietária de uma família de ratos insaciáveis.

Depois do sapotizeiro, há uma goiabeira esquelética e que teima, como fêmea obstinada na fecundação, em cobrir-se de goiabas amarelas de polpa rubra e doce.

No fim, hirto, senhorial, importante, o mamoeiro sacode o estirado caule bem alto, com uma coroa de folhas imóveis, guardando o bando de mamões compridos e desejados pela lonjura.

Mamoeiro, sapotizeiro e goiabeira estão registrados nos livros graves como *Carica papaya,* L., mas o fruto lembrando uma grande mama conservou o aumentativo. *Achras sapota,* L., e *Psidium guayava,* Raddi, fecham a relação sisuda e definitiva.

Ao pé do sapotizeiro há um montezinho de pedras e aí instalou seu escritório o cavalo-do-cão que ainda não tomou conhecimento de pertencer aos *Himenópteros pompilídeos,* raça guerreira e milenar.

De três galhos da mangueira, os mais distantes do solo, justamente na extremidade, penduram-se as bolsas cinzento-claras dos ninhos dos xexéus, guardados em posição alcoviteira, constante e tenaz por um regimento de tapiucabas, vassalas espontâneas e dedicadas até o sacrifício individual.

Nas brechas do muro que as trepadeiras enfeitam e remoçam cada manhã e tarde vivem as lagartixas, chefiadas por Vênia, anciã gorda e vagarosa, de couro áspero, lixento e rugoso. As lagartixas são muito bem educadas e balançam as cabecinhas triangulares concordando com tudo.

No ramo mais grosso do sapotizeiro há uma casa redonda e chata, defendida pela fama agressiva de seus moradores para as circunjacências habitadas. É o concílio do marimbondo-caboclo, rei dos marimbondos-chapéu, por causa da forma residencial. Invencíveis, são o melhor agrupamento de combate, caça e patrulha das redondezas.

Junto à pirâmide está uma telha intacta e semi-enterrada, custodiando a família inteira da rainha Blata com sua corte de baratas avermelhadas e profissionalmente famintas.

Próximo às árvores ergue-se o que resta da antiga cozinha. Dos portais apodrecidos caiu a porta inferior, coberta de caliça e monturo. Uma ponta em elevação permite torná-la abrigo e aí, vez por outra, veraneia Raca, a jararaca temida, *Bothrops jararaca,* vinda dos arredores, entrando pela brecha do muro num espreguiçamento indolente, reluzindo suas escamas verde-oliva onde as manchas escuras e triangulares, orladas de amarelo baço, vestem-na de certo luxo. Permanece alguns dias descansando e vigiando a família de Musi que se aboletou no frio e abandonado fogão de chapa, podendo criar os frutos dos amores sucessivos com relativa segurança e possível fartura. Brinco, o gato, aparece por fruta naquela região. Raca sabe desta simpatia de Musi e procura a cozinha como a um farnel de reserva. Musi naturalmente desenvolve técnicas defensivas para livrar a espécie do paladar de Raca.

Do teto negro de fuligem, inúteis teias de aranha decoram como festões, penduram-se durante o dia, dormindo, a falange dos morcegos de Quiró, enrolados nas asas membranosas, com a mania do sono de cabeça para baixo, conforme recomendação dos especialistas quirópteros. Tanto Sofia como Raca são apaixonadas apreciadoras da carne tenra dos morcegos que não se resolvem a ser fornecedores passivos e dóceis desta iguaria difícil.

Esta é a multidão regular e permanente da terra silenciosa que o canto de muro denomina.

Há, naturalmente, outras multidões flutuantes de adventícios, visitantes, turistas aproveitadores da sazão das frutas, miriápodes, planárias quase imóveis, deixando brilhante rastro de baba viscosa, bando de aves atrevidas, ondas rumorejantes de besouros de todas as cores e feitios. Há fregueses matutinos e vespertinos que visitam as flores pacientes na espera indispensável à propagação.

Como um clarão policolor, iluminando a penumbra das trepadeiras humildes, o beija-flor paira no ar, asas invisíveis pela miraculosa vibração que o sustém como a um deus mantido pela própria essência propulsora contra a lei da gravidade, vencedor do peso e da velocidade, mergulhando o fino e longo bico nas corolas e desaparecendo como um pequenino fantasma rutilante.

Também estão presentes as aranhas incontáveis, as formigas negras e as saúvas vitoriosas. Ao escurecer, os vaga-lumes desenham hieróglifos de luz azul e fria.

O fio de água canta no tanque desencalhando a folha verde que voga em círculos. Dica inspeciona numa viagem impetuosa os limites de sua jurisdição. A nódoa da umidade avança na areia enegrecida e fofa detendo-se, conforme prévio ajuste entre as altas partes contratantes, na orla do pequeno formigueiro das "negras" que não podem aspirar à importância administrativa das saúvas mas têm direito à vida e à perpetuidade. Xexéus, bem-te-vis, lavadeiras vêm molhar o bico. Dão carreiras esportivas com bruscas paradas, experimentando os freios naturais, rodando em vôos perigosamente baixos à borda cimentada, pousando numa suprema elegância como se fossem aplaudidos pelas galerias repletas de admiradores. Vez e vez o vôo inesperado e ponteiro abate um inseto confiado. Regressam ainda deglutindo. O bem-te-vi demora as abluções e os passeios não têm a alegria muscular das lavadeiras que mantêm o protocolo, vestindo casaca negra sobre o imaculado branco do peito e das perninhas ágeis.

Numa e noutra ocasião acontece vir beber o canário amarelo, pequeno e vivo como uma bola de ouro, o sabiá cinzento de bico negro, o concliz esplendoroso, sangue e ébano, como um Grande de Espanha, deslumbrante.

Os xexéus possuem três ninhos e julgam propriedade quanto seus olhos alcancem mas não dirão o pensamento em canto alto temendo a contrariedade do bem-te-vi, tão bonito quanto arrebatado e brigão.

As flores das trepadeiras atraem besouros maravilhosos, de bronze dourado, raiados de vermelho, brilhantes de um negro palpitante, róseos, amarelos, com todas as gradações do arco-íris. E vespas fulminantes, zumbindo como se anunciassem a hierarquia que está honrando o canto de muro com sua presença augustal, deixando quase um rastro de cintilações no aéreo caminho percorrido.

Tardinha, quando os pássaros e as aves bebem ou se invertem ao derredor do tanque, sente-se o respeito interior, inveja e veneração, das outras espécies sem asas e sem cantos, sem aquelas plumagens, sem aqueles élitros vistosos, derramando seduções para os dois olhos de Vênia e os oito das aranhas.

Junto ao mamoeiro escancara-se a porta de um reino de Ata com saídas de emergência noutros pontos. Possivelmente a sede é no lado do muro e apenas aqui estão as aberturas dos canais de acesso para o domínio subterrâneo. De todas as espécies é a única que não goza das licenças legais e férias remuneradas. Não há leis de trabalho regulando o esforço perpétuo das saúvas, vassalas de Ata. Qualquer hora o sol tem reparado na linha processional e lépida das formigas vermelhas carregando pétalas, folhas verdes, vermes, insetos inteiros ou despedaçados, mortos ou ainda vivos, debatendo-se no alto do grupo que os leva, palpitante, para o fundo da terra, numa inútil e derradeira batalha.

Mesmo à noite as estrelas deram fé da missão noturna das saúvas. Continuam trabalhando. Dizem que é medo do inverno mas aqui não há inverno justificador de tanta dedicação esfomeada. Têm o instinto da luta vital ou cumprem, como as danaides, penitência sem fim.

Também as borboletas esvoaçam, espalhando a sedução da cor e graça dos gestos delicados. E os gafanhotos escuros ou verdes, a esperança, um locustídeo que tendo a boca esverdeada dá felicidade e a tendo negra é anúncio de azar, surge aos saltos ou vôo raseiro.

Uma visita dispensável é a do põe-mesa, piedoso louva-a-deus, o mais feroz animal da criação, erguendo as patinhas hipócritas para um arremedo de oração sempre interrompida pelo assalto e pela agressão irresistível. Licosa é a única que abandona sua sesta tardia e vem, mansa e sutil, no rastro do louva-a-deus, julgando-o indispensável como aperitivo fórmico para o jantar. O põe-mesa pressente-a e abre as lindas asas, suspendendo-se num arranco ciciante para outra paragem mais tranqüila.

Agora o sol se põe e Vênia recolhe o seu povo às gretas do muro acolhedor. As aves subiram para os ninhos e apenas o bem-te-vi e alguma lavadeira retardatária apressam o regresso aos saltos diagonais. Titius aparece um instante à porta da mansão, com as pinças cruzadas e o anzol da cauda erguido em popa de gôndola, inspecionando o campo da futura expedição. Os xexéus terminam seu canto sincopado, imitando a declinação do *qui-quae-quod*. As tapiucabas voltavam aos quartéis. Licosa anda, rápida, ao redor do edifício, preparando-se para a caçada perigosa e noturna. Já se ouve o guincho agudo e repetido dos morcegos que despertaram. Na treva hesitante, que a folhagem da mangueira adensa e aveluda, brilham os olhos de esmeralda de Sofia.

O chiado confuso de Musi anuncia apetite em toda a tribo alertada. As estrelas estão se acendendo na altura do céu escuro.

A cigarra da mangueira estridulou longamente seu aviso amoroso às fêmeas longínquas no *zio-zio-zio* excitador.

Do cimo da pirâmide de tijolos subiu a cantiga alta e viva do grilo tenor, anunciando a presença do seu desejo, canto ansioso de chamamento à noiva, distante e surda. Espalhava o convite insistente e anônimo do amor obscuro, impaciente e fiel. Detinha-se num compasso de espera como aguardando a réplica que tardava. Depois retomava, incansável, a fricção raivosa dos élitros, dando um frêmito angustiado que parecia ressoar nas coisas mudas e tranqüilas que o rodeavam.

Sobem agora rumores imprecisos, cantigas distantes, diluídas e vagas na difusa musicalidade do anoitecer. É o quiriri, a voz esparsa que enche a treva, música sem nome e sem contorno das horas sem sol.

Do cimo da mangueira um corpo mergulha em queda quase perpendicular. Som forte de asas que se abrem como pano rompido e uma breve sombra passa nodoando a face imóvel do tanque. Sofia saiu para caçar...

O grilo retomou seu cântico nupcial estridente, desafiante, sacudindo a solidão povoada de notas indecisas e de quietações momentâneas. Parecia sozinho resumir o amor coletivo dos seres que se batiam naquele momento pela conservação da vida e da espécie.

O esquadrão dos morcegos num vôo baixo obliquou pelo sapotizeiro e, guiado pelas ondas sonoras que feriam o radar personalíssimo, desapareceu no escuro.

O sapo do tanque deixou os tijolos e desenvolveu um bailado de pulos. Parava para coaxar, rouco, rascante, rachado. Uma estrela ficou olhando a lâmina de água quieta.

O grilo cantou mais alto.

A noite começava...

CAÇADA NOTURNA

Night has a thousand eyes...

Toda a gente sabe que a plumagem das corujas é macia e mole e por isso o seu vôo é silencioso. Inexplicavelmente, as penas reais de Sofia são rijas e o seu vôo perfeitamente audível, percebendo-se o rangido, o atrito das asas fortes, denunciando aproximação da caçadora.

Sofia é uma coruja no esplendor da força, quatro anos de experiência de golpes e recursos individuais. Sabe calcular os terrenos onde a caça passará porque sendo de boa raça preadora não come carne morta. Precisa de bicho vivo, palpitante de sangue, estrebuchante sob suas garras que o imobilizam para fácil alvo às bicadas, golpeantes e certeiras.

Sobrevoou o quintal vizinho, reconhecido pelo perfil do moinho de vento quebrado. Depois há o pomar que o esquadrão de Quirá elegeu para o assalto. Voou manso até o último cajueiro e pousou, leve, no galho sombrio. Abriu a frincha das pupilas telescópicas, absorvendo a luz difusa, identificando o local em todas as minudências.

Da terra úmida pelo orvalho evaporado subia o murmúrio confuso de todas as vozes surdas dos animais em batalha pela vida, rastejando, escorregando, pateando no nível do solo. Das árvores derramava-se o rumor vivo de asas, pios, bufidos, estalidos, apelos, réplicas, guinchos de aviso, de informação, pedidos de auxílio e de socorro. Nos ares, as sombras rápidas perpassavam, continuando a mútua perseguição, lutando pela sobrevivência – o amor e o alimento –, vitais ambos.

Os morcegos foram descobertos pelo ruído de guizo ao longe. E também pela virada curva para descer, pertinho dos frutos escuros, e ali ficar, parados, sugando a polpa depois de abrir, com impecável roedura, o sulco reçumador do sumo adocicado.

Somente nos momentos da chegada, quando Quiró fletisse a asa, quase dobrando-a para baixar, é que seria possível um golpe fulminante.

O segundo esquadrão apareceu em seguida e durante um minuto as curvas ganharam maior amplitude. Evitavam possivelmente as urtigas trepadeiras que cobriam alguns arbustos vizinhos ao sapotizal. A urtiga é para as asas membranosas dos morcegos uma bateria de fogo antiaéreo de eficiência mortal.

Quiró roçou o galho onde Sofia o espreitava, imóvel. Rápida, a coruja lançou-se no vôo de caça, cortando o círculo descrito pelo morcego. Contava encontrá-lo no ar num esbarro funesto.

Quiró empregou a velha técnica escapatória. Semifechando as asas caiu na vertical, em curva descendente que mais seria espiral. A prontidão da manobra não permitiu a Sofia acompanhá-lo naquela solução imprevista. Estendeu ainda mais as asas, pairando, em escuta, perscrutando o paradeiro de Quiró. O morcego subia em ziguezagues, curvas fechadas, rumo ao sapotizal próximo. Sofia arremessou-se como uma pedrada, batendo forte as asas três e quatro vezes, paralela a Quiró. Calculando que este passaria justamente na linha inferior à sua trajetória, fechou-as e deixou-se cair, numa vertical atrevida. Quiró, não podendo repetir a descida, mergulhou num parafuso, uma das asas quase cerrada e assim, num vôo e queda, furou a sombra dos sapotizeiros onde Sofia não podia fixá-lo nem persegui-lo. Restou à coruja sacudir as asas moles e reganhar o cajueiro, resignada e faminta.

Só então enxergou, arrastando uma sapota marrom, o velho Gô, guabiru de um palmo avantajado, lerdo, cínico, ladrão de todas as coisas comíveis. A luz esmaecida das estrelas projetava na pista de areia a sombra robusta e negra do grande rato feroz, aferrado ao jantar que disputara a Quiró, insaciável e chiante, autoconvencido de ser proprietário do sapotizal. A rixa entre ratos e corujas vem de longe e as duas partes mantêm a animosidade em estado latente e mesmo funcional. La Fontaine contou o caso dos *souris* e do *chat-huant*. A luta prossegue com os morcegos porque são *chauve-souris* e a coruja continua, mesmo em português, um *chat-huant*. Assim, ratos e gatos, morcegos e corujas representam intrigas implacáveis mesmo quando as asas intervêm para torná-las supremas e cruéis.

Sofia precipitou-se sem perder a majestade da compostura clássica. Desceu quase em cima de Gô que apenas lançou um guincho agudo e breve ao sentir as patas aduncas fincarem-se-lhe no dorso peludo, arrancando-o do solo e erguendo-o, balançado na rapidez do regresso. Tentou voltar o focinho longo e usar os dentes de serra, mordendo as unhas de Sofia. Mas esta bicou-o forte no pescoço e Gô percebeu ter chegado ao fim das aventuras terrenas. Não desanimou porque sabia que a coruja não dilacera a presa no ar e precisa pousar para saciar-se, sabiamente. Gô recorreu ao remédio velho de fazer-se mais pesado e sacudir-se violentamente, agitando as patas e guinchando alto. A sombra do cajueiro avançava e Sofia não bicorou o guabiru como devia, adormecendo-lhe a resistência mas sem matá-lo, porque notou Suinara, a coruja de igreja, rangindo as clavículas em sua direção. O brilho verde dos olhos fosforescentes pregoava sua fome e ânsia da batalha pela posse de Gô. Ia bater-se e depois reapanhar o guabiru ferido que deixaria cair no capinzal. Preferiu descer e o fez logo. Suinara, arrastada pelo ímpeto, passou adiante, com um pio de decepção. Mas descreveu uma curva fechada e voltou procurando Sofia, tentando feri-la no encontro da asa direita. Sofia então largou Gô e reagiu abrindo o bico e soltando o piado rouco, anúncio de ódio total. Acertou Suinara no peito acolchoado e duas penas voaram, além da terceira que ficou na curva do bico de Sofia. Suinara, perdido o botim, desinteressou-se pelo duelo sem prêmio. Largou um bufo estertórico e baixou para caçar a ratazana cobiçada. Sofia chegou primeiro ao chão e andou, com seu passo oscilante e pendular de marinheiro, preferindo os arredores, abrindo os grandes olhos luminosos. Suinara não mais disputou a presa mas partiu perseguindo Quiró retardatário.

Gô desaparecera definitivamente e Sofia retomou o vôo para a caçada noturna. Não passou fome porque um Quiró caiu-lhe nas garras e bico antes que atingisse o cajueiro. Pôde então cear, desfazendo o morcego das asas tépidas, arrancando-lhe a carne vermelha do tórax e da barriga, triturando os ossos delicados com vagar e sabor. Apanhou o segundo quase em seguida porque este aventurou-se, tentando encurtar caminho para o sapotizal, a atravessar a copa do cajueiro onde a coruja iniciava a digestão tranqüila. Pode juntar à lista um rato-do-campo, um hesperórnis de rabo comprido e fuça curtinha, enfeitada de espalhada bigodeira. Respeitou-lhe a cabeça naturalmente para não prejudicar a identificação ulterior. Do cajueiro acolhedor voou, pesada e serena, para a parede da casa-grande arruinada. Perseguiu inutilmente outro rato-do-campo, que fugiu, dando guinchos como ensinando a pista ao adversário desnorteado.

Mas estas coisas levam tempo para realizar-se. O vento manso da noite esfriara e as estrelas luziam palpitantes, ouvindo os galos que despediam as almas do outro mundo com a clarinada irresistível. Precisou limpar-se devagar no peito e nas ombreiras, passando o cuidadoso bico para expulsar os fragmentos da refeição.

Gô estava justamente dentro duma moita de capim barba-de-bode, junto ao muro da casa-grande. Viu perfeitamente o vôo de Sofia e a manobra frustrada para conquistar o rato-do-campo, fujão e feliz. Só o pescoço o incomodaria porque Gô não faz confidência sobre a extensão do seu amor-próprio ferido. Certo é que não mais sangrava o vestígio das garras de Sofia e apenas o pêlo mostrava, arrepiado, falho, com sangue seco, a força da coruja e a ventura do guabiru alforriado da morte.

Andou lento-lento, de touça em touça, farejando inquieto, arrastando a cauda com precaução e temor. Veio vindo, teimoso, escondendo-se, demorando-se nas sombras mais espessas, achatando-se quando ouvia o ranger dos remígios das grandes aves de presa; ficando imóvel como se posasse para um friso, esperando, paciente, que o silêncio voltasse; inflexível no rumo embora com duzentas voltas, reviravoltas, rodeios, atalhos, corridinhas nervosas, passos retardados de acompanhar andor, marchas retas, oblíquas, em diagonal ou perpendicular ao eixo da estrada, em labirinto, indo como se deliberasse chegar em primeiro lugar numa disputa olímpica, desinteressado e lerdo mas sem deixar de mover-se no mesmo quadrante sul, com uma obstinação heróica de persistir ao encontro dos possíveis inimigos, incapaz de renunciar o destino da missão misteriosa e terrível que o impelia para os lugares cruéis do seu principiado suplício. Vencedor do medo e a defesa pessoal, Gô andou perto do cajueiro, noite adentro, até encontrar a sapota bem grande e sumarenta que arrastava quando Sofia o atacou. Segurou-a nos dentes e foi embora, feliz.

Licosa é que estava de mau humor por causa do grilo tenor. Aquele canto persistente fornecia à caranguejeira a coordenada geográfica do ortóptero saltador. Lançou as oito pernas peludas e macias guiadas pelos palpos adejantes no rumo do grilo cantador. Era apenas subir para o estrado dos últimos tijolos, quase na telha final. Licosa ascendeu, silenciosa, menos guiada pelo som que tão pouco entende do que pela visão confusa do animal, destacado no topo do castelo tijoleiro. Mas precisou fazer uma volta prudente, evitando Titius que andava caçando também e aceitaria uma batalha rápida entre tenazes e quelíceras inexoráveis, para pôr-se em forma combativa. O pior é que o grilo pressentiu-a e continuou no desafio como se Licosa não existisse. Emitiu algumas notas altas e de efeito e depois dobrou as patas dianteiras, curvando as traseiras no dobro do tamanho e, bruscamente, atirou-se para cima como se o projetasse uma catapulta. Foi cair dez metros adiante, no chão, depois do tanque, de onde repetiu a façanha atlética até a calçada da cozinha abandonada. Aí sacudiu o canto, acordando quem dormia e exasperando Licosa que encontrara apenas o canto limpo onde o grilo estivera. Virou-se, quadrada e mecânica como um carro de guerra, e reiniciou a descida pelo outro lado. Só então deparou com uma barata grossa, abaulada e vagarosa, de asas duras que lhe forneceu a contragosto o primeiro alimento da noite. A filha de Blata sumiu envolvida nas suas patas felpudas e cruéis. Um gafanhoto verde-lodo, fino mas gostoso, serviu-lhe de sobremesa. Ergueu, rápida, as patas dianteiras, agitando as antenas como antecipando o embate. Recuou, dando caminho e pista à Raca que passou, ondulante, sinistra, para cumprir missão que só ela sabia onde se encontrava.

Titius tivera a ventura inesperada de deparar com uma coluna de baratas que sugavam um resto de mamão podre. Segurou duas com as pinças e pode repetir o prato porque as baratas, fujonas do primeiro medo, voltaram, tranqüilas, à degustação da fruta tão cara para elas.

O sapo ouro e negro jantara uma colônia de mosquitos que festejavam o descobrimento do tanque, novidade para eles. Não apreciou totalmente o repasto porque deglutiu um besouro escuro e esse ferrou-o na língua grossa, obrigando-o a restituí-lo, úmido e pegajento, à vida terrena. O besouro enxugava-se quando Titius apareceu e incluiu-o no seu cardápio.

O grilo silenciava, roendo madeira velha, molhada de orvalho e oferecendo-se à sobremesa das semente verdes e talos tenros. Não conseguiu avistar-se com a namorada nem havia tempo útil para procurá-la além do canto de muro. Com dois saltos magistrais voltou para perto de casa mas entreteve-se saboreando uma vergôntea de melão-bravo.

Bidu, o galo vizinho, anunciava a madrugada pela segunda vez. Titius voltou para seu apartamento, encolhendo as patas, dobrando as pinças, tranqüilo para o resto das horas lentas.

Cumprindo instruções milenárias, as servas de Ata carregavam as sobras dos banquetes, os talos verdes, os brotos úmidos, seguindo em fila a um de fundo, disciplinadas, mergulhando na bocarra do formigueiro materno, levando os despojos que haviam custado os combates alheios e os riscos dos outros animais. Era como uma porcentagem devida ao trabalho eterno daquelas obreiras inúteis no egoísmo de um esforço votado ao próprio e único benefício. Nem qualquer outro animal aproveitaria o resto que as saúvas transportavam para o seu mundo escuro e sedutor. Durante toda a noite, a tarefa continuou sem pausa como um abastecimento indispensável de navio para viagem sem fim.

Raca só voltou mais tarde, saciada de ratos novos. Acabara com um ninho inteiro, enrodilhado e confuso dentro dum agasalho de jornais rasgados, junto à parede da cozinha. Devia ser ninhada de parentes de Musi, hóspedes confiados nos gabos da tranqüilidade do refúgio. Os moradores sabiam da presença de Raca naquele verão e nenhum tentaria dormir ao alcance de sua fome. Inexperiência da mocidade ratoína.

O sapo negro e ouro ficou olhando os pirilampos mas não conseguiu prestar sua homenagem imediata a nenhum deles. Passaram riscando a luz azul e breve sem deter-se. Ainda faiscaram na mangueira escura e depois seguiram, lampejantes, para o rumo longe. Dizem que Tim, o lagarto verde, calango vagabundo ora visitante, detivera um deles para sempre, incorporando-o ao seu todo. Tim estava arranchado no muro, lá em cima, justamente onde os pirilampos demoraram uns instantes antes de voltar à sua base. Mas os pirilampos souberam depois da morte de Tim nas garras de Sofia, numa noite de lua cheia, clareando esconderijos como um farol indiscreto. Nesta mesma noite Licosa perdeu uma pata e Titius bateu-se em duelo. Mas isto é outra história...

Nem todos os insetos e animais vários caçam a noite inteira. Têm sua tabela de persistência e horário profissional de rendimento. Depois de certo período, os lances perdem impetuosidade e os cálculos falham em proporção alarmante. Caem em curva de fadiga. Sofia irá até madrugada alta mas Suinara depois de tentativas perseguirá o gostoso inimigo partindo do seu pouso no alto da torre de igreja ou oco de pau mais próximo das ruas, vendo de longe as luzes porque é uma coruja social e não tanto meditativa como Sofia, saudosa da deusa dos olhos verdes.

Titius e Licosa recolhem-se quando a noite esfria. Os vaga-lumes apagam a iluminação errante nas primeiras horas do escurão.

O pessoal de Ata, Gô, o malandro, Quiró, o sutil, as aranhas andejas que vão procurando caça e não são proprietárias de teias em cantos certos, morando em gretas perto do chão, debaixo da pirâmide ou nas vizinhanças do cavalo-do-cão, labutam até o primeiro listrão do amanhecer. Brinco, o gato, e Raca, abandonam o terreno bem antes do crepúsculo matutino. A prole e parentesco de Musi perseveram o mais possível.

Uma outra multidão batalha até o sol empurrar as nuvens derradeiras da treva. Parece mas não é o mesmo bando predador. Besouros, centopéias, lacraus, baratas escuras e obstinadas, grilos puladores, os reprovados percevejos – o verde que tem os ombros em ponta de alfinete e o moreno de dorso abaulado – ambos de irradiante emanação repugnante, aranhiços de pernas enormes que correm silenciosos como plumas e enrolam as presas em fios, segurando a vítima com as patas dianteiras e puxando os cordéis imponderáveis e resistentes, com as traseiras; as que vêm vagarosas como horas tristes, fazendo aproximação com o cuidado de quem não pode perder o golpe e se precipitam de salto, imitando na escala liliputiana o tigre-real-de-bengala ou a pantera-negra-de-java; os que lutam lealmente opondo força à força, afrontando os riscos da furiosa defesa; os milenarmente civilizados que injetam inércia no corpo do adversário, levando-o, como quem conduz amigo para festa, ao recanto onde o devorará; as turmas de insetos miúdos que furam os caules tenros dos vegetais e mergulham a tromba sugando a seiva sem precisar respirar ou mudar de iguaria; os que saem das folhas secas, debaixo de pedras chatas da umidade do tanque, escapando à goela de Fu, o sapo negro e ouro como um mandarim, atravessando tempo, guardando a existência, defendendo-a, arrancando-a aos outros da mesma ou de alheia espécie.

Pelas árvores outras ondas viventes estão fervilhando, subindo e descendo pelos galhos, imóveis nas folhas de esmeralda, grudados aos troncos, rodeando os frutos e os brotos, roendo, chupando, triturando, lambendo, furando, bebendo alimento.

Animais maiores sabem destes hábitos e vão procurar os hóspedes mantidos pelas árvores, trepadeiras e arbustos para torná-los em refeições consumidas no sigilo, na cumplicidade da treva, vezes na simultaneidade dos ataques em que o agressor passa a agredido, preando e preado, na mesma fila da vítima que assaltou. Esta cadeia palpita, pulula, escorrega, fugindo, matando, absorvendo, parando para lutar e morrer, num ciclo de perseguição implacável, de ódio espontâneo, de intensidade dramática. Os tipos fortes digerem o quinhão conquistado até que um colega do mesmo porte apareça exigindo participação nos lucros.

No ambiente a que luzes difusas vão dando uma claridade opalescente e translúcida, perpassam os vultos das aves de combate, seguindo como relâmpagos os morcegos ágeis, os besouros gordos e as mariposas lerdas. Sofia voltando para casa jamais deixou de buscar este fim de cardápio que a regala, ortópteros e coleópteros suculentos, de polpa fina de manjar branco saboroso, defendida pela casca estalante e colorida como o chocolate recobre o creme.

No solo o mesmo combate se estende convulso e sem pausa entre espécies misteriosas e adversários clássicos. Num instante fulguram os dois olhos deslumbrantes do velho Niti, o bacurau-mede-léguas, pesquisador paciente das estradas, catando folhas e pedrinhas humildes na adivinhação dos insetos preferidos, adiantando-se a passo no andar de marujo enjoado de encontrar-se em terra firme, batendo a estrada, trilho ou vereda de areia que o mato vai orlando, quilômetros dentro da noite mansa. É preciso muita resignação na espera e muita artimanha na manobra para que Niti complete o seu lote avultado, porção indispensável de comida viva, a comida que vem pulando ao seu encontro.

Desde que a estrada fique visível, Niti sacode as asas largas no vôo do regresso. Não pode desmoralizar a tradição noturna de sua família, os cuprimulgídeos do gênero *Nyctibius,* figurando em lendas e superstições respeitáveis e seculares.

Duas centopéias batem-se por causa de uma barata sem cabeça, permutando tesouradas, coleando os corpos de ouro-cendrado numa agitação convulsiva de patas incontáveis. A barata já morta espera na areia a vencedora que não será uma combatente, mas um lacrau adventício que a apanhou e seguiu sem pretender assistir ao final das justas.

Brilha o papo prateado de uma ave que engoliu um besouro em pleno vôo. Quiró repete a façanha fazendo vôos de acrobacia, parafusos de espiralado eixo que finda pela morte do perseguido.

Ouve-se o bulício nos frutos que amadurecem. Vão amanhecer com os vestígios de dentadas serrilhadas, arranhões, riscos de unhas, bicos, garras, agulhas, puas, pontadas, rasgões. Apenas a mãe-árvore permite o assédio aos frutos legalmente amadurecidos ou madurez iniciada. Os verdes estão guardados pelos sumos e leites causticantes, insuportáveis e acres. Não existisse esta barreira e a frutificação total seria impossível para o mamoeiro, sapotizeiro e goiabeira, fáceis e substanciais.

Sofia desceu na borda da residência mas voltou-se, sacudindo as asas, olhando o campo de sua batalha. Depois, grave, mergulhou na toca. Niti ganhou altura quase na vertical mas desapareceu na horizontalidade do seu impulso, rumo do lar distante. Os saltos, rumores, estalidos, guinchos, pios, notas de comunicação animal apenas perceptíveis aos próprios companheiros na infra-sonoridade das vibrações baixas e teimosas, foram diminuindo, cedendo, acalmando-se, nivelando-se num silêncio que emanava da luz nascente e sensível da manhã longínqua.

Bidu cantou a última vez, amiudando a saudação à alvorada, numa aleluia estridente e jubilosa. Os outros Bidus prolongaram o canto, atirando-o para as vozes afastadas que o sacodem, longe, para os finais do campo e da cidade.

A nódoa luminosa do leste se amplia no círculo que resplandece no céu de porcelana transparente. A primeira chama rósea rasga a monocromia dos tons cinzentos e ganha os matizes lilases, derramados na curva do céu.

As cores acordaram e se fazem sensíveis. Todas as coisas desaparecidas na treva retomaram os lugares habituais. Os fantasmas dimensionais restituíram as proporções verídicas aos valores encantados na noite profunda. A fada Normalidade reequilibrou o verismo da costumeira paisagem.

Brinco passeia no fio do muro verificando se o mundo continua. Ainda não apareceu Vênia com sua tropa concordante. Os xexéus sacodem nos instrumentos metálicos a protofonia animadora. As tapiucabas, vespídeos do cortejo, zumbem recomeçando a vassalagem harmoniosa.

Os primeiros vôos agitam as aragens que adormeceram nas samambaias e as folhas oscilam, saudando a luz invasora e contínua que se derrama no tronco do céu do amanhecer.

Quiró agasalhou a turma buliçosa, farta de sapotis e de besouros. Sofia deve ter adormecido. Não se fala do grilo nem dos moradores da pirâmide sossegada. Ondulam os aromas das flores melancólicas daquele jardim deserto. Não se vê Fu, o sapo do tanque, nem Dica, a aranha-d'água. Surgirá esta com o sol na inspeção matinal. Fu apresentar-se-á tarde, com a varação do crepúsculo, refeito e apto para recomeçar.

A chilreada caiu dos galhos baixando como uma vaga melodia de orquestra onde os instrumentos se afinam, mas já possuem o mesmo diapasão. O bem-te-vi gritou que bem vira alguma coisa digna de menção, voando em espiral. Seguiu-o a lavadeira. Os xexéus. Dois canários vararam o quintal como duas setas de ouro.

As aranhas sedentárias verificam a cordoalha das teias. Moscas, besouros verdes, negros, listados de rubro, varejeiras de bronze reluzente, vibram no ar. Retine, longe, ferindo a bigorna, o martelado da araponga. As paquinhas, grilos-toupeiras, abrem com as patinhas incansáveis o breve túnel. Vênia deslizou na parede, visível no lusco-fusco das trepadeiras. Cintilou numa irradiação de joalheria o primeiro beija-flor madrugueiro.

Água cantou, trêmula e fiel, na linha do tanque. Uma folha largou a margem e viaja, rodando, no impulso da corrente suave. Dica passou na lâmina rebrilhante e viva. A sombra da mangueira recortou-se em relevo no chão de areia solta e suja. Um raio de sol transfigurou o canto de muro. Bom dia!...

O mundo de Quiró

> – *Faça-me o favor de dizer: para que Nosso Senhor fez o morcego?*
>
> Pensamento e frase comum do Senhor Hemenegildo, dono de um pomar

Quiró está com as unhas dos pés fincadas numa saliência da parede, voltado para ela, e com a cabeça para baixo, dormindo.

Não sei de outro vivente que durma desta maneira. Dorme todo o dia e detesta a luz e mesmo as cores garridas e atraentes. Usa perpétuo fardão escuro tirante a negro ou cinzento-sujo, avermelhado com mistura de cinza. Ao contrário chamaria atenção e poderia causar embaraço a quem ama sossego diurno e tarefa noturna.

O formato do pé de Quiró é responsável por esta atitude esdrúxula. Termina para a função preênsil e não sustentadora no plano da base erecta. O morcego não anda; praticamente arrasta-se, cambaleante, aos tombos, desequilibrado, apoiando-se canhestramente nas patas. Mesmo com outro plano de gravidade, as aves de extremidades preensoras possuem o andar oscilante e cômico, e são de fácil captura pelo escasso rendimento em deslocação. Lembremos as araras, jandaias e papagaios familiares. O morcego não foi feito para disputar carreiras e nem mesmo ostentar andadura decente. Com os pés que possui, Quiró não pensa em posições verticais. Mas os demais bichos de pés em garra não descansam com a cabeça voltada para o solo. Quiró não teria defesa dormindo no chão. Obriga-se, pela determinação poderosa de sua útil sobrevivência, útil apenas ao próprio Quiró, de dormir alçado do solo, situação topograficamente conversível em escapação e sugerindo salame de fumeiro. Não lhe sendo permitido dormir deitado, pela situação das asas, e nem de pé, porque este membro não o sustenta convenientemente, aproveita a aparelhagem natural para dependurar-se pelas unhas podais e dormir daquela maneira que sabemos.

Quiró desnorteia nossa visão normal. É quadrúpede e ave sem que o seja total ou essencialmente. Ave com mamas e dentes. Mamífero com asas úteis, destituído de bico e de penas. Asas sem o revestimento natural e sim membranosas. Contemporâneo ao Eoceno, milhões de anos anterior ao homem, revoa depois de ter atravessado as paisagens de todas as épocas pré-históricas da terra. As mãos são oito vezes maiores que os pés e três vezes mais compridas que todo o corpo. Todos os seus membros são desconformes, irregulares, desconjuntados. Anda de rastros e voa em ângulos agudos. Buffon dizia que Quiró mais parecia um capricho que uma obra regular do Criador. Luxurioso na sua repelente fealdade, possui o membro viril destacado e pendente como o do homem e dos macacos. Cuvier notou que o morcego tem os músculos peitorais mais fortes e mais carnudos que outro qualquer quadrúpede. Pode passar vários dias comendo ou passando fome rigorosa. Pela disposição dentária rói cascas, mastiga carne, suga polpas, sorve líquidos, tritura ossos.

Dizem que Quiró nasce dos ratos velhos. O primeiro Quiró teria esta gênese miraculosa como os muçuns e enguias provêm dos fios do rabo do cavalo mergulhados na água morta, e certas mariposas – não **discutam** – são transformações de antigos beija-flores que se esqueceram de continuar a sê-lo.

Quando os ratos macróbios perdem o sentido cenestésico viram morcegos. Continuam na missão saqueadora com a vantagem dos pedágios e com a duplicação do apetite. Apenas nos domínios da procriação entram num ritmo mais razoável. Em vez da ninhada guinchante, aparece um casal essencialmente mimoso aos olhos da senhora Quiró.

Não devo julgar *(Nolite judicare,* Mateus, VIII, 1) se o morcego foi rato nalguma fase de sua existência. Ingleses, alemães e franceses crêem afirmativamente porque Quiró na língua deles é *flittermouse, rearmouse, sledermaus, flaedermuss, chauve-souris,* onde o elemento "rato", *mouse, maus, muss, souris,* está visível.

Quiró não dá importância a estas lucubrações biológicas de alta genética evolucionista. Nem mesmo prestou devida atenção a Cuvier que, em 1797, lhe batizou a família como quirópteros, de "mão e "asa", porque as membranas cutâneas se estendem entre os dedos fantasticamente alongados, envolvendo-o até os pés. Polegares e dedos inferiores ficam livres, mostrando unhas agudas e preensoras. Usa e não usa do apêndice caudal.

Está no Brasil desde o princípio do mundo, mas sua utilidade restringe-se aos direitos da alimentação e prolongamento da espécie que ele julga indispensável ao equilíbrio terrestre. Nas ilhas de Java e Trindade um morcego se presta à fecundação de algumas árvores mas esta operação independe perfeitamente da vontade intencional de Quiró. É ato inconsciente. Levando as frutas colhidas das árvores, transporta o pólen nos pêlos, espalhando a vida vegetal. Fio que Quiró pensa apenas nas frutas como aliás todos os demais transportadores do pólen.

Não tem, que eu saiba ou tenha lido, lenda ou mito na memória popular. Servia para certas fantasias no carnaval, lúgubres e confortáveis.

Antes da reforma de 1772, o professor na Universidade de Coimbra que dava seu curso à boca da noite era denominado "Lente" ou "Cadeira dos Morcegos".

Deus estava de bom humor quando fez o canguru, mas ria pensando no morcego.

A catadura de Quiró é de uma ferocidade cômica e de uma fealdade pilhérica. É um pequeno monstro que causa susto rápido e imediata raiva por tê-lo tomado a sério. Com suas narinas arrebitadas, as orelhas soltas, as asas negras e finas como tafetá, os olhos rebrilhantes e negros, o riso feroz na dentadura completa, Quiró é mais carnavalesco do que assombroso. Isto deve desgostá-lo porque todos os animais horríveis são subidamente orgulhosos da impressão espantosa que a figura determina.

A senhora Quiró tem apenas um casal de belezas de cada vez e os amamenta imediatamente, um em cada mama. O filhote, agarrado ao flanco materno, continua o abastecimento no vôo, mesmo nas horas ásperas de caça e fuga em lá bemol menor. A *délivrance* é rápida e não altera a normalidade da parturiente na vida cotidiana. Não há restrições nos hábitos nem dieta alimentar. Mais ou menos quatro semanas de gravidez sadia.

Nenhuma das cem espécies brasileiras atinge envergadura notável e por isso arranjou-se o nome humilde de *Microcheirópteros* para este nossos patrícios. Os do meu conhecimento são onívoros mas indicam a espécie *Desmodus rufos* como ameaçadoramente hematófaga, responsável pelas sangrias no pescoço e dorsos dos cavalos, burros e jumentos, incisões e esfoladuras outrora atribuídas ao Saci-Pererê, duende vadio, negro, unípede e tendo barretinho vermelho doador de tesouros a quem o arrebatava ao dono suspicaz.

O tabu da harmonia entre os morcegos merece solução de continuidade. Tenho assistido discussões guinchantes e coletivas, terminadas em voejos circulares para melhor aproveitamento das dentadas. Embolam-se numa briga rosnada e confusa e vão ambos ao solo num baque surdo. Vezes despenca o menos ágil, convenientemente mordido e convencido de sua incapacidade de reação moral. Noutras feitas o debate apaixona muitos contendores e o orador desaparece entre os apartes ministrados a dentes, os dentes agudos e finos, e a sessão é suspensa numa dispersão de vôos e encaramentos furiosos, face a face, com apoteoses fulminantes de luta geral embora momentânea. Dizer-se que eles se divertem é duvidar da veracidade do sangue que lhes escorre no focinho digno de outra função.

Que Quiró respeite a propriedade privada de outro morcego e este a dele, é balela. Quando o urubu-rei aproxima-se da carniça, todos os súditos se afastam, num abre-abre respeitoso e timorato até que sua majestade ingurgite o papo repleto. Mesmo os urubus não avisados da real presença, e os que chegam depois do ágape começado, abstêm-se da proximidade do banquete solitário e ficam olhando, em êxtase, como o soberano sabe bicar uma carcaça nauseante. Jamais vi o urubu-rei ameaçar qualquer dos vassalos. Há, realmente, um costume que se tornou hábito.

Não havendo traço de união entre Quiró e um urubu-rei *(Gypagus papa)* nada semelha a tradição consuetudinária mantida nos dois domínios. Quiró sempre que pode não perde tempo em apoderar-se de um redondo sapoti que está sento roído por um companheiro. E vice-versa. Perseguem-se mutuamente e o mais velho, que devia dar exemplo de renúncia e compostura, obriga pela insistência dos vôos curvos que o colega menor solte o fruto, e o apanha num vôo rasteiro espetacular.

Verdade é que brincam, ou jogam, em plena galhofa foliona e bulhenta. Voam perto uns dos outros, guinchando de pura alegria esportiva, multiplicando as acrobacias fantásticas que, vez por outra, esbarram numa cabeçada inesperada para nós, mas intencional e conscientemente preparada por eles, donos de radar, evitador de choques. A diferença é a escala mais espaçada das dentadinhas de amor e os guinchos não são aflitivos e longos como nas ocorrência da luta a sério. Constituem antes uma série de sons inarticulados, rápidos, curtos, repetidos com prazer. A hora favorável é ao anoitecer, antes do esquadrão largar para a caçada. Dura mais de meia hora. Uma hora, em tempo computável para o resignado observador. Nesta coréia as matronas tomam parte dançante, guinchante e mordente, com um filhinho de cada lado, imperturbável e mamante.

Não afirmo que Quiró mantenha o seu grupo sem alianças visitativas. Creio que o morcego não é hospitaleiro nem amigo de relações cordiais.

Expulsaram, por duas vezes, dois colegas de raça e tope, sacudidos para o seu confortável *manoir* em hora acolhedora. Morderam, e os dois hóspedes saíram antes do horário previsto. Como os velhos romanos da República, Quiró pensa que estrangeiro é inimigo, *hospes, hostis*...

Creio que o grupo é possivelmente o mesmo, porque, contado e recontado, não mudou de número em várias semanas. Eram os mesmos dezessete, cabeça para baixo, dormindo quando os outros trabalhavam.

Todos os morcegos amigos meus não são insetívoros totais com abstinência de carne fora dos dias de preceito. Uma fruta lhes tenta tanto ou mais do que uma grossa mariposa noturna, um escaravelho grandão, uma lagarta indolente. Recuso-me naturalmente a elaborar uma tabela nutricionista para os morcegos na base das predileções dos seus estômagos porque acredito que existam entre eles os requintados, os fastidiosos e os depravados, em matéria de alimentação.

De sua antigüidade Quiró guarda discreto comedimento e recatada modéstia. Há fósseis nos fosforitos de Quercy e mesmo no terciário de Paris mais abundantes nas cavernas quaternárias onde há camadas espessas do seu excremento, de mistura com restos ósseos perfeitamente identificáveis. Na mais reservada confidência tem mais de cinqüenta mil séculos de permanência na face da terra e esta ancestralidade veneranda envergonhará os orgulhos do bípede sem plumas que tem brasão do século XIII e enumera os avós pelas alturas nevoentas do VIII. O morcego esvoaça desde o Eoceno Básico.

Discutem se Quiró é benfazejo ou nocivo em sua atividade noturna. Devora multidão de insetos daninhos, ou como tais considerados, mas o acusam, além das dentadas para chupar o sangue de cavalos, burros, jumentos e mesmo do *Homo sapiens* se o encontra a jeito, de ser responsável pela disseminação da raiva bovina, inoculada por ocasião de suas visitas hematófagas. Não está, entretanto, limpamente evidenciado que a raiva bovina ocorra na indispensável presença de Quiró, e que ele, somente ele, o malvado, a determine.

Para este problema abre-se um outro que é o conceito da utilidade de certos animais vistos através do raciocínio do *Homo loquens*.

A base do útil é o interesse da vantagem auferida. O elemento útil pode ser dispensado do autoproveito, de ser útil para si mesmo desde que o seja para nós. A doutrina da servidão animal, fundada na própria doação divina, encarece demasiado a superioridade do *Homo faber,* fazendo-o apenas usufrutuário do esforço inconsciente sem a retribuição que o direito natural obrigaria. O morcego não é mantido, alimentado, alojado, defendido pelo rei da Criação. Não lhe deve, fundamentalmente, deveres. Possui a anterioridade de sua presença na Terra e, como todo ser criado, possui os direitos irretorquíveis de vida e propagação. As áreas de sua atividade são limitadas às condições ecológicas e não sociais ou políticas. Quando o *Homo sapiens,* Adão ou os elos antropóides afirmaram existência relativamente racional, Quiró vivia há cinco milhões de anos. O direito é defender-se a espécie prejudicada que, no momento, é constituída pelos animais sangrados por Quiró ou as frutas que ele babuja e mordisca nos pomares. Radicularmente o conceito da utilidade para o rei da Criação – nós dois, leitor! – é a extensão simples do seu uso em nosso serviço. A classificação fundamenta-se unicamente na servidão produtora cuja legitimidade escudamos com a *Bíblia*. Quiró, evidentemente, jamais foi intimado desta sentença que o transforma em servo da gleba, vassalo eterno, escravo sem a possibilidade da manumissão legal. Todo esplendor reboante dos congressos científicos e da canonização dos direitos escondem a escravidão dos animais que, um dia, terão parcela de garantias vitais para sua permanência na terra.

Quiró alimenta-se de certos acepipes dados pela Natureza a todos os viventes e paga-se, inconscientemente, do serviço milenar prestado obscura e devotamente ao *Homo sapiens* "utilizando" as sobras do que ajuda a desenvolver-se e prosperar. Nunca Quiró deduzirá que a sua missão terrena é devorar insetos para livrar o *Homo faber* desses incômodos e ampliar sua fazenda e conforto. Criado com o instinto que lhe defende a existência, indicando-lhe alimentação específica e zona de sobrevivência, tanto a Natureza o formou para conservar-lhe o tipo que, com cinco milhões de anos vividos, Quiró continua, com uma teimosia em que todo o seu ser participa integralmente, a usar da mesma técnica para prover-se das "utilidades" necessárias ao seu organismo e família.

Compreende-se que esta doutrina pró-quirópteros, como houve outras defendendo vitoriosos ladrões romanos e erguidas pela voz poderosa de Cícero, que os absolveu da pena e culpa, fique provisoriamente no quadro das anomalias jurídicas e das "extravagantes" morais porque o egoísmo escurece muito mais que o *fog* de Londres.

O morcego que, mais das vezes, fica com fome respeitando uma tira de pano branco que suspenderam justamente no pomar de sua refeição, incapaz de assimilar a inocuidade daquele espantalho risível, evidencia a íntima certeza de que pertence a uma época em que os símbolos valiam como afirmações definitivas e fatais. Ainda encontrou o indígena que infalivelmente morria quando o pajé afirmava que ele estava perdido para a vida.

Imagine-se a dificuldade de convencer aos peixes do mar de que sua existência se justifica pela ictiofagia do rei da Criação. Quiró, intrinsecamente, não está em serviço de ninguém.

Defensável é que o rei da Criação, bíblica e cientificamente um dos elos finais na cadeia zoológica, conserve sob domínio animais para sua alimentação, tração e transporte. Fora obrigado a submeter estas entidades a um longo período de doma e aprendizagem, domesticação intensiva durante gerações infindáveis depois de criatura tão simpática como era o Homem de Neanderthal.

De outro ângulo, certos produtos da operosidade animal pertencem menos aos fabricantes que ao captor, mel e cera de abelhas, por exemplo. Identicamente, a lã dos carneiros que tiveram a desventura de possuir exagerado agasalho por unidade. Quiró não foi amansado e nem oferece produções individuais de rendimento útil ao rei da Criação. Era tempo de reconhecer-lhe o elementar e primário direito à vida, com as restrições preliminares às demasias de sua atividade, sol-posto. Para isto a defesa racional dos pomares agredidos é mais essencial que a campanha contra a integridade física de Quiró.

Convinha debater-se esta perspectiva jurídico-social no futuro Congresso Internacional dos Direitos Animais, alheios aos interesses do *Homo faber*. Evite-se, prudentemente, que o embaixador de Quiró, na base sentimental de sua opressão convenientemente manejada, organize um partido político entre os bípedes implumes e deseje reformar a sociedade oriental e ocidental dentro da concepção libertária dos quirópteros.

Termino lembrando que *compreender* vem de *cum* e *prehendere*, e este é o nosso *prender*, atar, segurar, ligar, embaraçar, encantar, apanhar, tomar etc. etc., e junte-se a preposição "com", de, às vezes, fatídica relação de companhia e cumplicidade. Deduz-se que só compreendemos quando dominamos, assimilamos, cativamos a coisa "compreendida". Quiró é uma desta exceções. Não podemos ainda compreendê-lo totalmente e mesmo para conhecer o íntimo mecanismo fisiológico, interesse nosso e não de Quiró, extirpamo-lo vivo, rasgando-lhe carne, nervos, cartilagens, partindo-lhe os ossos e arrancando-lhe os olhos, como em meados do século XVIII já fazia Lázaro Spallanzani, sábio e piedoso jesuíta de ordens menores e maiores na cultura experimental do seu tempo. Tudo para "compreender" como Quiró, com os olhos ausentes, voava no escuro evitando os obstáculos.

O morcego é muito familiar e todos nós conhecemos sua figura. O *Homo sapiens*, que já desintegrou o átomo, aplicado para finalidades filantrópicas em Nagasaki e Hiroshima, 1945 anos depois do nascimento de Jesus Cristo, não conseguiu apoderar-se de certos segredos funcionais de Quiró e daí submetê-lo aos suplícios da pesquisa laboratorial.

Como somos nós a medida de todas as coisas, calculamos pela nossa a inteligência dos animais, e nunca pensamos na valorização dos atos que só o animal pode fazer e que talvez seja este um ato essencial à sua vida, e nos passe despercebido ou julgadamente banal. Se a curiosidade desvendou muito da vida dos grandes mamíferos, muito pouco, quase nada, sabemos dos insetos que não se deixam examinar tranqüilamente e não estão dispostos a repetir movimentos e costumes debaixo dos olhos próximos dos sábios universitários. Nem sabemos mesmo se o ambiente artificial, declarado "inteiramente idêntico ao natural", que cerca o animal observado no laboratório, não modifica insensivelmente certas reações personalíssimas da examinada vítima.

Nunca uma criatura humana despertou enquanto Quiró chupava-lhe o sangue. Não se sabe o analgésico empregado para manter a vítima adormecida e passiva aos sorvos lentos do quiróptero. Tentei transformar-me em campo experimental, dormindo despido da cintura para cima em recantos sabidamente favoritos de Quiró da espécie hematófaga. Queria apenas saber até onde ia a técnica do morcego nos assuntos da narcose. Fui decepcionado porque Quiró deixou-me incólume e foi exercer a técnica estupefaciente no jumento Catolé que não estava interessado de maneira alguma na operação. Não posso, decorrentemente, dar meu depoimento pessoal.

Diziam que a incisão é feita com as unhas e não com os dentes. Como é possível conseguir a insensibilidade local para o arranhão daquele estilete que é a unha de Quiró? Feita a esfoladura, segue-se a sucção demorada e substancial enquanto o homem ressona. Contam que Quiró abana a ferida com o adejo das asas funcionando em leque. Outros explicam que o morcego esfrega a região para o talho primeiro com o focinho macio e tépido como uma bochecha de criança. Já tenho deparado Quiró ocupadíssimo em sugar o dorso de cavalos mas nunca notei o abanar refrigerador das asas. Vi apenas a nódoa negra do morcego imóvel sobre sua vítima impassível e aparentemente sem nada sentir.

Um homem apesar de Rei da Criação tem sono pesado relativamente aos animais que acordam facilmente sob a mais ligeira provocação. Como suportam a operação de Quiró durante tempo possivelmente longo? Mistério. Atinaram finalmente que o segredo está na língua do morcego, do morcego hematófago, pontuda e eriçada de papilas duras e muito finas, agudas e dirigidas para trás. Com o atrito de lixa desfaz a epiderme, couro, pêlo, e age. Naturalmente, para as regiões pilosas, Quiró prepara o campo operatório limpando-o cuidadosamente antes do serviço atritador lingual. Houve tempo, tempo de Buffon, Cuvier, Daubenton, Roume de Saint-Laurence, últimas décadas do século XVIII, que se ensinava Quiró insinuar os alfinetes sugadores da língua nos poros, alargando-os, penetrando-os e podendo obter sangue fácil.

Mas não sei se estes sábios chegaram a ver uma ferida feita pela chupação do morcego. É como uma úlcera. Uma esfoladura mais longa que larga, cuja orla é o sangue coagulado. O morcego fica, quase sempre, na mesma posição e a abertura é a mesma também. Dizem os entendidos, entendidos proprietários dos animais feridos, que as chagas indicam o número dos morcegos e não as mudanças dos pontos de sucção.

Mas não foi possível explicar como o morcego evita a sensibilidade local para realizar seu trabalho como se manejasse matéria inerte.

Será que Quiró segrega com a saliva uma substância **analgésica**, suprimindo a dor da esfoladura e sucção na carne viva? E como obtém o mesmo resultado ao incisar o couro ou pele ainda sem o analgésico? Esta secreção sedativa só ocorrerá nos atos da ação hematófaga porque o morcego noutras ocasiões e possibilidades, irado quando o pegamos a mão, morde, e esta mordidela é dolorosa. Logo aí não intervém o calmante.

Estamos esperando a decifração.

Quiró se orgulha de outro mistério e este único dentre todos os entes da terra. O segredo de sua orientação entre obstáculos inesperados e no meio das trevas. Passa sem chocar-se com nenhum deles como se fosse dia luminoso e mesmo assim, no inopinado do encontro, é surpreendente a rapidez com que se esquiva.

A face é coberta de carúnculas e os pêlos numerosos plantados sobre terminações nervosas serão membros táteis. Não táteis ao contato imediato mas sensíveis aos afastados, recebendo e captando emanações dos obstáculos longe, registrados numa rede extensa e possivelmente esparsa pelas asas e face, zona receptiva de uma sinalização irradiada pelos embaraços materiais muito além de sua acuidade normal. A onda sutil e sonora (infra e super) emitida por suas asas choca o impedimento e volta repercutindo, impressionando centros nervosos que transformam esta sensação numa imagem motora.

Curioso é que este radar, legitimíssimo radar com milhares de séculos de antecipação ao aparelho que conhecemos, não é apenas um núcleo delicado de registro mas um modificador automático de rota, mudando a direção do vôo. Aquela trajetória sinuosa e brusca do percurso de Quiró é uma conseqüência, uma média raciocinada das diversas e repetidas mensagens que recebe e que orientam a viagem às cegas com uma precisão, segurança e naturalidade admiráveis. O radar não modifica a rota. Informa.

O melhor volante de automóvel não é capaz de evitar o desastre numa curva fechada, espatifando o objeto que não viu e não podia prever. Chegou mesmo a divisá-lo mas não houve tempo para a manobra evitadora. É preciso que a imagem fique acomodada na perspectiva e se torne sensação transmitida ao cérebro e daí aos músculos que executam o processo da freagem. Criança, cachorro, carrocinha de maçãs viram destroços sem estes dois fatores indispensáveis: visão e tempo para o mecanismo transmissor da ordem. Se estes gestos já tivessem se tornado reflexos, os jornais na seção de desastres passariam a folhas *in albis*. Quiró consegue desviar-se do que não vê, o que deparará alguns segundos ou minutos depois, no ímpeto do seu vôo rápido. Peço licença para citar Camões, *Os Lusíadas,* V, 22:

> Vejam agora os sábios na escritura
> Que segredos são estes de Natura!

Só a luz anula a eficiência do radar quiropteriano. Atraído pelo clarão, voejando pelo desconhecido aposento, Quiró esbarra duramente nas paredes em cabeçadas humilhantes para inalterabilidade em matéria de navegação. Não só há impactos com a cabeça como também os ângulos não foram mais previstos e as roçaduras pelo salão tomam proporções alarmantes de visível imperícia.

O radar de Quiró poderá reduzir-se também a um poderoso órgão olfativo. O sentido do olfato é impressionado pelas partículas gasosas odoríferas vindas de longe. Poderá Quiró receber estas emanações, identificando-as pelo odor, e desviar-se dos centros irradiantes.* Hipóteses, mas

---

* O Instituto de Zoologia da Universidade de Munique conseguiu a representação gráfica, *Graphische Darstellung* (1957), das ondas ultracurtas que o morcego emite pelo nariz para localizar pelo eco os obstáculos opostos ao seu vôo.

elas abrem caminhos na mata fechada. A futura estrada real é a soma destas picadas audaciosas na floresta semivirgem.

Quiró localiza, num raio de quilômetro, as frutas que amadurecem e os tipos que ele sabe saborear. Não tem exploradores nem recebe comunicação prestante da quinta-coluna. Quem possui sapotizal sabe a veracidade desta notícia. Até que os frutos marrons fiquem "de vez", ainda leitosos mas com a polpa adocicada e a pele fina e retesada, não há sinal de Quiró pelas cercanias. Sua presença é a denunciação infalível do estado dos sapotis e sapotas do pomar. Não seria o perfume, o mensageiro à sensibilidade extra-receptora de Quiró? Localizar o órgão é fácil, mas talvez existam auxiliares para veículo transmissor. Pelo som.

Há duzentos anos, Spallanzani cegou quatro morcegos e jogou-os num quatro escuro atravessado por fios estendidos verticalmente. O Quiró de 1756 desviou-se agilmente de todos os empeços e Lázaro Spallanzani escreveu, com sua erudita pena de pato, o primeiro registro desta habilidade. Apenas agora estamos registrando a mesma com outros matizes e comentários mas unicamente Quiró sabe por que e como faz para ter a percepção dos obstáculos distantes.

Antes de 1587, Gabriel Soares de Souza (cap. LXXXVI) era o primeiro a comunicar no Brasil que "quando estes morcegos mordem alguém que está dormindo de noite, fazem-no tão sutilmente que não se sente; mas sua mordedura é mui peçonhenta". O grande observador colocou Quiró entre as aves, simpatia maior que valoriza o morcego lembrando sua clássica e única anedota. Quiró soube que dois congressos estavam reunidos. Um, dos mamíferos, presididos pelo leão, e outro das aves, presidido pela águia. Quiró apresentou-se ao primeiro e foi expulso porque não havia lembrança de bicho com peitos e com asas. O segundo recusou Quiró por faltar-lhe o bicho e ostentar mama. Quiró, pelo exposto, não tem aceitação legislativa.

Principal condutor da raiva, segundo alguns estudiosos indiferentes à beleza de Quiró e elegância dos seus volteiros fulminantes, é o carregador inconsciente e automático da peste rábica, acima e livre de qualquer contaminação. Portador do vírus, não sofrerá de zanga mortal. É o que ensinam, mas não sei se Quiró concordará. Quem nos garante o morcego não sofrer epidemias e ter sua massa familiar dizimada pelo flagelo? A notada diminuição dos quirópteros em certas épocas, não fixas, teria explicação razoável pelo aparecimento de pestes súbitas. Mas é de notar que a peste rábica surge às vezes em regiões onde os morcegos são raros ou diminutos. A fama decide Quiró a aceitar a paternidade do ônus letal. A nobreza obriga...

Os quirópteros hematófagos são silenciosos ou quase taciturnos. Compreende-se que lhes reveste a dignidade de provadores do sangue, uma das sedes da alma. Os morcegos que colecionam no estômago insetos e frutos são mais ou menos ruidosos e amigos do seu (deles) ruído e não dos barulhos alheios. Para fazê-los perder o apetite basta uma longa faixa branca e movente de fazenda, ondulando na noite. Ou uma tira de folha-de-flandres que estale e alveje no escuro. Quiró deserta, indignado e respeitoso ao desconhecido. Estes espantalhos estão na classe dos tabus. Há outro meio direto e incisivo. Espalhar, equilibrando entre os galhos carregados, alguns molhos de urtigas *(Urtica urens,* L. *Urera baccifera,* Gand).* Quiró arranha-se e voa furioso com o possível prurido insuportável. Mas dizem que a urtiga dilacera as asas de Quiró, reduzindo-as a frangalhos, impossibilitando-as para o vôo, condenando-o conseqüentemente à morte pela fome porque não está organizado o serviço de assistência social entre os morcegos.

Dos amores morcegais não tenho autoridade para denunciá-los como Jean Rostand fez aos infusórios e Lucien Berland aos crustáceos. São finuras francesas que minha romba penetração brasileira e tropical admira mas não pode colaborar.

Recordo-os, aos morcegos, despencando das alturas, estreitados num amplexo alucinante que a queda final não teve o condão de interromper senão alguns segundos depois. Só então o senhor e a senhora Quiró separaram-se do abraço genesíaco, ventre a ventre, contundidos e saciados pelas duas emoções. Tentaram os passos lentos e trôpegos e alçaram o mole vôo para o firmamento do telhado escuro que era o lar, doce lar...

PROEZAS DE GÔ

* * * * * * * * * * * * * *

O rato decúmano incomodou muito ao Imperador
Napoleão na Ilha de Santa Helena.

F. Martin e Rebau

Ao José Pires de Oliveira (1912-1966),
companheiro na obstinação da pesquisa e paciência de observação

A digestão de Gô obrigou-o a dormir até depois das quinze horas. Gô possui vários locais de repouso e um apartamento privativo que se localiza debaixo da cozinha, entrada pelo lado oposto à porta derribada. Há um declive suave de barro vermelho que leva à porta ovalada e suja dando entrada para o salão de estar, quarto de cama e aposento de devaneio, além de gabinete de estudo dos planos de saque, pesquisas, explorações fiscalizadoras e expedições punitivas às mercearias, dispensas e demais recantos onde os comestíveis aguardam sua visita proveitosa.

Quando o sol bate o ouro luminoso na porta da caverna de Gô é porque está em declinação sensível. Na língua dos homens serão quinze horas ou pouco mais. Cai, serena, a viração da tarde e os ventos do mar lavam campo e cidade em lufadas refrescantes e doces.

O aposento do ratão cinza e ébano, e ventre alvacento, é mobiliado com precisão no plano das utilidades relativas ao proprietário. Há uma coleção heterogênea de relíquias dos assaltos antigos, restos secos de alimentos, farrapos de pano, tiras de papelão sem cor, latas decenárias, vagas coisas imprecisas e enferrujadas, pedras, bolotas de barro, pala de boné, vidros quebrados, pedaços vistosos de papel colorido, festões roídos, estofos, pontas de almofadões, bricabraque reunido sem razão e amontoado no velho instinto ratoneiro de guardar o furto feliz embora desaproveitado.

Ali Gô dorme e sesteia quando as obrigações inadiáveis não determinam sua presença noutros pontos. Permanentemente atarefado, em movimento contínuo, mal tem tempo para o asseio corporal indispensável à sua estirpe e tradição. Usa apenas e bastante o focinho como escova, e a língua para substituir a esponja úmida. Examina-se minuciosamente, acamando os pêlos eriçados e fora do alinhamento normal. Corrige o aprumo dos bigodes ornamentais, cofiando-os com as patas solícitas, quase fio a fio. Revista o lado interno das coxas, pés, lambendo com atenção justo os lugares suspeitos de nódoas dispensáveis. Revirando a cabeça vistoria o lombo numa olhada fiscalizadora. Detém-se, segurando a cauda, numa análise pensativa e demorada entre carícias e passos higiênicos. Retifica o focinho, estende as patas, espreguiça-se, estira-se, curva-se, andar lento, contrai os músculos posteriores e anteriores, calculando-lhes resistências, e durabilidade. A língua pontuda, rubra, obediente, percorre-lhe o corpo inteiro como um jato morno e fino de água tépida. Deita-se. Levanta-se. Sacode-se. Tufa os bigodes de mosqueteiro da Rainha, adianta pata a pata num exercício distensivo, lento e enérgico. Balança-se numa atenção final. Está pronto.

Gô tem o nome sisudo de *Mus decumanus* mudado para *Mus norvegicus*. Na França o denominam *Surmulot* e goza dos direitos históricos. Gô invadiu a Europa no século XVIII vindo da Pérsia. Atravessou a Rússia, Áustria, Alemanha, França, espalhando-se para os Balcãs e Península Ibérica. Pulou para a Inglaterra. Apareceu na Itália, instalou-se no Mediterrâneo. Representante e conseqüência do imperialismo colonizador e invasor, viajou nos navios mercantes, descendo como turista na terra latino-americana e deixou-se fixar, multiplicando-se com a maior sem-cerimônia deste mundo, sem passaporte e *permis de séjour*.

Na França bateu-se com o rato negro, potentíssimo freqüentador dos Inocentes e Montfaucon, cantado em prosa e verso, o rato clássico do Renascimento e da Idade Média, companheiro de François Villon e do *Jongleur de Notre Dame*. O rato negro *(Mus rattus)* não resistiu à ferocidade de Gô, sólido, audaz, esfomeado, indo a 40 centímetros de tamanho implacável no emprego das presas afiadas como punhais nativos de Ispahan.

Derrotado o velho *rat noir*, Gô dedicou-se a expulsar o *mulot* dos bosques e dos campos, o rato das festas campestres *(Mus sylvaticus)*, de 24 centímetros de extensão. Ganhou aí denominação francesa, por ser superior ao *mulot,* um *sur-mulot, surmulot* dos nossos dias de Paris, rato burguês, operário, burocrata, boêmio, de residências, avenidas, esgotos e pradarias policiadas, *le gros rat gris* inextinguível.

No Brasil, desde George Marcgrave, ao redor de 1642, havia o nome de guabiru dado ao rato comedor de todos os alimentos, atrevido e prolífero, do nheengatu *guabi,* comestíveis, de *r-ú,* comer, devorar, segundo

Teodoro Sampaio. Gô ainda não se incluíra entre os brasileiros mas ao chegar recebeu o apelido que lhe serviu como feito sob medida.

De sua disseminação espantosa, roendo a bagagem dos exércitos em todas as campanhas setecentistas, indica-se a presença na Ilha de Santa Helena, 1815-1821, onde teve a honra de tornar-se incômodo ao próprio Imperador Napoleão Bonaparte.

Da perfeita sintonização dos guabirus quanto a um determinado alimento há a velha anedota de P. Martin e Rebau, sem localização, mas popular em quase todos os portos do mundo. Um navio mercante infestado por Gô ancorou vizinho a uma escuna holandesa carregada de queijos. O odor forte atraiu as ratazanas que se apinhavam, guinchando de gula. Um marinheiro colocou uma prancha entre os dois navios e Gô, em poucos minutos, transpôs a ponte levando todo seu povo sem que ficasse um só espécime para amostra. Não sei que espécie de suicídio escolheu o capitão da escuna holandesa no dia seguinte.

Possivelmente Gô atingiu o Brasil ainda em fins do século XVIII ou nas primeiras décadas do XIX, com a abertura dos portos ao comércio marítimo, veículo natural do emigrante indesejável e espontâneo. Espalhou-se pelas cidades litorâneas e só atingiu alguns pontos centrais no século XX e não, felizmente, em muitos lugares. Rio de Janeiro, Santos, Bahia, Recife foram interpostos exportadores de guabirus para sul e norte brasileiros. O "rato-do-porto" é um dos sinônimos acolhedores de Gô.

Onívoro, valente, ladrão, orelhas redondas, cauda longa, patas despidas de pêlo, é também mentiroso, cínico e adulador conforme as circunstâncias. Há cinzento-escuros, quase negros, com tonalidades amareladas mas o ventre é sempre de matiz mais claro. Dois a três partos de oito a doze filhinhos por ano, amamentados com carinho, tratados com desvelo e abandonados com indiferença desde que aprendam a técnica de toda gatunagem produtiva e os segredos de evitar ou adiar os castigos legais.

Seus outros apelidos são: ratazana, rato rabo-de-couro, e, no Nordeste, guabiru ou gabiru, como queriam. Para vendeiros e merceeiros há também o título de "amaldiçoado". O tipo mais comum é de 22 centímetros totais. Há maiores e tão robustos que intimidam gatos e cães que não sejam rateiros exercitados.

Suporta e sobrevive intacto aos calores da Pérsia, gelos da Rússia, invernos da Europa Central e do Leste, travessias oceânicas, rigores de Londres, verões tropicais do Continente Americano, clima de Nova Iorque e de Punta Areña, sertão do Nordeste, planície amazônica, alagados de Marajó, docas do Rio de Janeiro e de Santos, cais de Buenos Aires.

Sobe velozmente às árvores, descendo com a cabeça para baixo como um acutipuru. Nada excelentemente. Pula com desembaraço. Seu corpanzil espesso é grosso, maleável e flexível como borracha. É surpresa vê-lo espremer-se entre as ripas de um telhado, estreitezas dos enxaiméis, angústias de uma telha e outra, e escapar. Assombro calcular-se o volume do seu corpo avantajado com as reduzidas dimensões de uma abertura pela qual incontestavelmente passou e desapareceu. É um corredor admirável, com o rabo esticado na horizontal para não prejudicar o impulso.

Come o que encontra e o que deparar. Gatos e cachorros novos, frutos, carnes secas e de fumeiro, ovos, papelão, couro, esteiras, coleções de jornais, arquivos de títulos de dívida pública, relatórios, pareceres, processos civis ou criminais. Freqüenta latas de lixo, montureiras, depósitos de imundícies, hotéis de luxo, mercados sem vigias, depósitos e armazéns de cereais.

Vezes espalha-se a notícia de que um hipotético timbu está "acabando" a ninhada de pintos de raça. Qual timbu, gambá, mucura, micurê, suruê, sarigüê, sarigüéia, cassaco *(Didelphis aurita)*, qual nada! É o guabiru o responsável pelo massacre.

Assisti na granja de meu pai a um combate singular entre Gô e uma galinha de pintos.

Gô penetrara na seção das poedeiras onde estavam galinhas no choco e com ninhadas. Mal a galinha o avistou, atacou-o impetuosamente, com cinco adagas em cada pata, batendo-lhe as asas furiosas no focinho, atordoando-o, e sacudindo bicoradas ferozes que valiam golpes de sabre. Gô arremeteu, bufando, o pêlo todo arrepiado duplicando-lhe o volume ameaçador, dando focinhadas raivosas, e roncando. A galinha sustentava a defesa, gritando, e uma das bicadas acertou num olho do guabiru, vazando-o. Gô recuou, guinchando, e abandonou o debate, trôpego, sem acertar com o caminho por onde tivera a desgraça de vir. Pude abatê-lo com uma paulada e ver a galinha, que o seguira indignada, tripudiar sobre o cadáver do inimigo com beliscões triunfantes.

De sua obsessão heróica até o sacrifício tenho um documento autêntico e raro.

Um meu primo possuía uma mercearia próxima à estação do caminho de ferro e decorrentemente visitada por Gô todas as noites. Decidiu espalhar várias ratoeiras em lugares estratégicos. Pela manhã encontramos uma ratoeira sem a isca do queijo e prendendo dois terços da cauda de um guabiru e a seguinte, com a isca intacta, segurando Gô, de pescoço esmagado. Pelos caminhos de gotas de sangue reconstituímos o drama do guabiru.

Gô, deparando a primeira ratoeira, com o pedacinho de queijo do Seridó, ressumando manteiga, fizera menção de provar o acepipe e a mola disparara, amputando-lhe mais da metade do rabo. Gô fugira deixando as reticências de sangue até o fim do armazém, fazendo rodeios, reviravoltas, tentando alcançar com o focinho o coto da cauda sangrenta. Correra em quase todas as direções, aliviando a dor na multiplicação dos movimentos e terminara sossegado. Voltara tranqüilamente à ratoeira, saboreando o queijo que lhe custara o sacrifício do apêndice.

Restaurando, divisara a segunda armadilha e fora servir-se. A argola caíra-lhe no pescoço, esmagando-o. Gô aí ficou. Há predileções menores mas não superiores.

Este *Mus norvegicus* é alto responsável pelas assombrações noturnas e graças às suas corridinhas, andar grave, bufidos e roncos, estalamento de madeira velha, impressões de alguém escarrar, pisar vagaroso, empurrar portas e janelas, soprar nas proximidades do leito, tem despovoado residências e derramado popularidades mediúnicas.

Costuma fazer sua despensa à custa da despensa alheia. Carrega laboriosamente frutos, pedaços de carne, para a sua caverna. Come lá ou esquece a matalotagem que apodrece sem que Gô sinta necessidade de renovar o ambiente asfixiante para outros pulmões.

Uma sua curiosidade é arrastar alimentos para devorá-los em recantos solitários onde ninguém o incomodará. Quando residiu no interior da velha cozinha, Quiró associou-se, por vocação espontânea, às reservas de Gô e este transferiu a residência para local de acesso difícil ao morcego tão amigo dos bens alheios.

Olhado de certo ângulo parece um guerreiro tártaro, da guarda pessoal de Gêngis Khan. Um dos ciúmes mais vivos é a incolumidade pulcra do seu bigode cujos fios são sensíveis ao tato como órgãos de apalpação à distância. Cortar os bigodes a Gô não somente é diminuí-lo no plano estético como desequilibrá-lo quantitativamente.

Não conserva família nem nutre os filhos. Deixa estes encargos à companheira, com quem mantém sentimentos primários. Ele cumpre a missão suprema da fecundação e a fêmea lhe deve eterna gratidão pelo resto da vida, segundo intimamente pensará, a deduzir-se pelo seu comportamento alheio aos amores paternais.

A senhora Gô perpetua sua amável espécie três vezes por ano, com oito a doze filhinhos de cada vez. Ao terceiro parto a senhora Gô já tem netos e netas procriando porque aos quatro meses o jovem Gô já prova o doce amor conjugal *in partibus*. Aleita-o gracioso rebento em ninho morno, alimenta-o, cerca de trinta dias, com as gulodices que lhe abrem o apetite e logo depois mostra o buraco de saída do palácio, mandando-o viver por conta e risco próprios.

O antigo *Mus decumanus* Pall é o tipo excelente do rato social. Acompanha o homem não para servi-lo, como o cão, o cavalo, o boi, mas para servir-se dele, de sua indústria cujos produtos lhe agradam excessivamente. Assim onde vai o homem com suas ciências, fazendo o pão, o queijo, o toucinho, o azeite, a manteiga, as carnes salgadas, secas ao fumeiro ou ao sol, Gô o segue como uma sombra solícita. Não lhe presta o menor auxílio, nem mesmo diminui pragas de insetos com sua voracidade, como o morcego. É um colaborador apreciável na consumação dos alimentos, hóspede inconvidado e permanente, comensal conturbativo, não somente na alteração dos cálculos das reservas das vitualhas como desfazendo o arranjo dos aposentos e destruindo quanto pode destruir.

Dir-me-ão que Gô é um elemento na circulação e produção das utilidades porque obriga sua substituição e criação decorrentes. Certas coisas demorariam mais tempo se Gô não trouxesse o auxílio inapreciável dos seus dentes incisivos, afastando-as definitivamente do uso. Modifica, graciosa e inesperadamente, a durabilidade de móveis, imóveis e semoventes. E do seu índice de civilização basta lembrar que veio da Pérsia e jamais abandonou a companhia humana, proclamando a indispensabilidade do *Homo sapiens* para sua manutenção e conforto familiar. Esta fidelidade, tão mal registrada, nunca mereceu o justo relevo por parte dos sociólogos e antropologistas culturais.

O hábito de fazer reservas na sua caverna evidencia que Gô possuiu antepassados vivendo em terras de inverno que obrigavam a um estágio mais ou menos prolongado nas atividade predatórias. É, pois, rato sedentário, com situação estável, definida, compreensiva quanto ao levantamento estatístico do seu povo no espaço. Mas, para atrapalhar as deduções humanas, é amigo de migrações, visitando em massa o campo especialmente em época de frutificação de certas especialidades do seu paladar.

Bruscamente uma localidade é invadida pelas hordas de Gô, alarmando a tranqüilidade pública, atacando os outros concorrentes e com pouca possibilidade de meios defensivos, espavorindo donas de casa e guardas dos depósitos. Convergem naquele centro de interesse as técnicas para enfrentar Gô e seu bando famélico, ratoeiras, armadilhas campestres, venenos, cães especializados (pelo menos na fama) e gatos famosos que, em boa verdade, preferem alimentos preparados pelas suas donas e donos ao sabor da carne sangrenta de uma ratazana crua. Rapazes e moças sentimentais, crianças curiosas, amores adiados ou difíceis, solucionam-se com a ingestão dos tóxicos destinados a Gô e este, sem querer, aprecia a abertura de um novo ciclo social e ativa movimentação jornalística nas seções respectivas aos desastres pessoais e suicídios inconcertáveis.

É de notar que, atenta à proporção assustadora da descendência de Gô, muitos filhos e pelo menos dois terços procriando com quatro meses de nascidos, a família recobriria uma área de vinte quilômetros quadrados com uma camada de trinta centímetros de ratos apinhados, uns sobre os outros em dois anos. Há, notavelmente, uma curva na massa existente e, sem explicação plausível, a rataria graúda diminui, sem que se possa atribuí-la aos processos normais de guerra ao povo de Gô. Podia, e pode, tratar-se de uma onda epidêmica fulminando centenas de milhares de tipos, fazendo baixar o nível da família abundante com as areias nas praias do mar. Mas nem sempre os ratos mortos são encontrados como acontece nas ocasiões sinistras da peste bubônica. O guabiru desapareceu, sensivelmente, e é esta a hora amável em que ele realiza o seu festivo *camping*, excursão gastronômica e recreativa, financiada à custa das vítimas produtoras da região visitada.

Ao contrário de quase todas as espécies, cujos machos só se batem na época amorosa, Gô tem ânimo belicoso e seus duelos são vistos e apreciados constantemente. O motivo central é a disputa do que está comendo ou do que pretende comer e outro Gô o antecipou na mastigação.

Naturalmente combatem pela fêmea como os cães, lagartixas e aves, combate que antecipa a fixação da escolha por parte feminina ou posse do macho solidário – pela afastação dos concorrentes derrotados. Infelizmente não fui testemunha destas andanças.

O nobre Georges Louis Leclerc, conde de Buffon, confidenciou na sua informação prestante e linda:

Les rats sont aussi lascifs que voraces; ils glapissent dans leurs amours, et crient quand ils se battent; ils préparent un lit à leurs petits, et leur apportent bientôt à manger; lorsqu'ils commencent à sortir de leur trou, la mère les veille, le défend, et se bat même contre les chats pour les sauver. Un gros rat est plus méchant et presque aussi fort qu'un jeune chat; il a les dents de devant longues et fortes.

O debate se inicia por uma focinhada brusca e peremptória. O desafiado reage imediatamente e o prélio se encarniça entre bufos, rosnados, guinchos curtos, pêlos eriçados, rabo tendido como se fosse de arame. Os sons roucos devem significar excitações, insultos contundentes entre os dois guerreiros assanhados. A batalha não comporta o corpo-a-corpo e sim uma troca de ataques breves, com defesas nos saltos e réplicas nas dentadas. Os dois rodam ao derredor, procurando que o adversário se descubra para um bom talho no pescoço e, idealmente, na garganta, lugar vulnerável e difícil. Mudam constantemente de pontos, circulando-se, desfechando a cutilada imprevista que dura segundos. É uma demonstração de resistência e de rapidez. Os longos dentes incisivos de Gô não lhe permitem fixar a dentada e sim dar cortes de adaga. A posição deles no maxilar facilita a roedura mas não a dentada heróica. Assim há uma série de golpes sucessivos, seguidos, imediatos, cortantes, um após outro, interrompidos pelos rodeios, rosnaduras agressivas, pausas preparatórias do reinício da peleja. O sangue os exaspera, excitante, sacudindo-os para a ferocidade, embora a técnica continue a mesma, apertada, feroz, cerrada, dentada sobre dentada. Não se erguem nas patas nem a cauda intervém, como entre os camaleões ou tejuaçus combatentes. Finda a justa pelo abandono do campo, um antagonista foge, perseguido pelo outro até certo trecho de caminho. Já não está em situação de picar o inimigo, aproveitando o desfalecimento defensivo na retirada.

O vitorioso, resfolegando, pode então roer o botim deixado pelo inimigo.

Tudo quando o Senhor de Buffon escreveu sobre a dedicação aos ratinhos ofereça-se em homenagem à senhora Gô. O seu ocasional marido nem sequer admite o mesmo domicílio. Continua na sua velha caverna e a senhora é que aceita, jubilosa, os encargos da manutenção, vigilância e defesa da prole. Gô não tem tempo para estes sentimentos incompatíveis ao seu temperamento individualista, solitário e pirateiro. Depois que a senhora Gô recebeu os ratinhos, Gô nem mais aparece por perto. Missão cumprida, meus senhores...

A senhora Gô, por seu lado, desinteressa-se totalmente do companheiro de outrora. Durante uns trinta dias está ocupadíssima com os filhinhos maravilhosos. Que utilidade terá para ela Gô que nunca a protegeu e jamais trouxe, pendente dos dentes, um fragmento de coisa para comer? Nem mesmo lhe fez corte e vênias devidas ao sexo? A senhora Gô, tendo filhos em estado de aptidão para a vida, pouco mais de mês de existência, está livre de qualquer vínculo obrigacional. Filhos sim, marido não. E mesmo aos filhos já não os considera como tais. São outros tantos machos que a podem procurar e bater-se contra os irmãos pela sua posse. *Talis vita, finis ita...*

Há documentos e observações sobre uma fase em que o guabiru agride e mata seus semelhantes mais fracos e os devora, deixando apenas a cauda e as patas. Não sei se é permitido dizer "canibalismo" para esta crise entre ratazanas. O canibal possuía no antropofagismo uma explicação de incorporar as virtudes valentes do devorado no devorante. E havia um certo ritual que os velhos cronistas registraram. Não era o gosto exclusivo pela carne humana que levava o guerreiro a assar no moquém o vencido.

No mundo dos guabirus a razão será, inicialmente, falta de alimentação. É quase impossível verificar-se este estado na normalidade ecológica em que vive Gô. Não tenho observações e depoimentos para atestar pela afirmativa nem chegar a negar o que tanto homem ilustre afirmou desde meados do século XVIII. Deixo apenas o registro no plano das possibilidades sem evidências de maior clareza perceptiva.

Não me consta que Gô suba às árvores procurando ninhos para furta-lhes os ovos. Na mangueira talvez respeite as tapiucabas, implacáveis para qualquer violação territorial. Já o tenho visto empoleirado na goiabeira e descendo com uma goiaba atravessada nos dentes, feliz da vida.

No ouro matinal, Gô atravessa o canto de muro farejando, focinho baixo como um porquinho negro. Rápido, inquieto, indeciso, parando e recomeçando a marcha miúda e surda, detendo-se para identificar restos de frutas e folhas tontas, enroladas e verdes que os xexéus fizeram cair da mangueira, sua sombra está em toda parte, silenciosa e indagadora, pesquisando a possibilidade do almoço. Agora o vejo, olhinhos brilhantes, os tufos brancos do bigode mongol palpitantes; avança num leve fungado curioso para a ruma de tijolos, a casa-grande da região. O faro adverte-o da presença perigosa de alguns moradores de dispensáveis relações próximas, Licosa e Titius, e continua a jornada calada e sutil, olhando as redondezas mudas. Parece-me *Sir* John Falstaff, gordo, glutão, vaidoso, covarde e cínico, não o Falstaff da Guerra dos Cem Anos, mas o de Shakespeare, do *As Alegres Comadres de Windsor* e de *O Rei Henrique IV,* simpático apesar dos vícios e sugestivo sem as virtudes.

Evoco mentalmente *story and history* de sua longa vida, desde a Pérsia, até este quintal num recanto do Brasil tropical. Admiro-lhe a fidelidade ao temperamento, a coerência nos defeitos, a impertubalidade na imperfeição. Não lhe nego que a vivacidade alerta, a coragem corsária, a valentia criminosa, a fácil, natural e legítima graça tosca e hábil com que vem vencendo tempo e distância numa serena continuidade de violência e rapinagem. Não se impõe aos artistas porque não tem a elegância do gato ou o porte do tigre. Sua pequenez o faz cômico, ridículo, esquecido nas memórias que o recordariam sempre se valorizassem a força e tenacidade de sua vida baixa e suja, no mesmo caminho e modelo dos seus antepassados do Kurdistan e Azerbeidjan.

Parou para roer, distraído e displicente, uma goiaba verde. Largou-a. Um rumor nas folhas secas afastou-o numa carreira em linha reta, decisiva, rabo horizontal. Um instante seu perfil passou no recanto do muro manchado de mofo. E desapareceu...

O BACURAU-MEDE-LÉGUAS

> *– É dizendo e o Bacurau escrevendo...*
> Imagem afirmativa de origem misteriosa

O sino da matriz distante derramou a sonoridade vagarosa das três lentas badaladas das "Trindades" dando à paisagem imóvel do fim crepuscular a suavidade de uma paz melancólica. A noite iniciante foi adormecendo as cores, e as névoas da treva dispersavam os contornos dos seres e das coisas.

A rodovia onde passam trepidantes os caminhões de carga e os automóveis de trabalho ou vadiagem é paralela à velha estrada de areia solta, com blocos de barro batido que um vago compressor comprimiu e o tempo esqueceu. Foi caminho das boiadas e estrada do fio porque se alinhavam, espectrais, os postos do telégrafo Morse. A orla é feita por um mato raro e ralo, espalhado entre os tufos de capim amarelo e duro, desdenhado pela fome dos ruminantes e asilo das saúvas e besouros variados. Há formigueiros de muitas cores e formigas de tamanhos, conformações e tintas diversas, ocupadas todas, umas de dia, outras de noite e as saúvas de dia e de noite.

Agora, que a tarde acabou e a noite começa, Niti está cumprindo sua tarefa habitual, andando com gravidade ou saltando como um palhaço, dando vôos baixos e curtos, com reviravoltas, descidas e curvas que nenhum piloto acrobático plagiaria. Vezes pára, estendendo o abreviado pescoço e fica quase deitado ao rés do areal, o bico escancarado mostrando o abismo vermelho da goela palpitante. Bruscamente fecha o bico para dar um pulo vertical, aproveitando o impulso num pequenino vôo com alguns coleios aéreos que terminam numa descida de folha seca ou parafuso da morte.

Quando está imóvel, espectante, vezes a luz dos holofotes dos automóveis incide por um segundo na ave e os dois olhos de Niti se iluminam, imensos, redondos, deslumbrantes, como se fossem dois espelhos de cegantes reflexos, amarelos e rutilantes, insustentáveis à contemplação humana.

Niti está caçando insetos e o fará, com maior ou menor entusiasmo, até o clarear do dia. De papo abastecido por algumas horas, volta ao seu pouso ocasional porque independe, bicho feliz, de possuir domicílio certo até a postura dos dois ovos brancos, com pintinhas violeta.

Niti é conhecido por curiango e também bacurau. Teodoro Sampaio informou que bacurau é voz onomatopaica mas Rodolfo Garcia disse que talvez fosse originária de *mbaê,* coisa, bicho, e *curau,* que-solta-a-língua, o maldizente. Essa habilidade humaníssima do bacurau ser falador, mexeriqueiro, enredador, creio injusta para ave de tão composto e sisudo porte.

Retraído, isolado, solitário, desconfiado, como é que Niti vai preocupar-se com a vida do xexéu, do canário, do bem-te-vi e das lavadeiras doidivanas e peraltas? Tem todas as horas ocupadas em misteres indispensáveis. Não podendo ver de dia e sim das horas crepusculares em diante, emprega-as para sua estimável subsistência. Anunciado o dia, Niti retoma seu lar num oco de pau ou cavidade de pedras e adormece, de consciência tranqüila. Nunca se aproxima de outra ave e sim, duas vezes por ano, da senhora Niti, também de livre escolha ocasional, para o sacrifício da propagação da espécie no tempo e no espaço. Com quem o velho bacurau ia exercer o exercício gostoso de falar do próximo se ele não tem próximo, excetuando os insetos assimiláveis?

Passava, pesado e lento com sua clava maciça, o homem de Heidelberg e o bacurau já caçava suas predileções ao escurecer a noite de quinhentos mil anos.

É um caprimulgídeo, gênero *Nyctidromus albicollis,* Gm. *Nyctidromus* porque passeia, anda, corre, durante a noite. *Albicollis* por ostentar certo tipo uma mancha branca, semilunar, na garganta. Por isso o chamam bacurau-do-peito-branco. Porque fica deitado, pisando devagar pela estrada, gastando tempo de um para outro ponto, dizem-no bacurau-mede-léguas, explicando-se que Niti está espontaneamente verificando a honestidade dos construtores rodoviários, medindo escrupulosamente a quilometragem.

Quanto ao nome ilustre de caprimulgídeo há uma história longa e séria, digna de qualquer almanaque de gota. Aristóteles – sim senhor, Aristóteles – escreveu que certas corujas gregas (a Grécia é a sua terra; lá são dedicadas a Minerva, Palas-Atenas) tinham a técnica maravilhosa de ordenhar as cabras. Pior é que as cabras ficavam cegas depois da ordenha.

Esta tradição escorreu pela Europa e ficou densamente na península itálica, irradiando-se com a memória romana.

Encontrando-se sempre certas aves junto aos currais ou rebanhos de cabras, especialmente nas tardes, horas da colheita do leite, houve uma interpretação inteligente de dizer que as cabras eram mungidas por aquelas aves pequenas, de cores neutras, espantadiças e humildes. A história, aqui, "estória" como escrevo, teimoso, das corujas da Grécia vestiu como uma luva a observação local e deram para chamar as aves de *Caprimulges, Capra-mulgere*. E daí a família dos caprimulgídeos que o austero inglês denomina, seriíssimo, *Goat-suck,* no mesmo roteiro. Pela Borgonha o nome ficou ainda mais significativo, *Sèche-trappe* ou *Sèche-terrine*.

Naturalmente os sábios têm suas *horas de niño* e esquecem que as aves, os pássaros, não podem mungir animal algum. Não possuem o movimento da sucção. Não precisava o pesquisador Schwenckfeld realizar longo inquérito entre criadores de cabras para assegurar-se da inexistência de qualquer caprino permitir ser ordenhado por uma ave. E nem pensou que, funcionalmente, o caprimulgídeo não conseguiria extrair leite da teta da cabra com o atrapalhante auxílio do seu bico curto. São as *horas de niño,* de rejuvenescedora presença.

Na França os caprimulgídeos receberam o doce nome de *Engoulevent* porque voando de bico aberto contra possíveis enxames de mosquitos ou moscas noturnas engoliam vento. O principal modelo é o *Caprimulgus europoeus,* que se diz, em Portugal, noitibó, e que provocou a pesquisa erudita de Artur Neiva, provando não ser vocábulo da língua tupi, e sim da portuguesa. Provinha de *noctivoo* e este de *noctivolans. Volans* e não o *dromus* de suas classificação científica e mais justa, exceto o ordenhar cabras.

Niti mede seus 25 centímetros da altura, vestindo modestamente os tons de ferrugem-canela sobre fundo cinzento. Cores discretas como convém a um notívago que o esplendor do sol não iluminará as garridices vistosas das cores vivas e atraentes. Suas penas macias e moles lhe dão silêncio no vôo. Não sei se ele, como seus primos europeus, voa com o bico aberto, engolindo vento e fazendo rumor de tear cuja intensidade denuncia a rapidez, enfim o *wheel-bird* da Grã-Bretanha. No mais ou menos é idêntico aos da família.

O Senhor Conde de Buffon afirmava que o caprimulgídeo era originário do continente americano e que o *Caprimulgus carolinensis,* Gmel., partindo da parte setentrional, *d'où le passage en Europe était facile,* alcançara o Velho Mundo estabelecendo a primeira colônia. Pelo menor cálculo é a espécie parecida e residindo, ainda hoje, nas regiões mais próximas, o elo para os *engoulevents* europeus.

Muito se tem falado contra a preguiça de Niti em fazer o seu ninho. Não o faz e sim utiliza cavidade de árvore velha ou simplesmente uma depressão de terreno para oferecer à senhora Niti o conforto indispensável à maternidade. Buffon, há dois séculos, contrariou o libelo-crime acusatório. Os pássaros não trabalham à noite na tarefa da nidificação. A noite para Niti é um período totalmente preenchido pelas suas ocupações alimentares. As aves da noite não nidificam. Servem-se do que encontraram já feito, por outra ave ou pela Mãe-Natureza, sempre raseiros e fáceis de entrar e sair porque Niti é ave do solo, *dromus* e não *volans*.

A senhora Niti guarda com carinho os dois ovos brancos com salpicos violeta e cumpre a incubação dedicadamente. Não defende o ninho como a galinha faz, bico e patas incansáveis, mas chega ao heroísmo de permanecer até a máxima aproximação do observador que ela, a inocente, não sabe distinguir entre o interesse do ornitologista ou o atrevimento do caçador. Sua área restringe-se sob a força do amor maternal. Permite uma aproximação muitíssimo maior que noutras ocasiões. Além desta solicitude, a senhora Niti, informa Buffon, empurra os ovos com as asas para um recanto mais sossegado, ocultando-os ou tentando ocultá-los quando os crê ameaçados. Verdade é que o segundo ninho é tão rude e primitivo quanto o primeiro. Lembro Buffon para mostrar a antigüidade da observação.

Não posso afirmar que Niti tenha vista sobrenatural. Deduzo-a apenas razoável pela pouca distância dos seus golpes. A olfação é reduzida ou quase nula. O ouvido é sensível e põe o bacurau de sobreaviso de qualquer anormalidade nas suas horas de caça. Horas de caça são horas visíveis para visitá-lo com decente afastação cerimoniosa. De dia o bacurau é fidalgo. Não recebe. De mais a mais não lhe sabemos o endereço. Só um acaso conduz o felizardo à morada do velho Niti. A recepção é impossível. Niti foge, infalivelmente. *Reposez-vous et laissez reposer les autres, monsieur!*

Nunca tive o encanto de encontrar o velho Niti empoleirado numa árvore. Centenas de vezes o deparo pela estrada, andando, deitado, pulando, esvoaçando, com os dois grandes olhos de fogo radiante, denunciando-lhe a presença.

Pequeno, grosso, o bico curto, o rasgão da boca segue até o nível das órbitas dando-lhe um aspecto trágico e uma impressão vaga de sábio meditativo na quadratura do círculo ou cubagem da esfera.

É preciso um lento e precavido rodeio, com paradas de minutos, escondendo-se nos acidentes do terreno, para vê-lo em ação caçadora. Vê-lo a uma determinada distância. Durante os fulgurantes lampejos dos faróis dos automóveis identifica-se Niti que, imediatamente, levanta acampamento para dentro do mato rasinho, retomando a posição desde que a obscuridade se restabeleça. Há uma espécie de cauda bem maior, arrastando-se, ornamental mas inútil, na areia escura. Nunca o vi abrindo esta cauda que dizem não ter muita plumagem. Nunca cheguei a ver Niti no seu gênero *Hydropsalis torquatus,* com as retrizes formando asas de tesoura, a mais cega de todas as tesouras deste mundo. Dias da Rocha recenseou quatro no Ceará, o *Caprimulgus parvulus,* Gould, o *Eleotreptus anomalus,* Gould, o *Nyctidromus albicollis,* que vive nos arredores do canto de muro, e o *Nyctibius grandis,* Wild, o *Mãe-da-lua,* cheio de espantos e de lendas assombrosas, fabuloso pelo canto lúgubre e espalhador de pavores.

Como o velho Niti passa sua noite atarefada rasteiro ao solo, dizem que ele escreve. Para quem e o que escreve é que é segredo da natura. Daí virá a frase sertaneja do Nordeste do Brasil: *É dizendo e bacurau escrevendo,* imagem corroborante de qualquer afirmativa que não admitia dúvida.

Nunca me disseram que o bacurau bicasse outra ave ou gostasse de frutas verdes, maduras ou podres. Tampouco lhe ouvi canto ou rumor no vôo. Vários mestres da ornitologia afirmam que ele canta, mas não me concedeu as honras de audição mesmo longínqua.

O dia vem longe mas a noite esfriou, anunciando a madrugada remota quando os pássaros cantarão. Niti apagou seus olhos coruscantes e sentiu-se o vôo rápido, intervalado de pousos, rumo ao lar que só ele sabe onde será.

Não faz mal. Amanhã quando a noite vier encontrá-lo-ei na estrada abandonada, na moldura do mato raro e ralo, caçando infatigado os invisíveis insetos que vivem na areia pobre e nos arbustos tristes...

A História de Vênia

Vênia desceu no muro por entre os ramos enlaçados da trepadeira. Baixou em linha reta e, trinta centímetros antes do solo, pulou elegantemente. O ventre largo e chato de um amarelo sujo e baço roçou na areia fulva. Vênia arqueou ainda mais as patas curvas e musculosas, agachando-se, dissimulada, arrastando-se como um pequenino jacaré de brinquedo. Bruscamente estendeu, numa projeção de dardo, a tira estreita, fina e longa de sua língua vermelha. Apanhara um casal de mosquitos. Depois um tonto moscardo. Três moscas idiotas que não ganharam altura no momento preciso.

Terminado o desjejum andou diante. Deu uma carreirinha nervosa e saltou, airosa, para cima de uma pedra. Ficou parecendo, na claridade matinal, um bronze. Balançou para baixo e para cima, repetidamente, a cabecinha triangular cinza-esverdeada, concordando que a vida é agradável e há momentos felizes na existência de um *Hemidactylus mabuia*, lagartixa de muro de quintal sem trato.

É uma soberba lagartixa de quarenta meses bem vividos, robusta, audaciosa, sólida no curto pescoço e nas patas fortes e flexíveis, corredora olímpica, saltadora esplêndida, caçadora admirável. Vênia é exemplar macho, sabendo lutar e manter a fêmea na carícia decisiva de sua pressão mandibular. Sua velhíssima família, as *Geckonídeas,* garante vitalidade e saúde normais. Da ponta da cabeça à extremidade da cauda mede uns dezessete centímetros. Talvez mais. É larga, gorda sem excesso, movendo-se com rapidez e precisão técnica.

Há alguma variedade no desenhos dorsais. Vezes, ligadas ao fio branco que lhe percorre todo corpo, estão manchas claras que lembram miosótis. Noutros tipos, as duas riscas longitudinais seguem ponta a ponta, paralelas e negras, ressaltadas no fundo cinza do corpanzil.

Vênia é uma conseqüência da curiosidade geográfica aliada à exploração do negro proletarismo africano. É uma resultante econômica, política e social de outrora.

Sua terra antiga é a África Ocidental. Digamos que ama os territórios portugueses da Guiné, do Congo, de Angola. De lá é que emigrou embarcando clandestinamente nos navios negreiros desde o século XVI.

Que fora Vênia quinhentista e seiscentista fazer a bordo dos brigues e dos bergantins carregados da gente escrava que vinha para o Brasil, é que não posso deduzir, se não aceitar o impulso da verificação geográfica como tiveram Ibne Batuta, Marco Pólo, Vasco da Gama e Cristovão Colombo. Atravessou o Atlântico alimentando-se perfeitamente das sevandijas vivas das naus e desceu, tranqüila, nas praias de areia do Nordeste brasileiro, onde quer que despejassem a bagagem humana consignada ao esforço criador e duro. Nordeste e Sul. O transporte de Vênia encostava em muita terra e nesta o lacertíleo penetrava, aceitando a nova pátria. Devia ter sido problema insolúvel a viagem de machos e fêmeas e a coincidência dos casais para a multiplicação da espécie que se nacionalizou, depressa e abundantemente. Certo é que estes colonos trouxeram companheiras em número suficiente e ganharam o Brasil, com decisão e conforto. Em parte explica-se a adaptação fácil pelo temperamento amável e concordante de Vênia. Ainda hoje repete o gesto afirmativo a qualquer pensamento. Não é possível repelir-se um hóspede assim gentil e conformado.

Agora Vênia abandonou o pedestal e recomeçou a caçada com precaução e vagar. Cada salto sobre a vítima é antecedido por uma série preparatória de movimentos lógicos de acomodação no terreno, visão da presa, cálculo da aproximação pela ângulo de mais provável segurança no rendimento. Vezes fica no nível na menor elevação, rente com os montículos de areia, possivelmente invisível e aparentemente imóvel mas está se deslocando, em frações de milímetro, linha a linha, na perfeita consciência de sua responsabilidade caçadora. Este processo de acercamento, de rojo, silencioso, avançando sempre, corrigindo os enganos com paradas e simulações imediatas, denuncia a respeitável antigüidade, aperfeiçoamento e seleção de Vênia nos seus métodos de captura de besourinhos e moscas distraídas.

Esta longa e visível capitalização de experiência demonstra a velhice espantosa da espécie e como as maneiras de obter a caça foram sendo filtradas pela crítica obscura e feliz do instinto.

Se Vênia se dignasse responder a um questionário, daria outra tradução ao cômodo "instinto" como nos referimos à sua inteligência que não é uniforme e mecânica mas atua de acordo com os tipos que persegue e as horas de luz e penumbra em que exerce a nobre arte de viver à custa da morte alheia.

Vênia sabe os hábitos e recursos de cada uma de suas peças de caça habituais, como nenhum caçador conseguiria imitá-la. Depende da rapidez com que o inseto possa elevar-se e mesmo a duração de sua trajetória antes de ficar fora do alcance de Vênia, a intensidade do seu salto e a posição tomada para desfechá-lo. Há besouros que sobem quase em vertical e outros numa diagonal relativamente vagarosa. Vênia pula como uma fera esfaimada sobre o primeiro e não tenta segurá-lo se o golpe falhou. Sabe que o besouro está muito além de suas mandíbulas. Para o segundo a técnica é diversa e a lagartixa salta, duas ou três vezes, confiando apanhar o inseto antes que este ganhe distância suficiente para livrar-se.

Nas horas do crepúsculo matutino e vespertino há sempre uma nuvem de mosquitos esvoaçando num determinado nível próximo ao solo úmido. Vênia só se apresenta quando o cortejo dos mosquitos baixa a uma conveniente posição para as sucessivas dentadas e lançamentos de língua. Conhece ela que os mosquitos não fogem imediatamente e que ficarão um ou dois minutos volteando o mesmo ponto e em situação acessível à captora. Aproveita este tempo correndo e pulando, focinho no ar, dentro do círculo limitado sobre o qual sua caça volteia.

Para outros insetos de vulto a forma é mudada e a lagartixa dissimula sua vigilância em todos os objetos que a separam da vítima. Caco de telha, rumo de areia de formigueiro, arbustos, folha amassada de papel, tufo de capim são outros tantos esconderijos, abrigos provisórios, postos de escuta e observação, descrevendo curvas, ziguezagues, evitando rumor e percepção direta do inseto que continua, tranqüilo, sua refeição infeliz.

O final desta manobra é um arranco irresistível, no momento exato que deveria ser iniciado sobre o objetivo. Não sei de caçador mais veterano de mata e brejo que superasse Vênia na cuidadosa precaução com que acompanha sua caça. E chamamos a este conjunto de raciocínios acumulados no tempo e exercitados na justa oportunidade, "instinto". Qualquer caçador abatendo um par de marrecas numa lagoa ou pescando um peixe mais avultado não admitiria que "instinto" fosse a palavra premiadora do seu sucesso.

Não posso afirmar que outra Vênia repetisse a sabedoria desta de minhas relações pessoais. Que todas têm a solução idêntica para os momentos decisivos de caça, não devo afirmar.

Pela manhã a sombra da folhagem da mangueira se recorta em manchas negras quase salientes pela intensidade da luz. Uma manga madura, de casca esfarelada, mostra convidativamente o conteúdo amarelo e mole. Dois besouros estão almoçando, as trombas mergulhadas na polpa úmida, saciando-se. Vênia veio vindo, parando de nódoa em nódoa sombria, ocultando-se nelas, detendo-se como para manter a tranqüilidade do ambiente. Dois segundos de parada, e recomeçava, rente ao chão, a marcha coleante, pondo a cabeça de sáurio na areia, os dois olhos redondos e fixos focando os convivas desprevenidos. Três palmos perto deu a arrancada definitiva, entortando a cauda rugosa e áspera, rubra garganta entreaberta e voraz. Um dos besouros foi apanhado pelo meio e o segundo arrastou-se, lambuzado e capenga, sacudindo desesperadamente as asas molhadas pelo sumo da fruta, sob os élitros erguidos como protetores, enfiando as finas patas na areia solta e fina. Vênia deglutiu o primeiro comensal e antes que o segundo pudesse desprender-se no vôo, derrubou-o com uma dentada em falso, segurou-o na boca acerada e voltou depressa para a penumbra do muro.

Em poucos minutos modificara sua maneira de caçar de acordo com as circunstâncias. Instinto... Ou, como sugere Bouvier, "estímulo"...

Edmond Jaloux raciocinava mais claro que muitos estudiosos especialistas: " – Opomos o critério humano ao animal porque aplicamos a palavra critério a uma série de raciocínios que seguem determinada ordem, e ignoramos em que consiste o critério animal. Se observamos, todavia, os seres irracionais teremos de reconhecer que cometem muito menos erros em sua vida que nós outros, o que parece bastante humilhante. É raro que um animal que as circunstâncias obriguem a sofrer certos equívocos, devidos a uma imprudência de sua parte, não a evite pela segunda vez se as circunstâncias o colocam diante do mesmo perigo. Ao contrário, em nossa espécie, um indivíduo que sofreu dano considerável pode encontrar-se pouco depois ante igual alternativa e novamente sofrer o mesmo dano, e o erro se prolonga assim indefinidamente".

Os únicos erros, ou melhor, enganos, que um animal comete são os devidos à idade e baseados na sua vaidade de parecer moço e ágil. Não podemos, evidentemente, jogar-lhe a primeira pedra.

Certas lagartixas que atingiram idade provecta erram os saltos e mesmo caem do muro apesar de suas patas com uma espécie de ventosas fixadoras nas superfícies lisas. Pulando de um para outro ângulo do muro, nas esquinas, vêm ao chão com estrépito disfarçando a legitimidade da queda com uns ares esportivos de intenção saltadora. Uma velha lagartixa negra, que deve ser a matriarca da região, escorrega constantemente e fica no solo balançando a cabeça veneranda com um jeito de quem solicita aplausos para sua destreza. Conheço, noutros planos, gente velha com a mesma mania.

Pouco perderam de sua agilidade para caçar e da sagacidade nas manobras de acercamento da presa. Apenas certo tipo de caça está abandonado porque suas forças não correspondem às exigências da captação. A vaidade obriga-as a cometer o erro de perseguir e perder a comida que sabe escapar-lhes com naturalidade. É a deformação psicológica da autocrítica pessoal permitindo a certos gloriosos dançarinos de outrora, fisiologicamente aposentados, que, na embriaguez dos excitamentos da platéia, dancem esquecidos da impossibilidade de manter a leveza, graça e brilho rítmico do passado distante. Não se convencem que o tempo passou e seus músculos não correspondem à intenção íntima de elevação e força criadora coreográfica. Identicamente, velhos tenores, barítonos e músicos têm estas zonas de vácuo no cérebro, talqualmente as lagartixas que se supõem aptas para os saltos limpos, dos anos decorridos. Já assisti no Teatro Municipal do Rio de Janeiro ao maduro sucessor de Nijinsky submeter-se a esta demonstração negativa de sua esgotada capacidade de força rítmica. Não é demais que as lagartixas repitam ou dêem exemplos de tais erros de julgamento individual.

Vênia não é exclusivamente insetívora como registram os livros que a estudam. Gosta de mergulhar a língua no mamão maduro. Degustação rápida mas visivelmente deleitosa. Vezes procurando o mamão espapaçado depara caça inesperada e sabe aproveitar a boa fortuna.

Uma característica desses animais é a sua inesgotável capacidade de absorver alimentos. Jamais estão fartos ou displicentes para um bom-bocado fortuito. Comem, numa jornada diária, duas ou três vezes o próprio peso. Nunca pude ver Vênia com indigestão ou nos rigores da dieta recuperadora. Está sempre com o estômago em forma e apetite disponível.

O desejo amoroso nos humanos independe de sua aptidão fecundadora. E também do tempo. Meninos apaixonam-se por velhas e anciões por mocinhas. Vice-versa. Em qualquer época do ano estão em amor potencial ou funcional. Vênia, bem ao contrário, possui seu tempo, tempo útil em que a espécie recebe a contribuição individual de seus componentes para os misteres da perpetuação. Não há perda da ânsia criadora nem desperdícios da capacidade de sedução para a conquista da indispensável companheira. Tudo está regulado com segurança e previsão e os resultados pertencem à classe matemática das certezas e das materialidades infalíveis.

Vênia começa no verão a realçar sua decoração dorsal que se torna mais nítida e visível. Pode ser um elemento de apelo, chamamento de atenção, sugestão de escolha para as fêmeas disputadas, ou armadura defensiva para os inevitáveis rivais do prélio sexual, desenhos mais notórios para assustar, distanciar o competidor ao mesmo objeto. Vênia nunca permitiu informação a respeito e os estudiosos escrevem conforme deduções próprias e naturalmente dignas de crédito.

Liga-se à exasperação amorosa de Vênia um elemento da organização administrativa do seu território, onde não pode residir outra lagartixa idosa e masculina. É fácil constatar a existência de animais menores e em idade pueril, se me permitem o preciosismo. Na época da ânsia sexual os machos invadem todas as fronteiras e os combates são ferrenhos e ferozes porque se unem os dois ciúmes, da fêmea desejada e da terra possuída. Vênia deve bater-se pela Dama e pela Grei...

Independentemente da fase da fecundação, em que o odor do sexo atordoa as possantes lagartixas, há uma ou outra visita bem dispensável de machos durante o ano mas, curiosamente, raro é o combate nesse tempo. Limita-se o encontro a uma rápida investida de Vênia sobre o intruso, que sofre uma dentada ou não dá tempo para este ataque e quase sempre dispensa a represália, fugindo. Ouve-se perfeitamente o estrépito desabalado da carreira do perseguido e do perseguidor na folhagem seca e desaparecimento de ambos personagens na sombra das trepadeiras ao prumo do muro.

Apesar de Vênia possuir, logo debaixo do queixo, uma bolsa gular, peles moles que a carreira sacode, nunca a vi cheia, distendida pelos gases do estômago que a excitação provocará e que constitui outro meio de intimidação aos adversários e atração para as fêmeas, segundo observadores de tipos semelhantes.

O balanceio da cabeça de Vênia é que me seduz. Nada descobri intrinsecamente. Auxilia os movimentos peristálticos, facilitando a digestão ou será unicamente mania de aderir à unanimidade banal?

Gesto inconsciente é que não creio que seja. Não há inconsciente nos animais. Todos agem no plano sensitivo, respondendo às excitações imediatas. Podem esses ademanes ligarem-se às formas mentais. Mas, com licença da palavra, lagartixa terá idéia de que proceda uma ação?

Será linguagem? Estou me convencendo da comunicação animal através de cantos, gestos, toques de antenas. O *Homo sapiens* deseja muito defender o seu monopólio mas os animais um dia responderão às perguntas feitas há tanto tempo. Não responderão ao que perguntarem porque dispensarão prudentemente maior convívio com a raça humana, mas permitirão ao observador a visão dos elementos positivos de que se entendem perfeita e naturalmente.

Não posso arriscar-me a confidenciar sobre a linguagem de Vênia através da cabeça balançada, porque ela repete este gesto quando está sozinha. Dir-me-ão tratar-se de um solilóquio, meditação solitária e profunda. Muita gente ilustre fala só ou sonha em voz alta. A provocação não podemos identificar mas existe mesmo que o falador ou sonhador depois confesse não poder recordar-se do motivo determinante. Nem por isso o ato desapareceu.

Há no Oriente um réptil, o *Stellius vulgaris,* que os árabes denominam *Hardum* e que goza de geral antipatia e velho ódio coletivo. Quando o encontram no campo ou na cidade matam-no infalivelmente com fúria de origem religiosa. É que o estelião, de ânimo essencialmente burlador e zombeteiro, diverte-se imitando os movimentos da cabeça dos maometanos quando oram nas mesquitas. Trata-se, evidentemente, de um desrespeito ao profeta do Deus clemente e misericordioso e os muçulmanos não admitem o sacrilégio. Castigam o estelião com infalível morte.

O malfadado estelião apenas plagia, tal e qual, as cortesias habituais de Vênia no cimo do muro.

Deduzo que Vênia, com sua graça afetuosa de concordar, não ganhou os inimigos do seu primo oriental. O valor da concordância está na rápida impressão do solidarismo aplaudidor que ela empresta a todos que a vêem.

De sua vida normal há a rotina das pegas de insetos e evoluções no solo e riba do muro. Não é noturna na acepção real do vocábulo mas caça até passar o crepúsculo. Com a noite Vênia desaparece e são outras espécies, aparentadas, as substitutas nas pistas volteadas da insetolândia.

Não sei como descobre a fêmea e a segue obstinado, fulminantemente enamorado e rapidamente desamoroso. Creio que haverá uma emanação das lagartixas fêmeas que impressiona o olfato alertado dos machos, fazendo-os identificar o caminho ignorado para a escolhida do acaso, futura poedeira dos ovos redondos e duros, quase incubados pela luz ardente do sol, depostos nos ângulos do muro e frinchas acolhedoras.

Se nesta procura depara outro macho, Vênia bate-se imediatamente. Nunca pude ver o início do duelo. Assisto já ao embate frenético que é de impressionante violência inacabável.

Emprega apenas as mandíbulas cortantes. Não usa a cauda móbil como os tamanduás e tejuaçus que se chicoteiam mutuamente com estalos sonoros que lembram as espetaculares exibições dos comboeiros nordestinos fazendo romper o ar com as "pontas de linha" tonitruosas.

A luta é de dentadas não rápidas, seguidas, entrecortadas de arremessos como Gô e Musi combatem com seus pares respectivos.

Vênia segura a dentada, dura e forte, durante muitos minutos. Os dois ficam imóveis. Bruscamente o adversário se liberta e reage, rodando, procurando o lugar sensível para a resposta, quase sempre na região mole do pescoço. Se pode fisgar, prolonga o efeito, parada, olhos fixos, gozando a paciência sofredora alheia.

Vezes há um corpo-a-corpo decorativo mas rápido. As lagartixas se erguem arrimadas uma à outra e abraçam-se num amplexo dramático, em movimentos ansiosos para a mordida decisiva. Também assim batalham os grandes jacarés amazônicos, ruídosos, resfolegantes, espadanando água revolta do rio nativo.

De súbito, uma das lagartixas evita o golpe e foge, patas levantadas, corpo suspenso, numa derrota clássica. A outra persegue-a até onde pode, mas certamente reserva as energias para outros prélios e o encontro amável com a fêmea próxima, mas invisível.

O casal amoroso se esconde na sombra das trepadeiras, o macho cavalgante, a fêmea submissa, cauda dobrada para facilitar o impulso fecundador dos dois hemipenes, e aprisionada pela boca sôfrega de Vênia que a prende na altura da nuca, dominadora e cruel em sua fome de sexo. Depois do ato a separação é instantânea em desabalada carreira um para cada lado. Encontrar-se-ão logo depois numa repetição feliz, terminada pela correria inevitável.

Dizem que Vênia não desdenha o contato amoroso, infecundo e fugaz, com os espécimes do mesmo sexo. Nunca me foi possível a verificação afirmada pelas observações demoradas. Há, entretanto, o registro nas fontes sérias dos sábios de crédito.

A vida é simples e cômoda. Caça insetos, repleta-se, dorme a sesta, volta ao trabalho captor e ao escurecer recolhe-se para dormir. Duas e três vezes por ano bate-se com um colega competidor, permutando dentadas, e subjuga a fêmea, fecundando-a sem romances prévios e responsabilidades posteriores.

Não a segue e desconhece onde a fêmea fecundada deporá os três ou quatro ovos esféricos, branco-pérola, resistentes. Não defende a futura prole nem para ela agarrará o menor besouro fácil. A fêmea escolhe um recanto exposto à reverberação solar mais intensa, sempre com fundo de areia solta ou arrimo de um tijolo. Não é senão cuidado para evitar que os ovos rolem e se dispersem. Não visita muito os ovos mas anda por perto. Aquecê-los-á com seu corpo? Certamente, mas nunca vi. Não arrisca fração de sua ilustre pessoa maternal para livrar um só ovinho. Entrega-os ao espírito protetor da espécie que está encarregado de promover a perpetuidade das lagartixas.

Mas aquele ovo pequenino, abandonado ao pé do muro, significa, na história da vida organizada, a maior e mais permanente vitória sobre o tempo. Graças a ele libertou-se o animal do domínio exclusivo do mar ancestral, fonte única das existências em formas iniciantes. Defendido pela casca, o embrião vivo na gema, cercado por uma membrana porosa que o comunica com a "clara", o líquido que alimenta e protege, tornou-se independente e transportável. O ovo ainda denuncia a fecundação interna e direta da fêmea pelo macho. Decorrentemente abre o ciclo da conquista, da luta pela captação da simpatia ou posse brutal do elemento feminino. Estava aí o núcleo longínquo e poderoso dos bailados nupciais, das lutas, das batalhas, das mobilizações ao derredor das tocas, furnas, luras, palácios, barracões, aguardando a escolha indispensável da companheira indispensável. Para os efeitos da impressão inicial, da irradiação simpática, os machos obtiveram cores vistosas, agilidades coreográficas, fardões, trinados, cantos, pios, guinchos e bufidos, finuras de olfato, força na extremidades preênseis fixadoras da amada presa que poderia furtar-se ao abraço fecundador.

Tudo quanto nasceu depois e transformou-se nos cultos litúrgicos da vaidade, decoração, enfeite atraente, as mudanças de Júpiter, as batalhas pelo ouro, poder e glória, provém da necessidade poderosa da propagação, da conquista da fêmea, fazê-la portadora do ovo que é a espécie no tempo sem fim. O ovo dos répteis, o primeiro ovo nascido na noite distante de milhares e milhares de séculos, ia criar todo este cortejo, onímodo e deslumbrante que nos entontece e arrebata.

O ovinho da lagartixa simbolizava, legitimamente, a inicial. Era um ovo de réptil no canto de muro, guardando a eternidade.

Três personagens à procura de autor

De toda a região alcançada por um olhar, o alto da mangueira ao derredor, a mais elegante e sedutora criatura é Dondon, galinha carijó de três ninhadas, leve, nervosa, ondulante na sua plumagem cinza e prata, macia ao olhar como veludo ao tato. Pende-lhe dos lados da cabeça airosa e fina dois lóbulos de coral escarlate e o bico de ouro novo, de recorte enérgico, limpo e firme, ressalta perfil voluntarioso de fêmea nova e que se sabe bonita e desejada pela fome de todos os galos e sonho de todos os frangos. Pisa mansa e decidida, pernas resistentes de amarelo-claro e dedos sem excrescências e nodosidades, olhando com segurança a paisagem que a moldura.

Dondon deve residir oficialmente num dos sítios afastados, mas tem humor aventureiro e sangue romântico para evasões sentimentais. Foge sempre à rotina do galinheiro banal e vem pulando muros e atravessando campos até o local que o seu gosto elegeu para a postura sempre clandestina ao olhos do proprietário que a supunha fecunda. Seu orgulho é voltar aos pátrios lares com o bando piante e jubilosos de pintos roliços, seguindo-a numa glória maternal.

Meses depois Dondon recomeça o ciclo atrevido das escapadas e escolhe novo ninho onde vem depor um ovo diário, chocado com desvelo para acompanhá-la – tornados filhos vivos – no séquito rumoroso para a casa paterna distante.

Desta vez simpatizara com um caixote quebrado, junto ao mamoeiro, forrado de palhas velhas que outrora defenderam a fragilidade de garrafas de vinho tinto. Dondon dispôs harmonicamente seu apartamento e ficou famosa por algumas ações imprevistas e surpreendentes.

No capim residia temporariamente uma centopéia, de dezesseis centímetros, que protestou contra o desejo sumário agitando vinte pares de patas ameaçantes, tremulando as dianteiras inoculadoras de veneno doloroso e fazendo vibrar o último casal posterior, em tremenda possibilidade guerreira. Dondon olhou-a com curiosidade e dividiu, matematicamente certa, em dois fragmentos, a coerente abscissa que ostentava o horrendo quilópode. Com três movimentos ondulatórios do pescoço acolchoado de penas cinzentas, deglutiu a centopéia como se fosse aspargo. Várias baratas vermelhas e negras tiveram o mesmo destino e a pedrês valente higienizou a morada almoçando, tranqüila, os antigos hóspedes da mansão.

O que mais estarreceu o canto de muro é que ela, enxergando a majestosa e rapidíssima Licosa temida por todos, correu imediatamente, de asas abertas e bico em riste, ao encontro da caranguejeira que iniciou uma retirada fulminante para os recônditos da pirâmide de tijolos. Titius nem sequer teve coragem de pôr uma pata de fora. Grilos, aranhas, desapareceram depois desta demonstração de coragem e voracidade heróica. Dica, a aranha-d'água, entendeu ser prudente tornar-se invisível. Até Musi, coincidente no atravessar do quintal, safou-se aos pulos de uma aproximação fatal com Dondon.

Solitária, graciosa, indiferente ao silêncio, que era a suprema homenagem dos animais atemorizados, Dondon vistoriou os arredores e depois entrou no caixote, acomodando-se para deixar ali um ovo branco-pérola, garantia de pinto robusto e comilão.

Só as aves, esvoaçando, saudaram aquela valente companhia que valorizava, na distância da evolução, a espécie comum que usa de asas.

Daí em diante, Dondon reinava na terra calada que sua presença dominara definitivamente. Apenas demorava pouco tempo. Punha o ovo, fazia a indispensável propaganda nos cacarejos insistentes, e desaparecia, varando a brecha do mundo e regressando, com a serenidade dos fortes, ao longínquo pouso nativo. No dia seguinte repetia a cena não mais com o massacre porque o combate cessara por falta de participantes. Dondon procedia a uma pequenina busca nas frinchas dos tijolos, debaixo das folhas e perto do tanque, findando o ágape com a bebida ritual de água, enchendo o bico e erguendo-o para o alto como numa oblação ao sol.

Depois de algum tempo é que a carijó instalou-se, cobrindo o círculo constituído pelos ovos, aconchegando-se, tomando posição cômoda sem deixar de olhar, inquisitorialmente, as proximidades numa leve esperança de garantir a segurança e tomar outro acepipe para completar o cardápio.

Vale ressaltar que durante este período de choco Dondon raramente largava o ninho, contentando-se em mariscar por perto, olho na futura ninhada. Quando supunha que alguém tentava leve, sutil, insensível contato com os seus amores, limitava-se a soltar, claro e grave, um *có-có-có* incisivo que era toque de debandar para os inimigos covardes e ocultos.

Ajudava a libertar os filhos bicorando as cascas e olhava, deslumbrada, o cortejo que a cercava, sonoro e faminto. Majestosamente ia-se embora, custodiando com prudente vigilância a passagem do último pinto pela abertura do muro. Ninguém podia deduzir se Dondon voltava ou não ao caixote em que passara os seus dias de solidão e esperanças.

As cascas úmidas ficavam sem guarda e um batalhão de Ata ocupava o caminho, aproveitando os destroços que tinham contido a vida.

Não regressando Dondon à sua base habitual, dois, três dias, os animais retomavam o curso ameno dos hábitos, interrompido pela belicosidade da galinha invicta.

Apenas, soube-se depois, Gô tentara retirar um pintinho novo para provavelmente reuni-lo à sua coleção de curiosidades. Chegou bem perto, farejando em círculos que se estreitavam, bigodes eriçados, bufando baixinho de pura emoção. Dondon levantou-se, arrepiou todas as penas do corpo, desdobrou as asas curtas e fortes, baixou o bico, cacarejou alto e partiu como uma fecha contra Gô, disposta ao embate de morte. Gô, educado na escola sedutora das oportunidades reais e da renúncia aos heroísmos desaproveitáveis materialmente, abandonou a idéia filantrópica e científica de estudar no seu apartamento a anatomia muscular de um filhinho recém-nascido de Dondon.

A carijó – todos foram testemunhas e não me deixarão mentir – acompanhou obsequiosamente Gô até bem longe com a mesma disposição que o guabiru não compreendeu ser amistosa.

Foi mais uma proeza de Gô nos registros orais do canto de muro. Outra tradição desajudada de provas mas teimosa nas versões locais é que o canto de Dondon imobilizava, mesmo à distância e sem a visão direta de sua presença, todas as aranhas, centopéias e lacraus. Quedavam-se quietos como feitos de pedra, encolhendo lentamente as patas, prontos para o sacrifício porque a fuga não parecia viável.

Mesmo vendo-a bem perto não ficavam tolhidos de movimento. Só o canto é que os paralisava.

Dondon às vezes visitava o quintal com sua ninhada buliçosa e como pé de galinha não mata pinto, vinham gordos e sadios. A pedrês teria comunicado ao dono o adágio defensivo de sua família: "galinha pedrês não a comas nem a dês", e decorrentemente viam-na sólida de prestígio e andanças produtoras.

Quem não admitia suas jornadas locais era o novo inquilino do caixote, lacrau obscuro ou centopéia ignorante da fama corrente.

Dondon, moradora ocasional e efêmera, dava ao canto de muro uma movimentação nova e alterava os ritmos antigos da vida normal.

Em certas tardes do ano aparece inopinadamente o camarada guaxinim *(Procyon cancrivorus)*, que ainda atende pelos nomes de iguanara e mão-pelada, motivo do conto clássico de Afonso Arinos. Praticamente come tudo, desde a goiaba até os pintos novos, passando pela cana-de-açúcar e o caranguejo.

Nos meses sem a consoante erre, o guaxinim vai pescar nos mangues que margeiam o rio salgado, justamente no caminho que passa ao lado do muro. Daí a visita amável que todos os moradores lhe dispensam cordialmente. Os caranguejos são de sua preferência sabida tanto quanto as canas-de-açúcar. Difícil saber o que guaxinim rejeita estando com fome. E quase sempre está com fome.

Há maiores e menores mas o tipo comum vai a uns trinta centímetros com mais vinte de rabo, forte e resistente como cabo de Manilha, grosso e com anéis coloridos de escuro sobre o amarelado sujo da pelagem geral. Parece um grande rato. Aqui e além, pelo focinho listas brancas, aliviam a monotonia do seu traje imutável. As mãos e os pés são firmes e como plantígrado senta toda a região palmar, atravessando lodaçais e brejos com segurança. Pula razoavelmente e é trepador às árvores com elegante desembaraço. Tocado, e mesmo quando mastiga, costuma emitir uma rosnadura surda e constante, advertência afastadora aos concorrentes possíveis ou prévio anúncio da sua estimável companhia. Teodoro Sampaio explicava-lhe o nome como sendo do tupi *guá-xini,* o que rosna, o roncador, interpretação fiel do procionídeo, inquieto e rosnante.

Sobe às árvores como os macaquinhos, aos escalões, as mãos agarradas trazendo o tórax e depois os pés, carregando o resto, num gesto simultâneo e bem esparramado.

Feio e simpático, inteira, total e profissionalmente inútil, carne e couro para nada servem. Nenhum animal come o guaxinim porque é fétido e molenga. Creio que apenas Catá, o urubu capenga, estando sem recursos, decidir-se-á saboreá-lo, e assim mesmo às caretas. O guaxinim, entretanto, tem de sua pessoa uma impressão lisonjeira e carinhosa e é um encanto vê-lo, quando lhe dá a veneta, fazer higiene corporal sumária, especialmente no rabo, apêndice de alta precisão e auxílio indispensável. Alisa-o amorosamente, puxa-o e repuxa-o como experimentando-lhe a elasticidade, estende-o para que lhe admirem a beleza, e aos primeiros passos ainda dá uma olhada de revés, fiscalizando se realmente a cauda o acompanha.

Como o guaxinim não serve para coisa alguma na superfície da terra é natural observar-se que ele está docemente convencido de ser o ser insubstituível em todas as escalas zoológicas. Pára, erguendo e movendo a cabecinha para os lados, mostrando os dentes agudos e finos como lancetas, embora não haja provocação alguma, num riso mudo e soberbo que lembra um galã de Hollywood, um dos grandes, displicentes e afagados pela popularidade tecnicamente provocada e mantida.

Não come segurando a comida na mão e sim curvando a cabeça. Nada tem com o macaco neste e outros particulares. Aproxima-se mais de Gô que, diga-se de passagem, detesta-o pela rivalidade coincidente das mesmas predileções e força física igual. Infelizmente não me consta que o guaxinim e Gô se tivessem batido em duelo com reconciliação ou acordo posterior. Parece, ao mesmo tempo, com um grande rato, uma raposa pequena e certos macaquinhos. De cada um tem hábitos, gestos, atitudes. Intrinsecamente o guaxinim é um indivíduo distinto e com feição inconfundível dentro da sociedade a quem dá a honra de conviver.

A senhora guaxinim mantém a espécie com quatro a seis filhotes úmidos, penugentos e razoavelmente horríveis. Trata-os como as ratazanas aos seus filhos, amamentando-os e depois de umas duas semanas oferece-lhes iguarias diversas para habituá-los aos prazeres da mesa variada. Com pouco mais de trinta dias o jovem guaxinim é apresentado ao universo como uma nova força consumidora. Não é tão ágil e sabedor das técnicas paternas mas, dois a três meses, está perfeitamente em forma para o que der e vier.

O guaxinim sênior faz ato de presença e custódia nas semanas iniciais, rondando o ninho ao pé de um tronco, rosnando ameaças e valente como uma patrulha.

Depois, desinteressa-se definitivamente pelos filhos e estes por ele e pela senhora guaxinim. Não andam de bando e nem mesmo aos pares. É furiosamente individualista e ama a ação solitária, valorizadora da iniciativa única

São habitualmente apanhados ainda novos e vendidos nos mercados do Norte brasileiro. Não se domesticam inteiramente, reconhecendo o dono como os micos e os sagüis arteiros. Conservam sua soberania hostil e independência relativamente feroz. Guardam-no amarrado pela cintura e a compensação real é vê-lo comer diante da assistência humana e distribuir, sempre que pode, algumas dentadinhas formais.

Durante a guerra, 1942-1945, centenas e centenas de guaxinins foram adquiridos pelos soldados americanos como curiosidades brasileiras, mas os resultados civilizadores foram anulados pela resistência rosnada e contínua do procionídeo. Um oficial disse-me preferir amansar uma onça suçuarana a tentar fazer o guaxinim compreensivo e acolhedor às exigências da companhia humana. Atinou com esta frase depois de várias injeções imunizadoras de tétano, tuberculose e raiva, suspeitosamente existentes no guaxinim e explicadoras de sua reação antidemocrática e totalitária. Fui o feliz possuidor de um deles e durante um ano apenas constatei três de suas habilidades normais. Primeira, comer. Segunda, morder quem levava alimentação. Terceira, mostrar os dentes às paredes do caixote arejado onde o prendi. Terminei presenteando-o a um americano que, depois de período observatório minucioso, acabou concordando com minhas conclusões. Deduzo que o "coeficiente libertário" do guaxinim é extremamente avultado e as suas bossas autonomísticas desenvolvidas satisfatoriamente.

Num partido de canavial o guaxinim é de surpreendente produção destruidora. Inacreditável a prontidão do trabalho e largura das áreas conscientemente assimiladas pelos seus caninos infatigáveis. Só então reúne a horda que se esforça numa disciplina e entusiasmo admiráveis. O mais difícil é que não existe realmente uma solução para evitar a depredação sistemática. Armadilhas são tão inoperantes como as fórmulas repressoras e legais da alto do custo de vida no Brasil. Ninguém pode convencer o guaxinim de patrioticamente suicidar-se, indo por seu próprio pé meter-se na armadilha. Como ainda não apareceu esta dialética resolvedora, o guaxinim, quando lhe apetece, espalha dores de cabeça e ondas de neurastenia entre os velhos senhores de engenho ou plantadores de cana, vassalos das usinas dominadoras.

Certamente o maior prestígio do guaxinim como objeto excitador de variações literárias é seu método de pescar caranguejos.

Já o registraram em livros de ciência vulgarizadora e literatura. O Senhor Aroaldo Azevedo, de Aracaju, informou ao Professor Rodolfo von Ihering, e o Coronel Francisco Cascudo, da cidade do Natal, ao escritor Mário de Andrade. Ambos escreveram com afeto sobre o guaxinim. Há, naturalmente, dezenas de informações.

O guaxinim sabe a época em que os caranguejos estão gordos e que coincide com os "meses sem erre", maio, junho, julho, agosto. Noutros meses, a gordura é fortuita e individual e não sabidamente ligada às massas que vivem nos mangues, na orla dos rios de água salgada.

O guaxinim, assentando as patas plantígradas, atravessa o lodo escuro e mole sem afundar como as comuns criaturas. Pesca pelas manhãs cedo ou nas tardes lentas de estio, o estio calorento de dezembro ou com as ventanias de agosto que aturdem os crustáceos. Não fica nas praias de fácil acesso onde os pescadores "mariscam" apanhando caranguejos e podem matá-lo com uma paulada do liso calão. Fura para o interior do mangual, caminhando sabiamente, utilizando folhas e galhos secos, lama mais compacta, furando para as gamboas solitárias onde raros mariscadores se aventuram. Ali há silêncio e relativa fartura sossegada.

Se alguns caranguejos correm na superfície do brejo o guaxinim inicia a pescaria que é uma caçada, precipitando-se, apanhando o crustáceo pela parte traseira da carapaça, atravessando-o com os caninos perfurantes como ponta de lança. Arranca a casca e come, depressa, mastigando alto, saboreando as tenazes ricas de carne tenra e mesmo as patinhas menores, trituradas, uma a uma, com evidente conhecimento do sabor.

Logo os caranguejos desaparecem e a pescaria muda de forma. Os siris ficam nos esconderijos nas touceiras dos mangues e nas primeiras cavidades deparadas. Os grandes goiamus, goiamuns, guaiamus refugiam-se nos buracos fundos da lama, fora de qualquer alcance captador.

O guaxinim aproxima-se, volta-se de costas e acerta, com laboriosa meticulosidade, a cauda no orifício onde o goiamu se oculta, e fá-la descer como um fio de anzol até quanto pode, aproximando-se da beira, agachando-se, acomodando-se em posições de sucessiva postura, balançando o corpo para que o apêndice roce e tente o gecarcinídeo com o atrito excitador. E assim, mexendo-se como se dançasse rumba, o guaxinim executa sua coreografia na boca do buraco até que o goiamu fisga numa dentada segura de suas pinças. Rápido, como um pescador autêntico, o guaxinim puxa lentamente o rabo e sentindo-o próximo à saída, sacode-o com violência, numa rabanada imprevista, irresistível, arrancando o caranguejo e atirando-o à distância, tonto pelo impacto. Lá fica, esperneando, machucado e ferido, enquanto o guaxinim toma posse, mastigando-o com entusiasmo. Depois atento ao rabo dolorido pelas tenazes, lambe-o, agrada-o, gemendo de dor e de solidariedade. Volta, estóico, à beira do mangue e reenfia a cauda para que outro guaiamu morda e seja pescado.

Dizem que o guaxinim quando pesca, mesmo antes do beliscão, começa no choro votivo, lamentando a exclusividade daquela patente sofredora para adquirir caranguejos. Gane, geme, suspira, rosnando baixinho enquanto remexe os quadris para que o rabo esteja catucando o guaiamu no fundo da toca, provocando a agressão que lhe custa a vida.

Trabalho posterior é mimar o apêndice seteado pelas agudas presas que foram caçadas. O guaxinim dedica muito tempo no remorado afago à cauda benemérita. Depois, se Deus é servido, recomeça a pescaria...

O primeiro a registrar esta técnica do guaxinim foi Mr. de La Borde em carta de Cayenne, 12 de junho de 1774, para o naturalista Buffon que a divulgou.

Quand il ne peut pas tirer les crabes de leur trou avec sa patte, il y introduit sa queue, dont il se sert comme d'un crochet. Le crabe, qui lui serre quelquefois la queue, le fait crier; ce cri ressemble assez à celui d'un homme, et s'entend de fort loin; mais sa voix ordinaire est une espèce de grognement semblable à celui des petits cochons escreveu Mr. de La Borde, da Guiana Francesa, há quase duzentos anos...

Acontece que o guaxinim, demasiado repleto, perca a ligeireza dos passos silenciosos e surja, inopinado, nas proximidades dos grupos humanos que pescam caranguejos de forma menos padecente. Não há necessidade alguma, no momento, de matar o pobre animal mas reaparecem velhas contas a ajustar entre pescadores e antepassados do guaxinim. Uma corrida e uma pancada interrompem para sempre a vida do guaxinim.

Outro guaxinim retoma o posto e a luta continua...

Catá é um velho urubu capenga e filósofo. Sua filosofia proveio justamente de ter a perna direita partida e chegar fechando a raia aos banquetes onde seus irmãos primam pela pontualidade. Catá aparece por último e coxeando deve contentar-se com uma posição difícil na colocação das bicadas.

Naquela manhã Catá pairava sobre o mangue quando viu o cadáver inchado, semiboiante, do guaxinim que a maré lavara toda noite. Baixou, numa virada impecável, para a praia e almoçou, displicente, o que do procionídeo restava.

De todos os urubus deste mundo americano Catá é o único catartídeo que foi acidentado por um automóvel. Junto a ele um irmão ficara esmagado. Estavam uns dez manos merendando a carniça duma vaca que ficara posta numa estrada de automóveis. Catá e mais companheiros estavam dentro da carcaça, picando as costelas pelo lado inferior, quando o automóvel apareceu, roncando veloz. Abandonaram a carniça mas o automóvel ainda alcançou o irmão de Catá que não pudera levantar vôo, pulando para adquirir velocidade. Catá recebeu uma pancada na perna, que o atirou longe como uma pedra. Recompôs-se suficientemente para correr e voar com a perna pendurada, ginástica deplorável para um

Cathartes foetens que se prezava de ser voador sem parelhas. Muito tempo lutou para reequilibrar-se quando pulava em terra porque se esquecia do acidente e a fratura custou a soldar-se.

Agora estava refeito mas a perna direita não era senão um terço do que fora. Não o ajudava. Enfim, há urubus em situação pior.

Seu nome, de séria classe binominal, briga a espécie com o gênero. Um antagonismo desolante para os admiradores. *Cathartes,* o purificador, e *Foetens,* o fétido. Catá ignora a denominação e jamais disse seu verdadeiro nome. Os humanos é que se encarregaram do batismo de que ele nunca tomou e nem tomará conhecimento.

Os indígenas de fala tupi é que o chamam pela forma que sabemos, urubu. Batista Caetano ensinou-me que urubu é contração possível de *y-rê-bur* ou *y-nê-bur,* o que exala fétido. *Uru* era o nome genérico para os galináceos em geral e *bu,* negro, uru-negro, é a lição de outro mestre, Teodoro Sampaio. Em síntese, galinha negra. Nome bem pouco expressivo.

Nenhuma outra ave voa com mais elegância, precisão e naturalidade. Inesquecível como um bando corre, fazendo velocidade aos pulos desgraciosos e seguidos até o momento de soltar o vôo em fortes e seguras batidas de asas. Aproveitando a corrente aérea, distendendo as asas, pairam ou volteiam em curvas graciosas, de maior ou menor amplitude, com uma exatidão e presteza incomparáveis. Descem numa diagonal, terreno medido, estirando as patas para o peso compensador, freando a rapidez, asas abertas, e locam o chão num pouso leve, levando-os a força do ímpeto adquirido a alguns passos, quando se detêm fechando as asas infatigáveis.

Aves mudas, não senhor. Têm um breve bufido, um soprado de quem se engasga, ronquido de asmático sofredor, crônico, esgotado e impossibilitado de emitir som mais alto.

Olhar de maravilhosa extensão. Identifica na altura espantosa o animal morto. Creio que certos volteios são formas de apelo para os urubus distantes, sinais de reunir. O firmamento limpo enche-se de nódoas negras e o bando se adensa nos giros concêntricos, regulares, fixando o ponto da caça imóvel. Pousam aos poucos e nunca no mesmo ponto. Avançam com disciplina. Param a certa distância, olhando, virando o bico indagador para todas as direções, enrugada a pele negra do pescoço repugnante, torcida nas flexões contínuas e curiosas. Os primeiros vindos escolhem os olhos, picando-os, deixando as órbitas vazias e sangrentas. Depois a língua. Não podem mudar ou permutar posições no ágape. Onde iniciam refeição aí permanecem porque o outro comensal não admite substituição. Roncam, bufam, atirando bicadas, reabrindo a meio as asas, numa provocação dando os pulos baixos mas sem deixar a vizinhança imediata do manjar apodrecido. Os últimos ficam nas vagas deixadas pelos primeiros. Não bicam silenciosos mas entreabrindo as asas, indo e vindo, em centímetros apenas, as negras patas ágeis. Se pousa a majestade do urubu-rei *(Sarcoramphus papa)* afastam-se em círculo respeitoso, com distância protocolar e aguardam que a fome do soberano esteja saciada. O urubu-ministro *(Cathartes aura ruficollis,* Spix) também conhecido por urubu-caçador (caça caça viva) não tem os mesmos direitos. O urubu-rei permite-lhe que se aproxime e participe da refeição mas o urubu-caçador vindo sozinho não recebe direitos. É verdade que os cobra, atirando-se aos urubus melhor colocados na carniça e expulsando-os com bicadas vigorosas. Alguns abandonaram o convívio que se tornou demasiado bulhento, mas outros persistem e continuam o rega-bofe ao lado do intruso poderoso, com raros beliscões admoestativos. Enquanto a carniça não virar ossada branca sem fragmento de cartilagem aproveitável, perseveram nas buscas com os bicos insaciáveis.

Não trabalham durante a noite. Há para eles um horário de sol improrrogável. Um dia observava-os na labuta de descarnagem de um bezerro. Havia urubus cobrindo inteiramente o corpo pútrido. Foi lentamente escurecendo, escurecendo em pleno dia. Era eclipse do sol. Quando a penumbra cresceu e os contornos das coisas foram desmaiando, um por um dos urubus deixaram o bezerro e voaram para as árvores mais próximas. Ali ficaram até que a luz, lenta e linda, regressou e com ela o direito de recomeçar a tarefa purificadora e nauseante.

Nidificam no cruzamento de galhos em árvores altas e sombrias. Ninho rude de gravetos toscamente atirados com raros enlaçamentos. Três a quatro ovos brancos com pintas negras e cinzentas A senhora Catá guarda a casa com solicitude, dificilmente deixando a solidão prolífera. Mestre Catá estando por perto defende o lar com vôos concêntricos, bico para baixo, visivelmente aflito. Os filhinhos são embranquiçados, parecendo albinos, um branco manchado e úmido de molambo molhado e servido. A senhora Catá alimenta-os tenazmente porque cedo se inicia para o urubu júnior sua fome clássica. Não sei se os alimentos são coisas podres. O casal não come caça viva. Naturalmente, os filhos devem habituar-se ao regime nutritício segundo a tradição milenar da raça catartídea. Empenam-se relativamente depressa e com dois meses voam e seguem os pais na procura da caça que por eles espera, apodrecendo num canto de estrada ou fundo de quintal velho.

Não creio muito no decantado milagre do seu olfato. Custam atinar que é carne saborosamente putrefata aquele pacote embrulhado em jornal que lhes preparei. Andam perto pertinho, põem os pés em cima, bicoram inutilidades sem jamais arriscar uma verificação proveitosa e tão próxima. Quanto ao órgão da visão não discuto a excelência de lince. Ouvem bem. Relativamente bem. Uma tentativa de aproximação, encontrando-os voltados para o observador, atinge avizinhação razoável. Se um deles casualmente percebe o intrometido bípede todo bando pula e voa, mesmo aqueles que não chegaram a vislumbrar o perturbador. Foram, logicamente, alertados pelo vigia e o movimento de fuga não me parece ter sido unicamente uma ação do solidarismo espontâneo de um urubu pelo espanto que assaltou um irmão e colega.

Foram acusados de propagadores do carbúnculo que se contém nas suas dejeções. O "purificador" passa à classe dos contagiantes reprováveis e esta denúncia afetar-lhes-á a fama de saneadores eméritos e varredores de porcarias campestres e urbanas. Havia em quase toda a América Latina legislação que defendia os urubus da morte para distração do homem ou experiência de sua arma. Para isto criou-se mesmo uma lenda assombrosa de que a espingarda ficaria inutilizada para sempre. Acreditei muitos anos, menino, nesta proibição mas, rapaz, afoitei-me às experiências repetidas sem que sofresse dano a minha saudosa Remington de confiança.

Catá nem sempre aparece no canto de muro, empoleirando-se no cimo, num custoso equilíbrio instável, ajudado pelo balancim da cauda. Sua presença é constatação da morte de algum morador digno da visita, lagartixa gorda ou algum parente encorpado de Gô. Vem de dia e sua roupa negra e fusca não agrada aos familiares da região. Pula e corre no chão, segura a presa no bico e retoma a série de saltinhos até alçar-se num vôo espetacular. Tem-se a impressão de que os animais, miúdos e graúdos que o vêem, respiram mais desafogadamente na ausência de Catá, de perpétuo luto pela sua horrenda dieta alimentar.

Agora mesmo um irmão de Gô agoniza, estrebuchante, as patas convulsas, o focinho torcido numa agonia. Comeu uma carne sabiamente adubada com arsênico e veio finar-se no canto de muro que lhe era familiar. Catá aguarda, solene, vestido de negro para a vítima que fornecerá jantar. Não deve alimentar-se de entes vivos. Espera, triste, sereno, paciente, que o grande rato acabe de viver. Então descerá...

TITIUS BATE-SE EM DUELO

> – *Frailty, thy name is woman!*
>
> Shakespeare: *Hamlet, Prince of Denmark*

Escurece e a temperatura desceu seguramente. A pirâmide de tijolos diluiu-se na treva e as árvores alargaram a sombra esparramada, continuando a nódoa imensa do escuro que se alastra. Na porta negra da casa, Titius aparece. Um instante detém-se nos limites do domínio. Depois, resolutamente, segue a marcha silenciosa, rápida e sinistra.

É um escorpião adulto, cor de ouro velho com laivos do matiz carregado de roxo-terra. Os quatro pares de patas movem-se rítmicos e as quelíceras terminadas em pinças didátilas abrem sua perpétua possibilidade agressiva. *Tityus bahiensis,* Perty, avança no orgulho os seus oito centímetros totais de tamanho, a cauda em seis nós marcados, o último sustentando o curvo e agudo espinho do veneno implacável. Assim correndo sem rumor, as patas na cadência impecável, lembra uma gôndola de doge de Veneza, a popa erguida na curva senhorial guardando a arma invencida. Nos palpos fixa-se a mancha castanho-negra de sua ancestralidade, o signo heráldico inconfundível.

Oito centímetros!...Titius mata de doze a quinze pessoas por mês no Brasil. Fere centenas. O pequenino monstro obrigou a mobilização científica para combater-lhe o veneno cruel, um soro preparado que se obtém imunizando cavalos com as glândulas trituradas do lacrau ameaçador. Não foi possível diminuir-lhe a dinastia inesgotável. Minúsculo, frágil na relação da massa, cabendo numa caixa de fósforos, espalha um terror contagiante como a presença real de um explosivo.

Esplêndida máquina de guerra! Nervoso, mecânico, as articulações bronzeadas imbricam-se como peças de uma armadura dourada, tateiam, como vanguardilheiros, as tenazes de cobre novo, cortando invisíveis inimigos com as lâminas afiadas, as oito patas incansáveis ganham terreno num ímpeto irresistível e firme de patrulha vitoriosa, custodiada pela torre rostrada e móbil que se alteia na retaguarda, vigilante e fiel, pronta para o golpe sem mercê.

Ninguém o olhou sem o arrepio do medo e o enfrentou sem receio. Titius conserva uma fidelidade obstinada e cega à ferocidade instintiva e bruta dos animais primários. Não tem aliados, amigos, companheiros. Na vastidão da terra inteira só enxerga adversos a combater. Os da própria espécie, do mesmo tipo, são seus contrários. Encontrando-os, batalha! Lembra aqueles hussardos de Napoleão que só sabiam dizer: – *Nous battre! Nous battre! Nous battre!...*

Lutará contra toda criatura viva até sucumbir. Nada o deterá nem o amedrontará seja qual for a proporção. Descerá o aguilhão contra um homem ou uma alimária, uma barata que lhe dará almoço e asa de Dondon que lhe dará morte. Não recuará, feroz, atrevido, impiedoso, primitivo.

Não conhecerá jamais tranqüilidade, amor, família. Não chegou a ver o pai. Não verá os filhos. Está condenado a morrer como seus avós milenários nas manhãs da história do mundo. Morrer matando. Vive só. Sempre viveu. Matou quantos irmãos pôde e devorou-os. Na noite em que se reunir para junção amorosa, primeira e desejada, será despedaçado pela fêmea que o encontrará, como a Sansão, enfraquecido pelo espasmo inicial e derradeiro.

Aí vai Titius movendo as oito patas cadenciadas, pinças adejantes e belicosas, o "telson" agulhante, dentro da noite mansa...

Soberbo aracnídeo! A vaidade genealógica dos homens indica o Negus da Etiópia que descende do Rei Davi, reinando onze séculos antes de Jesus Cristo. E o Imperador de Japão, "tenô" no século sétimo. Nada mais anterior. Titius descende do escorpião inicial no Siluriano Superior. Foi o primeiro animal provavelmente elo primário da cadeia na espécie organizada. Foi o primeiro precursor da vida animal sobre a terra. Foi o primeiro que ergueu o tórax, abandonando o mar primitivo e calcando as praias ainda desertas de vegetação. Quem ostentará brasão semelhante? Seu avô magnífico era grande e forte. Titius é fraco e mínimo. Mantém, porém, ciumentamente, a mesma coragem cega, bestial, destruidora, inútil. Não mudou fração de miligrama no potencial do instinto intratável e feroz. Se o avô longínquo aparecer-lhe na imponência de sua tonelagem maciça, Titius atacá-lo-á com sua lança na mesma insensibilidade de um desconhecido.

Sem simpatias na terra, com a utilidade precária e dispensável de preador de insetos, espalhando pavores e cutiladas, o escorpião ganhou as honras de denominar uma constelação do zodíaco e lá está, resplandecente, entre a Balança e o Sagitário, nas alturas do firmamento estrelado.

No Norte o chamam lacrau, rabo-torto no Maranhão, e no Sul, escorpião. A lacraia não é o feminino de lacrau, que no Nordeste é a centopéia, surrupéia, o repelente quilópode que Dondon dividiu em duas metades geometricamente certas e engoliu, deliciada.

Quando Jasão domou os touros de bronze do Rei Eetes da Cólquida, pai da amável Medéia, e semeou os dentes do dragão que Cadmo vencera, era uma noite de luar sereno. Do seio da terra foi nascendo uma multidão de homens com suas lanças, espadas, escudos redondos, elmados de bronze reluzente. De pé e em fúria desafiante, gritavam que os conduzissem à batalha, mostrando-lhes o inimigo, excitando-se com o bater das lâminas nos escudos, erguendo as feias cataduras, sedentas de sangue. Atiraram-se uns aos outros num combate impetuoso, tomados de cólera e de loucura. Foram caindo um a um e o último, ferido de morte, agitou na mão agonizante a lança invicta gritando: "– Vitória! Fama imortal!" E morreu também. O luar era doce e calmo. Os guerreiros nascidos dos dentes do dragão tinham vivido apenas uma hora. O feroz e ardente combate fora o único prazer que tiveram em sua curta existência belicosa. Titius, de raça anterior a todos os dragões, Velocino de Ouro e Argonautas venerandos, nasceu simbolicamente de um dente, de um canino pontiagudo e resistente, do dragão de Cadmo.

A alegria única de sua breve vida é a batalha, ele contra todos, até sucumbir sem dizer: " – Glória! Vitória! Fama imortal!"

O guabiru Gô, ratazana famélica, teve a honra de importunar ao Imperador Napoleão mas Titius foi além. Mordeu Órion e o matou por ordem de Diana. Não podia a casta deusa escolher mensageiro mais indigno da missão e que mais sinceramente a cumprisse, matando o caçador olímpico com o veneno de sua agulha fatal. Ambos, morto e matador, tornaram-se constelações.

Nunca um ente vivo roçou Titius, para não ser agredido. Por um ato reflexo, insopitável, sacode a lançada até nas folhas secas que o tocam.

Afrontando o antagonista, Titius segura-o com as tenazes aptas e próximas ao assalto e depois com o dardo apontado na cauda erguida. Vem o ferrão para imobilizar e depois o lacrau o aprisiona com as pinças cortantes, para dilacerar.

Recordo minha aproximação, em dezembro de 1944, com ele. Calçando uma chinela tive a exata impressão de ter calcado uma brasa viva. Sacudi o pé instintivamente e o escorpião apareceu, já longe, afastando-se ligeiro da zona em que agira. Matei-o ignominiosamente com uma chinelada. A dor, aguda e queimante, irradiava-se do calcanhar. Antes dos socorros empreguei, numa verificação acurada, os dois remédios clássicos, aconselhados por pessoas da família, incluindo magistrado eminente, desembargador erudito. Subi para mesa de estudo, isolando-me do solo. A dor deveria ceder mas não cedeu. Continuou terebrante. O outro recurso foi transformar Titius num emplastro *(Similia similibus curantur)* e pô-lo na parte molestada pelo seu ferrão. Nenhum efeito sedativo. Eficiente foi mesmo uma ampola do sérum feito no Butantã. No dia seguinte ainda coxeava. À tarde nada sentia. Repito não ter percebido a pontada da agulha e sim a sensação perfeita de ter esmagado no calcanhar uma brasa, queimando-me inadvertidamente.

O processo de alimentar-se é idêntico ao dos caranguejos. As patas armadas são os prestantes talheres, levando o bocado à boca. Não podendo sugar, come aos pedacinhos, pacientemente fragmentados pelas pinças. Daí o preferir comestíveis compactos, os besouros de cascas estalantes como castanhas assadas e as polpudas e globulosas aranhas de barriga redonda e farta. Os observadores afirmam a impossibilidade da criação conjunta de lacraus. Vão-se mutuamente eliminando e resta um último, último dos que se achavam com ele, soma da consumação total.

Quando se locomove o faz de pinças abertas e a cauda alta, ferrão em riste, pronto para ação imediata. É uma fortaleza móvel que assombraria o rei de Liliput, inexpugnável na relatividade das forças.

Vi-o caçar baratas, as vermelhas de Blata, as escuras, as negras, as chatas, as enormes que aparecem em certas tardes de inverno, de asas caspentas, parecendo invencíveis.

Habitualmente, tem o pudor de alimentar-se em público como o negro rei do Porto Novo. Volta ao esconderijo com a presa, já morta, segura nas garras como na espetacular fama do gorila raptador de mulheres. Vai saciar-se na meia treva do seu salão, sozinho como sempre.

Na noite branca de luar, um luar convencionalmente da Cólquida, Titius caminha em jejum e sem fome, em rumo inflexível, numa reta teimosa. Debalde por ele passam as sombras apetecíveis da caça habitual. O ferrão está imóvel no alto da torre aculeada. Os insetos rasteiros ouvem o surdo rumor igual da marcha obstinada do lacrau temível.

No batente da calçada esboroada há um aclive que facilita a subida. Titius galga, infatigável, a ladeira e agora as patas retardam o movimento acelerado, as quelíceras se estendem, abertas, e o ferrão se acurva, numa aproximação perigosa. Desce, lento, outro escorpião, um tanto maior, da mesma cor, feitio e armas. O espaço diminui entre ambos e quando Titius põe o primeiro par de patas no bordo do cimento espedaçado, o outro lacrau o ataca, aproveitando o possível desequilíbrio.

O aguilhão resvala no embate da couraça fulva de Titius, que reage, atirando o bote longo, indo para perto, segurando o efeito. O outro desviou-se e avançou com as tenazes vibrantes, o ferrão quase paralelo à cabeça enfurecida. Movimentam-se não em círculos, possíveis pela delicada articulação dos anéis torácicos, mas em ângulos retos, como num jogo de espadas.

Bruscamente, enlaça-se o duplo par de pinças num aperto rangido e os ferrões batem, como punhaladas ou aríetes, os dorsos lustrosos, escavando, procurando os pontos sensíveis à penetração. Iniciam uma valsa lenta, de amplos rodeios, levando ora um e ora outro a direção do par. No palmo quadrado da velha calçada o duelo atinge intensidade imprevista, vantagem rápida quando Titius empurra o adversário contra uma saliência diminuta que representaria esboço de colina sustentadora do prélio. Ali, comprimido, frente a frente, além das marteladas dos aguilhões que batem e raspam como pedras de catapultas, as tenazes se firmam, em puxões decisivos, como numa tentativa de desarticulação de todo membro agressor.

O lacrau desafiante abandona a disposição frontal e vai devagar apoiando-se à saliência, ficando de lado e obrigando Titius a segui-lo na posição. Agora voltaram ao frente-à-frente ao longo da elevação protetora. Quase ao final da tomada de postura a tenaz do inimigo se liberta numa fração de segundo e desce, fulminante, sobre a primeira pata direita de Titius enquanto a outra garra sustentava o mortificante amplexo. Há apenas um perceptível estalido que Fu, o sapo do tanque, ouvindo, compreendeu e fugiu. A pata de Titius caiu no cimento como um pedaço de palito quebrado.

Mas para este golpe não era possível manter imóveis as duas pinças de Titius com uma só tesoura. Antes que o adversário se recompusesse, o lacrau arrebatou suas quelíceras da pressão diminuta e prendeu-as ao primeiro casal dianteiro do duelista. Apertou desesperadamente e partiu-o, rente ao terço, como numa foiçada de cegador.

O outro lacrau perdeu alguns quintos de segundo com as pinças desocupadas. Quando procurou replicar, escolhendo o local, Titius tesourava violentamente a articulação das tenazes, as lâminas fincadas na cartilagem que as flexiona e mantém. Uma pinça tombou, dobrada como uma haste. A outra não tinha a força de defender-se contra as duas, duplicadas pelo furor de Titius. O coto se erguia, inútil, numa tentativa de auxílio. A segunda pinça cedeu, curvada para baixo. O inimigo estava condenado a morrer mesmo se escapasse aos lances terríveis de Titius. Sem as pinças não mais podia alimentar-se.

Era apenas fugir. Fugir numa defesa contínua, lançando-se estoicamente contra as lâminas do lacrau vencedor. Os ferrões apenas se agitavam, riscando as carapaças convulsas pela batalha. Estariam ambos imunes ao veneno ou este teria unicamente efeito atordoador em quantidades não possuídas no momento do encontro.

A derrota do lacrau da calçada se concluiu pelo despedaçamento regular, tortura dos cem pedaços, com regularidade, ritmo, segurança anatômica das incisões cruéis, junta a junta, num lento amontoamento de restos palpitantes. Restou unicamente o corpo fusiforme, contraído, a cauda ainda recurvada numa convulsão derradeira de ataque imaginário.

Depois tudo cessou. Titius triturou pernas, pinças, mas parecia não aproveitar o cadáver como alimento. Cumprira unicamente uma regra indispensável na noite branca, sua primeira noite de amor.

Por ali, invisível e pressentida, estava a fêmea disputada e para ela marchara o lacrau cujos destroços sujavam a calçada de cimento sujo.

Por que se encontram lacraus macho e fêmea? Que irradiação olorosa, penetrante e única, apenas percebida naquela noite clara, embriagando Titius, arrastando-o ao encontro numa adivinhação dos sentidos sem localizar-se? Nunca mais se repetirá aquele perfume, som ou clarão misterioso que se reflete em todo seu corpo, fazendo-o vibrante como uma folha às soltas ventanias de agosto. Uma vez apenas a onda irresistível o envolve em sua força capitosa, em seu amavio penetrante, em sua delícia perceptível e eternamente nova...

A fêmea apareceu logo depois, saída dentre dois tijolos, cauda bem alçada, quatro pares de patas finas e firmes erguendo o corpo esguio, onduloso, magnético, um tanto mais alto que Titius, trêmulo no minuto da iniciação. Estendia para ele as quelíceras como no apelo à valsa nupcial, bailado de amor, dança dos sexos, excitação prévia para a união que nunca mais teria seguimento.

Titius atendeu ao convite das pinças femininas. Mas não ficam apenas enlaçadas, num doce aperto sedutor, transmitindo o desejo informe, incomprimível que os agita e sacode. Erguem as quelíceras para o alto, numa oblação, oferta aos deuses obscuros da espécie pelo mistério que vai realizar-se, terrível e jubiloso, para a perpetuidade da conservação.

Começa o bailado das núpcias. Nunca Titius bailou e não bailará nunca mais. Pinças juntas, numa união afetuosa, patas cuidadosas evitando todos os obstáculos do terreno escuro e sarapintado de manchas prateadas do luar, dançam, longa, delirante, apaixonadamente.

Pela primeira vez Titius está perto, enlaçado com alguém e não agride, não luta, não fere. Está vivendo, consciente ou inconsciente mas ébrio de fome sexual, deslumbrado da sensação inconcebível, o penúltimo ato de sua vida de ferocidade, bruteza e selvageria profissionais. Está dançando.

Ninguém assiste ao assombroso espetáculo de Titius bailarino. Só o casal participante cumpre o rito daquela exibição maravilhosa de elegância, precisão, graça de maneiras, conhecimento impecável de um ritmo cuja melodia apenas eles dois ouvem e acompanham, sentimentais.

Se disserem a Licosa, a Gô, a Dondon, a Sofia, ao povo de Quiró, de Blata, à concordante Vênia, à tropa de Musi, ao passageiro guaxinim, ao negro Catá, à rainha Ata, ao grilo, às aves, à cigarra, aos besouros incontáveis, ao beija-flor, às mariposas, libélulas e efêmeras que Titius dançou antes de morrer, certamente não acreditarão. Não podem, não devem, não é possível crer.

A coreografia é em forma de estrela, estrelas indefinidas de raios curtos que continuam e confundem, transformados em séries de retas. Pinças no ar, bem altas, os corpos separados como nos bailados populares e as mãos juntas, vão os dois para direita até que um deles toma a orientação e torna à esquerda durante três segundos porque a direção mudou e foi depressa substituída.

Há mesmo a ilusão de um volteio donairoso mas realmente trata-se de uma ida teimosa e de um recuo gentil, sempre unidos e conjugados, fiéis na emoção.

Mas esta dança incrível não é somente cerimonial de matrimônio. Já constitui desfile, rumo perceptível ao lar que a penumbra guarda para o segredo do amor, estranho e sádico. Cada impulso é dado num rumo que o par corrige e leva, doce e firmemente, para o horizonte inevitável. Parece que alguém sonha evitar o indivizível e o fatal, mas é compelido à satisfação do destino escuro e determinador. Pouco a pouco o casal escorrega, bailando, pelo aclive que Titius subiu para bater-se e agora desce numa alegria movimentada. Atravessam o terreno até o tanque que a lua prateou. Dura tempo o percurso com a variedade de planos consecutivos de controle e direção sutis. Para lá e para cá, as tenazes são mãos carinhosas. O par ultrapassou o tanque luminoso. Ganha, nas idas e vindas amorosas, a sombra da mangueira. Infatigáveis, os bailarinos seguem o desenho encantador, afastando-se na pista que iam pisar, voltando a ela, numa imutável atração poderosa.

Quanto tempo dura o bailado? O luar esfriou a noite branca. Titius continua nas marchas e recuos intérminos mas certamente indispensáveis. Estão perto da pirâmide de tijolos. Mais figuras complicam a exigência da coreografia atordoadora. Vão os dois para longe e logo regressam ao que pareciam abandonar. As pinças brilham num lampejo da luz serena. As folhas das trepadeiras prolongam as nódoas sombrias que bordam o chão. Algumas atitudes supremas se sucedem, lógicas. A dança cai num enlanguecimento que não afrouxa o apertar das tesouras, transformadas pelo amor em carícias. Brusca, sôfrega, imprevistamente, o casal desapareceu na boca da entrada da caverna.

Na tarde e noite seguintes Titius não apareceu. Exigências de lua-de-mel. Nem nas trevas subseqüentes o grande caçador temerário voltou aos pontos de sua predileção.

A senhora Titius, sim. Veio à porta da mansão e saiu para caçar. Ninguém pergunta a um lacrau pelo destino do outro. O canto de muro contentou-se em verificar que o marido abandonara os amados recantos de presas abundantes. A senhora Titius, sozinha, soberba, tenazes abertas, cauda ameaçadora, caçava e regressava ao seu palácio na pirâmide de tijolos quebrados.

Podia ter havido comentários mas o mundo do canto de muro trata de seus interesses vitais e respeita idiossincrasias alheias. Quem havia de ir incomodar a senhora Titius? Seria uma quebra imperdoável da tradição sagrada à dignidade dos seus semelhantes ou dessemelhantes.

Três meses depois a senhora Titius atravessa o quintal com a imponência de uma escolta da Polícia Especial num carro de patrulha. Conduz no dorso vinte lacrauzinhos aprumados em duas filas fronteiras, as caudas enganchadas e a bateria das patas voltada para o exterior. Está orgulhosa como um elefante da corte ostentando no lombo palanquim de rajás. Caça para eles a carne tenra das baratas e distribui o botim em parcelas mimosas, sugerindo aprendizagem no manejo das pinças inábeis.

Dois meses além, a senhora Titius procura novo solar bem longe. Partiu para os lados remotos da velha calçada de cimento. Os lacrauzinhos dispersam-se, alargando continuamente as áreas de vida, já fortes, ousados, valentes e cruéis. Espalham-se porque os duelos surgiram e houve vítimas que valeram jantares. Ficaram dois, bem separados. Um além do mamoeiro, no caixote que hospedara Dondon. O outro na velha casa senhorial de Titius. Titius morreu! Viva Titius!...

O CANÁRIO DA GOIABEIRA

AINDA neste ano o casal de canários fez o ninho na goiabeira. É um ninho pequeno, circular, mas raso e confortável. Teceram-no com hastes de capim do caixote onde Dondon se hospedou, fios fofos de algodão em rama e alguns barbantes trazidos não sei de onde. Marido e mulher estão azafamados, irrequietos em missões pesquisadoras e carregando no bico materiais e construção. Forraram com as penas mais delicadas do próprio peito. A tarefa apaixona-os sobremodo e, nos intervalos das caçadas aos insetos, estão procurando melhorar artisticamente o pequenino lar, catando farripas de pano e pedacinhos de gravetos finos. É um dos ninhos que resistem mais tempo depois de abandonados. Ocupam-no então, quase sempre e numa notável falta de cerimônia, formigas arbóreas, mal-educadas e mordedeiras.

Na época da incubação a fêmea está constantemente preocupada cuidando dos dois a três ovos que mereciam figurar em coleção pelo acabamento, lustro e forma airosa. O canário concorda comigo porque fica minutos seguidos embevecido na contemplação como já vendo a revoada dos filhos, felizes e fartos.

É bem um canário-da-terra, *Sicalis flaveola,* de Lineu, que Muller ainda entendeu aumentar com um "flava" indispensável. Pertencia à espécie do tentilhão romano mas também o nome permite traduzir-se por "gaguejante", o que tropeça nas palavras. Cantaria o canário inicialmente entrecortado, em gorjeio breve, e só depois lançou o solto e livre canto, de notas longas, de limpidez impressionante, "açoitando", como dizem os amadores que o prendem, pelo crime de saber cantar.

Matutino e não madrugador, o canário gosta de aquecer-se um pouco e sai depois do sol fora do horizonte. Durante minutos esvoaça como experimentando a potência ou estudando as áreas de caça. Com a luz solar os mosquitos incontáveis, as moscas teimosas, moscardos lentos e pequenas borboletas iniciam a vida comum. Os canários atravessam o ar como dois projéteis e sobem numa curva ascendente para os cimos das árvores, tomando distância que dá um falso sossego às peças de caça que ficam zumbindo e zunindo na claridade matinal. Depois vêm nos vôos verticais e oblíquos, apanhando a caça no ar, engolindo sem diminuir de velocidade os seres vivos que constituem o primeiro almoço.

O volteio gracioso esconde na elegância radiosa a própria força do instinto agressivo. Lembra mais um delicado desenho riscado no alto sob modelo invisível. As duas bolas de ouro traçam labirintos imprevistos, linhas quebradas descendentes, arabescos de decoração muçulmana, leve, contínua, vibrante teia que parece pairar, sutil e linda, aos olhos claros da manhã. Não se atina que seja uma manobra caçadora, implacável e feroz, que dura o dia inteiro.

É um bonito par, laranja e amarelado quase brilhante. É a família Fringilídea que se orgulha de membros populares e prestigiosos na tradição cantadora, veludindo, caboclinho, papa-capim, pintassilgo, galo-de-campina, todos de doce voz sedutora, inocentes candidatos à perpetuidade das gaiolas e à abjeção mecânica das folhas de alface e alpistes cotidianos, tristes sucedâneos à livre movimentação para o encontro da comida que voa. Quando os portugueses chegaram no Brasil, o canário chamava-se *Guirá-nhengatu*, o pássaro que canta, que fala bem. Creio que nos começos do século XVIII é que importaram das ilhas Canárias o canário-do-reino, canário verdadeiro, *Frigilla canariensis,* já engaiolado na Europa nas casas ricas trezentos anos antes. Como a família era a mesma o *Guirá-nhengatu* foi perdendo o nome tupi e apelidado canário-da-terra e, com o passar do tempo, ninguém mais o conhece com o doce chamamento de outrora.

Ainda em 1728 Nuno Marques Pereira, no seu sonolento e ótimo *Compêndio Narrativo do Peregrino da América,* incluía-o no seu rol e simpatias ornitológicas:

> O mazombinho canário
> Realengo em sua cor,
> Deu tais passou de garganta
> Que a todos os admirou.

Mazombinho porque nascera no Brasil. Este mazombinho canário terminava seu ninho no quintal que o velho muro domina com silêncio e sombra. Não tem, como o xexéu, o bem-te-vi, a lavadeira, os apreciados vôos curtos em descida, captando insetos, amando antes caçadas raseiras ao solo. O canário é amigo dos vôos retos, impetuosos, arremessando-se como para decidir questão de vida e morte, tudo por causa de um besouro negro, zumbidor. O casal está junto e é raro não voar a parelha. São bem casados e esta fidelidade conjugal parece ser vigiada por ambos, *l'amour suivi d'un attachement sans partage,* como dizia Buffon, numa boa intenção generalizadora que as observações posteriores desmentiram lamentavelmente.

Os canários ainda são, na maioria dos casos, de conduta exemplar. Os meus, da goiabeira, realizam procedimento digno de louvor. Desengano-me em querê-los iguais. Na mesma espécie há exceções estridentes e canários com a bossa do poligamismo excessivamente desenvolvida, abundam. A fidelidade maior é na época do choco. O macho disputa prêmios de canto com as famílias ilustres e sua garganta ondula e freme na vibração emissora das notas moduladas, gorjeios de ternura comunicativa, árias marcadas pela estridência de fermatas de impressionante claridade, temas que se repetem, encadeados numa solução melódica de imprevista beleza canora.

Não posso crer que este canto, longo, expressivo, consciente, seja destituído de intenção e toda esta gama harmoniosa de inflexões nada transmita, significando apenas um escapamento de sopros através do aparelho regulador da garganta. As afeições interiores não possuirão neste canto nupcial e poderoso de vitalidade canora uma manifestação jubilosa de vitória, alegria da posse, o amor da espécie que se anuncia no estado da fêmea que ouve, passiva e serena, a homenagem à sua missão prolongadora a vida? Afirmar-se que não há relação entre o canto e o visível sentimento da ave tenora, e que canta mecânica, maquinal, insensivelmente, não me foi possível aceitar e compreender, resignado às conclusões dos laboratórios experimentais ou pesquisas de campo.

Estou cada ano sendo tomado pela certeza, ainda indecisa mas envolvente, da comunicabilidade animal através dos sinais sonoros. O canário será, de futuro, um dos índices, com o bem-te-vi, o xexéu ou japim, para alguém que inicie o trabalho de dedicar-lhes a vida para a constatação. Dentro de um galpão de laboratório, presos seja em um ambiente cientificamente imitado e perfeito ao original, todos os animais modificam a mentalidade. Parece que fui longe falando em mentalidade. O mais terrível é que estou certo de não haver animais "irracionais", isto é, desprovidos de raciocínios, e espero que existam homens e mulheres neste mundo que participem desta convicção.

Fui criador de aves em gaiolas e minha opinião atrevida é que só devem ser estudadas em liberdade. Liberdade do campo e não liberdade condicionada em um cenário construído, imutável, sem a intervenção da voz misteriosa da terra e dos ventos livres, vindos do mar e da montanha, trazendo eflúvios e recados que as aves entendem e cumprem.

Na gaiola, espaçada, arejada, higiênica, amorosamente tratada, os canários vão mudando de vida pela simples presença humana. Acresce ainda que não mais procuram alimentos, não constroem ninho, não lutam e acima de tudo têm a fêmea ao lado, constantemente, todas as horas, sem as preocupações de mantê-la fiel e ajudá-la a viver. Só o fato de não mais lutar pelo alimento é um elemento profundamente modificador para qualquer animal habituado a procurá-lo e pelejar por sua conquista.

Os canários da goiabeira, depois de minutos ao derredor do muro, desaparecem. Vão buscar alimentos mais longe. Aqui encontrariam bastante. Questão de paciência. Lá fora há o espaço descampado, as várias técnicas aplicáveis conforme o terreno, capinzal baixo ou alto, árvores frondosas, reunidas em bosques ou isoladas, mato esparso, proximidade humana, frutos, outras aves disputadoras, enfim uma série de provocações para ação pronta, imediata, eficiente. E também as lufadas dos alísios cheirando a salsugem oceânica e as coisas distantes e soberbas que vivem na montanha fechando o remoto horizonte.

Os dois canários terão materialmente gasto energia, improvisação e manhas em proporção mais ampla que se ficassem bicorando os insetos do quintal na sombra do muro. Esta jornada dará uma contribuição mais intensa e rejuvenescedora aos seus músculos e experiência. Canário de gaiola não mais sente esta poesia. Está sendo domesticado e domesticação é sinônimo de cativeiro.

Um antigo dogma de seleção sexual, tão complexa como uma queda de câmbio, afirmava a poligamia ser regime normal nas espécies de acentuado dimorfismo (formas dessemelhantes entre macho e fêmea) e monogamia nas espécies marcadas de homomorfismo (semelhança física entre as figuras do casal). Ora, as exceções foram tão numerosas para ambas as regras que estas só existem por uma questão de hábito citador. Mas no caso dos canários da goiabeira o ditame está certo. O homomorfismo indica a monogamia.

O macho canta sempre, exceto quando está na fase cruel da "muda". Aí adoece, fraco, vacilante, voando pouco, desarmado de suas virtudes físicas. Felizmente é verão e a temperatura mantém-lhe o ritmo orgânico equilibrado. Come pouco e as reservas interiores esgotam-se rapidamente. É um tributo caro pago às leis da provocação sexual porque a nova plumagem atrairá nova fêmea ou conservará a que possui.

Fora deste ciclo renovador, o canário canta e trina, entusiasmado e vibrante. Canta voando e pousado no ninho. Tem tonalidades, nuanças, interrogações, respostas, flexões especiais, de uma pureza, extensão e sonoridade incomparáveis.

Vence de muito o rouxinol clássico. Este tenor contratado para todas as citações encomiásticas do mundo, inarredável de romances e poemas velhos, é um grande interesseiro, um simulador glorioso, feiticeiro na magia de curta duração. Naturalmente (sabe-se disto há quase dois séculos) a época da procriação está intimamente ligada ao desenvolvimento do seu órgão vocal. Ambos atingem o meio-dia maravilhoso quando a fêmea, já fecundada, prepara-se para pôr os ovos no ninho. Na fabricação da casa, trazendo alimentos, olhando a companheira, o rouxinol executa o mais brilhante, intensivo, apaixonado e arrebatador programa de amor dramático em evocação e melocomentário de que há registro na face da terra sublunar. Quando a senhora rouxinol termina a incubação, o marido silencia. Silencia de vez. Fica mudo. Mudo ou dando um pio que mais parece coaxo de sapo que som de uma garganta privilegiada. Dois a três meses durou a temporada lírica. Com o canário não há disto. Canta sempre, clareando a vida com sua alegria palpitante de ternura. O rouxinol é que goza os benefícios de uma propaganda intensiva, cobertura jornalística e radiofônica financiada pela tradição.

Desaforo nos domínios da nidificação dizer-se que o canário faz ninho quando o comum e sabido é ele aproveitar os existentes e deixados ou ir-se aos ocos de pau, pondo alguma palha por especial favor. Que farei olhando para este ninho redondo e não raso que o casal fez, quase aos meus olhos, no cruzamento dos galhos da goiabeira? Negá-lo? *Jamais on ne déterminera la nature·d'un être par un seul caractère ou par une seule habitude naturelle,* aconselhava o senhor de Buffon há duzentos anos. O canário às vezes entende dar-se ao luxo de uma exceção menos pela alegria da novidade do que pela atrapalhação aos devotos da generalidade dogmática.

É uma das raras aves que canta o ano inteiro.

Estou me convencendo (o "convencimento" nos autodidatas é uma moléstia natural como diarréia infantil ou pigarro nos velhos) que o maior mistério ornitológico é o canto.

Todos estão de acordo de que o canto das aves não é exclusivamente processo de atração sexual. Fora deste sentido, útil e claro, fica-se sem atinar por que um pássaro canta. Por que e para quê. Não atrai a caça. Não conquista aliança. Não atemoriza concorrentes.

A "siringe", órgão vocal, onde a traquéia se bifurca nos dois brônquios, possui disposições para modular, gorjear, silvar, dando ao artista o aproveitamento do aparelho potente e delicado para o manejo total, obtendo variações e inflexões surpreendentes. Algumas aves, o canário inclusive, cantando solitárias, embriagam-se visivelmente com a melodia produzida. Nenhum tenor deste mundo é capaz desta exibição maravilhosa sem auditório.

Nenhum biologista me desencanta com a explicação utilitária do canto. Permanecerá com um aspecto obscuro e sugestivo, possibilitando interpretação lírica em sua expressão indecifrável no quadro diário e presencial.

O canto independe da função de alimentar-se, caçar, voar, combater. Não é possível articular-se a mecânica da siringe ao complexo de qualquer uma destas funções. São atos perfeitamente autônomos, desligados, independentes. O mistério da coexistência, da presença, do exercício normal estabelece a dualidade dos planos, as duas faces vivas, indispensáveis e prestantes na mesma entidade orgânica.

Com sua curiosidade iluminada e terebrante o sábio via materializando, nivelando, monotonizando todas as coisas organizadas e palpitantes de sangue e seiva. Provou que as flores são simples e vistosas armadilhas vegetais para a dispersão do pólen. Tentou ensinar que as cores ostensivas dos animais eram meras fórmulas fixas de conquistar fêmeas. Como este processo de atração não podia, biologicamente, se constituir permanente, porque o impulso sexual nas espécies está condicionado a prazos relativamente curtos e a roupagem flamante de aves e insetos ser-lhes-ia muito mais prejudicial que benéfica, estimulando a perseguição de inimigos e denunciando-lhes os esconderijos. A sentença transformou-se em dilação probatória. Mas o canto sem interesse imediato ou deduzível, o canto-por-si-só, alto e teimoso, está repondo a ave no seu nível poderoso de intenção melódica.

Identicamente verificou-se com o Homem. Por que e para que cantaria o Homem nas tardes do Pleistoceno? Que impulso o forçou a elevar a voz, possível oitava acima do normal, e dar-lhe acentuação musical, dividindo-a com o ritmo da respiração? Seria bem depois da era de Neanderthal e já erecto e de mãos nobres, livres de auxiliar a marcha, começara a gravar globo do sol, círculo da lua, mamutes pesados e renas leves nas grutas abrigadoras de Espanha, há duzentos e cinqüenta séculos. E furou sementes secas, conchas e ossinhos de animais abatidos para fazer pulseiras e colares, trabalho novo na história da terra velha e da raça nova. Já não é possível diminuir o encanto do Homem de Cro-Magnon fabricando os seus primeiros objetos de arte, arte sem utilidade prática, mágica ou simples, lógica, deliciosamente ornamental...

Mas um dia, talvez numa tarde em que a noite acorda os fantasmas dos deuses apavorantes, o Homem cantou. Pelo mecanismo funcional da voz só pode ser ato voluntário, intencional, dirigido. Até hoje a atitude de cantar é uma afirmativa imediata, suprema, irrespondível, de elevação. É um *ludus* no nível divinizador do impulso sonoro, comunicação com as forças confusas, abstratas, envolvedoras da inspiração, irreduzível a esquema diagramático.

Por que o canário canta sem fome, sem amor, sem aparente motivo? Se digo que ele canta porque quer ouvir-se; que a clara e vibrante melodia, de impossível fixação no pentagrama, é um elemento complementar ou essencial ao segredo, ao equilíbrio de sua fisiologia, fisiologia sem dependência de órgãos, satisfação total a um apelo cenestético, será uma opinião, ou melhor, um "convencimento".

A origem do canto humano, se lhe arrancamos sua intenção inicial e divina, continuará, no domínio físico-químico, tão escura e perdida quanto a justificação funcional para o canário, o meu pequeno canário, gorjeador e livre, no galho da goiabeira à sombra do canto de muro.

La raison ne peut que parler; c'est l'amour qui chante, afirmava Joseph de Maistre, e o Homem, que não atrofiara seu órgão ascensional de louvor a Deus, libertou-se da tragédia dos limites e ergueu o canto intencional que era uma projeção, alada e musical, de toda sua personalidade.

Todos conhecem as famosas brigas de canários, com apostas sérias e criadores das espécies mais belicosas, com catálogos e datas especiais para os encontros denominados "bulhas". Não são comumente os canários-da-terra que se arrolam nas inscrições com apostas de 500 a 1.000 cruzeiros. Os tipos estimados e comuns para as "bulhas" sensacionais são os canários-belgas, os "verdadeiros", com ascendência e descendência memorializadas nas notas que valem como *pedigrees* autênticos.

Conheci um destes valentes que dera ao proprietário quase tanto quanto um cavalo de corridas no *Derby* e possuía o espantoso nome de *Senador Timochenko*. Chamava-se anteriormente Senador e o dono o rebatizara para Timochenko mas os apostadores costumavam reunir os dois nomes ilustres pelas façanhas.

O canário-da-terra também luta e luta bem. É menos hábil e sua técnica revela a honestidade bruta do instinto. Arranca de vez, bico aberto para fisgar o pescoço do adversário e torcer-lhe a pele num beliscão interminável e atroz. Os outros, profissionais, trocam bicadas como golpes de sabre, bico a bico, lembrando as brigas de galo que apaixonam e viciam como aspirar cocaína ou fumar maconha.

Nunca presenciei briga de canários livres.

Agora, ao entardecer, o casal revoa a goiabeira doméstica. Os filhos novos já estão alimentados com vermes brancos e fragmentos de insetos nas gargantas escancaradas, animadas por viva orquestração piante e faminta. Antes que a luz desapareça e a penumbra vista de escuro o quintal familiar, o canário o atravessa, voando do muro para o ninho, levando na pequenina figura o derradeiro raio do sol...

Romance de coruja

Ave noturna, agoureira,
Não me apavora teu canto...

Lourival Açucena

Anoiteceu. Na moldura do oco no tronco da mangueira o vulto claro de Sofia aparece. As asas escuras, ferrugem com tintas de canela, destacam o papo alvacento, com listas horizontais feitas com tinta delicada de negro-pálido. Na gorjeira, placas de matiz carregado, salientando-se como um colar de três voltas, condecorador. O bico curvo, forte, dá uma impressão de ferocidade meditativa que os olhos claros, límpidos, completam, no ar clássico de decisão e cisma estudiosa. Na altura das orelhas as penas se elevam, cucurutando como um boné de jogral. As patas, de dedos firmes, são garras, sabendo prender-se em qualquer galho, e também agarrar e suspender a presa, varando-a com as adagas das unhas implacáveis.

Equilibrada no rebordo, balança-se como medindo o espaço que escurece. Há uma lenta claridade invasora, leitosa, transparente, acariciante. É luar. Luar de agosto. Será noite de caça festiva e fácil. Esperança otimista de repleção antes do frio da madrugada.

As pupilas negras de Sofia restringem-se concentricamente. Pisca. Bem desejaria ela explicar quanto é mentirosa a lenda obstinada que a diz ver de noite quando não enxerga de dia, deslumbrada pela claridade cegante do sol. Nem tanto. Verdade é que não pode ver sem luz, sem alguma luz. De noite cerrada, bem trevosa, nada distingue, nada caça, voando baixo, quase às apalpadelas, temendo esbarros e batidas nos espinhos, nas urtigas, nas cascas ásperas e rugosas que a molestam, arrancando-lhe as penas da garganta e do peito.

É uma *Strix flammea,* Gmel, a *Effraie* dos poemas de França, a sinistra "rasga-mortalha" na sinonímia popular, coruja de igreja que também vive em oco de pau, imóvel e assombradora. *Eleos* dos gregos. *Aluco* dos latinos, Sofia precisa de luz mesmo difusa e tênue para agir. Ao entardecer, quando a luminosidade se arrasta nos retardados crepúsculos de verão, até que a noite torne o arvoredo maciço, é o tempo ideal para as proezas da coruja alvacenta.

É a hora em que os animais se recolhem e os pássaros zombeteiros e atrevidos, que irritam sua impassibilidade soturna, procuram os ninhos. Miríades de insetos revoam. Também há uma fauna noturna e rastejante, amiga deste horário. Morcegos e ratos pululam. Gô e Quiró saem para caçar, levando seu povo esfomeado.

Sofia ouve maravilhosamente e pode fechar ou abrir o pavilhão, movimentando sua coroa de penas, obstrutora. O bico é imóvel nas duas partes, como o dos papagaios, alcançando maiores proporções preadoras que escorregam pela garganta enorme, deglutindo ratos e morcegos inteiros. O estômago generosamente encarrega-se de expelir o couro peludo em forma de bolinhas. O bico permite bicoradas decisivas e também o rumor estalante de castanholas, sinal de intranqüilidade e também de pacificação digestiva. Seu andar de velho marujo não a leva para longe mas aproxima-a de quem deseja ver de perto. O vôo é macio, silencioso, pesado, graças à penagem mole que a reveste. Há, entretanto, corujas – e Sofia é uma delas – denunciadas às vezes por um súbito ranger quando voam mais baixo que o habitual. Parada, resfolega ou ressona surdamente, com imprevistas representações sônicas de estrangulamento estertorante. Por sua culpa é que a fama se espalhou, de anunciadora da morte, arauto dos cemitérios e núncio fatal quando voa resmungando por perto da câmara dos agonizantes.

Seu canto – canto? – é um piado triste e continuado, com pausas sonolentas que iniciam a continuação. Na época do amor Sofia ulula sem parar, teimosa, chamando, indicando a coordenada geográfica ao seu amor ou indo buscá-lo, se ouve a cadência entrecortada da réplica interessada. Horas a fio repete a última vogal, bem acentuada, ligada mas clara, espécie monótona de um rosário merencório de mágoas inconsoláveis. Nas noites enluaradas, o canto parece sair da terra e de todos os recantos onde Sofia não esteja.

Em qualquer país do mundo e tempo da História a coruja é mensageira da morte infalível. Morávamos numa chácara e numa noite, muito doente meu pai, a coruja começou no seu ululado arrepiante. Meu pai fez um sinal a um dos criados. Um tiro estrondou e o servo voltou com a corujinha morta, pintada de sangue, olhos imensos, abertos, sem saber por que morrera. Meu pai disse a frase consagrada pelo uso: " – Vá agourar outro..."

O doente que vê morta a coruja que o agourou cantando perto da casa, sobreviverá.

Meu pai viveu mais 25 anos. No Rio de Janeiro, bairro da Tijuca, visitamos um doente. Inexplicavelmente ouvia-se a coruja cantar, teimosa e distante nos intervalos da conversa. Voltando, um grande político da época afirmou, convicto: "– Está perdido! Não ouviram a coruja cantar?"

O doente faleceu, efetivamente, na noite seguinte. Estes acasos credenciam Sofia irremediavelmente como o sinistro pássaro da morte, como dizia Plínio. Sofia é tão responsável pelas mortes humanas como pela orientação política dos Estados Unidos ou União Soviética.

Criei mais de um ano uma coruja e esta comia tudo que se lhe desse. Apenas, aristocraticamente, só comia sozinha, com lentidão e gravidade. Nunca a vi beber. Libertou-se numa noite de luar, véspera de "festa" (24 de dezembro) e não sei como se arranjou levando um pedaço de corrente de latão na pata direita. Jamais habituou-se com as pessoas de casa, mesmo com quem a alimentava. Olhava-os fixa, desesperadamente, meneando a cabeça chata e dando um rosnado meio bufado que seria cólera justa e desprezo. Nunca se dignou cantar. Comia camundongos e morcegos vivos. Mortos, recusava-os sem olhar. Servia-se de carne crua, insetos. Também desdenhava frutas. Inexplicavelmente apreciava pirão de leite, farinha de mandioca, leite e açúcar. Metia o bico, lambuzando-se como um periquito glutão. Não tentava beliscar os curiosos e também não permitia intimidades nem verificações por contato. O primeiro sinal de impaciência não era abrir o bico e sim uma ou duas asas, semi-abrir. O bico aberto ocorria imediatamente a esta preparação. Dei-lhe nome familiar de Maroca. Não parecia, muito justamente, entender. Não deixou saudades a ninguém.

Serviu-me, para teste, sobre a conservação do seu terrível prestígio. Todas as pessoas que nos visitavam, ilustres e humildes, desde o Governador do Estado ao vendedor de carvão, surpreendiam-se com a coruja, aconselhando sua imediata libertação. Não convém manter a coruja presa. Reuniam todos os prejuízos multisseculares sobre Sofia, dizendo, muito sérios: "– *Faz mal...*". Era tudo.

Decepcionou-me em muitas experiências. Uma delas era a constatação da coruja beber óleo das lâmpadas da igreja. Buffon afirma. Pus junto a Maroca a lâmpada de óleo do oratório de minha mãe (indignação de vários dias pelo sacrilégio) por duas vezes, mas a coruja deixou-o intacto.

Buffon informa que o apetite de Maroca pelo óleo santo é maior se ele coagula... *surtout si elle vient à se figer*. Não pude obter óleo coagulado.

Na Europa é comum os estrigídeos reunirem-se durante o inverno nos palheiros, tolerando-se mutuamente pela necessidade de obter calor. Será um dos efeitos socializantes do clima. No Brasil, especialmente no Norte, que é um verão eterno, as corujas são adversários do gregarismo e vivem isoladas. Mesmo no cio, que é rápido, permanecem nas grutas, buracos do chão, muros antigos, torres de velhas igrejas, ocos de árvores robustas. O casal pode ser visto em certas noites de luar, cantando, trocando apelos mas separado, cada personagem na sua árvore privativa. Nunca vi duas corujas no mesmo pouso.

A versão popular é que lutam quando se encontram as do mesmo sexo macho. Não há delicadeza para a fêmea, fora ou dentro do clima amoroso. Vendo-a com uma boa presa, tenta arrebatar-lha. Um meu parente, caçador noturno de tatus, assistiu justamente a um desses combates aéreos pela tomada de uma ratazana que uma coruja levava e fora encontrada por outra, irmã de pai e mãe, decidia o informante. Terminava a justa o rato escapulindo.

No tempo em que o amor lhes sopra a tentação sedutora, cantam mais e é a época dos ululos que chamam a morte, mas realmente suplicam a presença da noiva reqüestada e tardia. Permutam os agouros até que o macho toma coragem e voa ao encontro do desejado par.

Por isso Sofia estava cantando naquela noite e não caçando os ratos de Gô ou os morcegos de Quiró.

Imóvel no galho, como que feita de porcelana, Sofia lança o seu chilrear conclamativo. As notas encadeiam-se, sem espaços, os *u-u-u-u* se estiram, conjugadas as terminações, obtendo uma única ressonância suplicativa. Ratos e morcegos ocultam-se ou fogem, avisados da proximidade da caçadora. A coruja quando caça não canta. Outra era a caça para o apelo ululante de Sofia.

O canto, firmado interminamente na derradeira vogal, é bem diverso dos outros constantes do repertório da *Strix flammea perlata*. Seu epitalâmio consiste naquela teimosa epizeuxe certamente irresistível aos ouvidos femininos da coruja, ouvinte e recatada.

Não é o piado longo e tétrico, levemente interrogativo às vezes, nem o estalo surdo e brusco que faz voando, rumor semelhante a um rompimento de tecido e daí a idéia fúnebre do *rasga-mortalha*. Nem a cadeia das notas se interrompe pelo prolongamento sobre uma vogal, espécie de marcação de uma neuma no entoado de uma jubilação gregoriana. O canto amoroso, terno e eterno nas vogais profundas e valorosas de intenção, possui um término variado, inflexões diversas que findam por um ralentando preguiçoso ou espaços intervalares que salientam as três derradeiras notas, cheias de subentendidos e chamamentos maviosos.

A repetição na mesma intensidade de certas notas dá à simulcadência um significado intencional, fazendo ressaltar na própria intermitência melódica o fraseado convencional do convite amoroso. O canto, monótono, inacabável, não é rigorosamente igual. Um floreio quase imperceptível, uma acentuação mais demorada em segundos, um final diverso, modifica a mensagem musical na noite branca.

Tanto é assim que a outra coruja respondeu por um pio longo, duas ou três vezes ressoando, como um "sim" de renúncia à resistência remorada e cruel. Sofia abriu as asas perladas, com o listrão vivo de ferrugem e canela heráldicas, e voou para a cajazeira matrimonial.

Estão agora as duas figuras hirtas, lado a lado, no galho curvo abrigador de tanta felicidade. Acabaram-se os cantos. Não há espaço entre os noivos. Apenas a sombra de uma ave que se volta, erguendo as penas do uropígio, que ocultam a vulva, acima o ânus. No mesmo ponto Sofia possui a breve verga muscular fecundadora. O contato é de minutos e o esposo feliz não acompanha a fêmea complacente. Voa, calado e jubiloso, para a casa distante. A fêmea tratará de todos os encargos.

Durante uns dois meses Sofia repetirá, todas as noites, o seu apelo de paixão transbordante, não sei se à mesma ou outra coruja sentimental. Viverá o seu romance na cajazeira ou em qualquer árvore de abrigo. Mas não fará ninho e nem alimentará os filhos de bico aberto na exigência do cibo. O ninho não precisa ser feito porque é oco-de-pau ou reentrância de muro, torre patinada, com um leve forro de palha ou capim sem arranjo circular, rústico quanto o da cegonha.

As aves de preia, as grandes ornamentais, poderosas de força, águias, abutres, gaviões, não têm amor prolongado pela pequenina ninhada. Expulsam os filhos bem cedo dos ninhos malfeitos, obrigando-os a buscar a vida batalhada, matando para comer. As aves humildes e fracas são, em sua maioria, as enamoradas da prole e da fêmea, as românticas que fazem serenatas, aquelas que buscam alimentos para o choco, sustentam os filhos com paixão e defendem o lar com sacrifício comovedor.

Certamente Sofia conhecerá os filhos a distância e os terá na classe de concorrentes à caça e rivais no futuro amor. Dispensa-se cordialmente de protegê-los ou morrer por eles. Nunca vi e nem soube que alguém encontrasse em ninho de coruja mais de uma ave adulta. Buffon, *lui, toujours lui*, informa que: " – *Elle nourrit ses petits d'insectes et de morceaux de chair de soris*". Pode ser que exista no Brasil esta regra de que Sofia é uma consabida exceção. Ponhamos, prudentemente, o *eles* no singular, *ela*. Buffon narra emocionalmente que prendera uma *Effraie* e esta, emitindo o seu grito de socorro, determinara que as companheiras corressem para junto da prisão repetindo o apelo amargurado e mesmo se deixassem prender nos laços, *et s'y laisser prendre au filet*. Suicídio pelo solidarismo. No Brasil a coruja evoluiu psicologicamente para o plano do egoísmo superior. Se contarem a Sofia esta notícia, balançará a cabeça ornamental, imaginando a resposta: " – Outras terras, outros costumes...".

Sofia não faz ninho, ensinam, porque as aves noturnas não costumam construir suas residências. Não têm tempo oportuno porque as horas de caça coincidem com o horário apertado em que podem ver alguma coisa. Tendo que escolher entre o ninho e o alimento todas se decidem pelo segundo. O ninho é trabalho diurno. Os psitacídios vêem deliciosamente de dia e nunca uma criatura humana chegou a encontrar o papagaio ocupado em fazer sua casa. Um ditado de Minas Gerais afirma, lógico: " – Quem tem asas para que quer casa?" É generalizar demasiado.

Um ditado do Ceará, recolhido por Leonardo Mota: " – Coruja é quem gaba o toco". Toco é a residência. Até hoje não quis outro. Para que fazê-lo se já o depara feito a seu gosto?

Nos assuntos maternais a coruja é clássico exemplo devotado e completo. Incomparável à solicitude na procura de alimentos e cuidados minuciosos na manutenção e resguardo da progênie. Perpetuamente esfomeadas, exigentes e piantes, as corujinhas são satisfeitas com todos os sacrifícios e a coruja velha esvoaça, num ciúme de bom gosto, o toco de pau que esconde aos olhos profanos aquelas maravilhas.

É popular na Europa de onde veio para América o episódio com a raposa que ia iniciar seu almoço e consultava a coruja sobre os tabus alimentares. De todas as aves novas, a coruja recomendou unicamente as mais lindas e sedutoras, de aspecto irresistível no encanto imediato. Eram as horrendas corujinhas. Pequenas mal-ajambradas, a grande cabeçorra pelada desproporcional ao corpinho molenga e úmido, o bico aparado anunciando a bocarra incomensurável, a penugem branquicenta, molhada e suja, os olhos redondos, imensos, assombrados da própria hediondez, lembrando os restos de um vômito, repugnante e confuso. A raposa devorou-as com mau gosto e bom apetite. A coruja, inconsolável, ainda guarda rancor à falta de justiça estética da gente vulpina. Para o julgamento de todas as mães do mundo o modelo fiel é o da coruja, *mater admirabilis*.

Os insetos maiores, ortópteros e coleópteros, Sofia apanha-os no vôo e os engole sofregamente. Não podendo mastigar, língua cartilaginosa e seca, não creio que tenha o sentido do paladar. Sabe, pela riqueza da experiência de tantas gerações, os melhores coeficientes nutritivos. Entre os insetos e os ratos e morcegos, especialmente os ratos novos e os camundongos vestidos de penugem cinzento-clara, fina como arminho, prefere os últimos e a perseguição é mais encarniçada e teimosa na captura dos roedores.

Vi muitas vezes nas vilas do interior, onde a matriz fica silenciosa ao cair da noite e há tranqüilidade em todo o quadro da rua, as corujas-de-igreja, suiná, suinara, suindá, suindara, atacando os quirópteros, seguindo-os acesamente a ponto de esbarrarem na parede branca do templo, com o raspar violento da asa no obstáculo imprevisto. Um informador, digno de crédito pela idade e circunspecção, descreveu-me a pegada de um Gô, ratazana alentada e veloz que correu, defendendo a vida, no fio do beiral da casa enquanto Sofia o acompanhava em vôo que se tornava mais e mais tragicamente baixo. O guabiru antes de ser fisgado pelo bico e garras da coruja soltou um guincho de pavor atroz, lamento e apelo de socorro que deveria estarrecer os companheiros distantes. Sofia agadanhou-o e passou voando pela calçada onde se encontrava o meu informador. A luz da lua mostrava perfeitamente o perfil estrebuchante do guabiru, sacudindo o seu inútil grito solicitador de auxílio. Foi dilacerado no cimo da torre iluminada pelo luar sereno.

Numa noite branca é que Sofia suspendeu Tim pelo dorso esverdeado e levou-o, imóvel e resignado, para final de sua ceia. Tim, calango verde listrado de negro, vagamundo e turista gratuito, fora em semanas anteriores o matador de um pirilampo. Sem querer, Sofia castigou-o pela sua falta de respeito artístico por uma pequenina obra-prima da criação. Apesar da obnubilação diurna Sofia é atraída pelas luzes domésticas. Fatalmente as corujas-do-campo ou as "buraqueiras" (*Speotyto cunicularia*, Temm), Caboré intrometido e curioso e mesmo Sofia, não resistem ao apelo cintilante e vão verificar de perto a origem daquele clarão, derramando sustos e recebendo protestos, tiros e pedradas reacionárias. As lâmpadas elétricas dos postes nas avenidas remotas e de pouco trânsito alta noite são inevitavelmente visitadas pelas corujas, visitas apressadas, meramente cerimoniosas, um círculo respeitoso ao derredor do foco antes de remergulharem na escuridão. É uma homenagem ao elemento misterioso cuja desacamodação às suas pupilas fá-las retraídas e sinistras, fora do convívio das aves, haloadas de lendas e seguidas de maldições seculares.

Vezes acompanham, virando lentas o pescoço móbil, os faróis que passam, não podendo apartar a vista daquele listrão que acorda a paisagem, mudando o cenário no lampejo atordoante. Quase dão o completo giro na cabeça, o bico no meio das costas, olhos parados, fosforescentes, seduzidos e encantados, abertos e contemplativos no deslumbramento inesquecível da visão rutilante.

As menores, inexperientes ou mais sensíveis, voam de encontro aos vidros dos pára-brisas, cegas, fascinadas na ofuscação súbita daquele milagre perturbador de suas pupilas. O choque as sacode atordoadas e contusas para a margem da estrada. Viajando numa noite de escuro, de Goiânia para o Recife, o automóvel focou os olhos distantes de uma coruja que estava empoleirada num galho na curva do caminho. Vimo-la voar na direção do veículo e sentimos o embate do seu corpo no radiador. Quando a fui ver já estava morta; uma patinha crispava-se vagarosa na última convulsão. Manchas de sangue nodoavam-lhe a cabeça chata, de penas claras, ouro-pálido. Os dois olhos grandes, desmesuradamente abertos, pareciam guardar a impressão imediata de uma revelação que lhe custara a vida. Estavam mais luminosos, molhados de sangue, vitoriosos pela conquista que fora aquela aproximação ansiada e definitiva. Matara-a a luz irresistível, fascinadora e fatal.

Na sua lenta e pesada diagonal, Sofia atravessou o céu tranqüilo da madrugada e pousou, nobre e séria, no umbral da sua casa. Um instante alvejou seu vulto senhorial oscilando, balançando-se como velho marujo nas alturas do mastro grande. Ficou olhando a placidez das coisas adormecidas e a vida palpitante que continuava, terna e dominadora, matando, amando, morrendo para reproduzir-se.

Depois, apagou-se na sombra...

Triste Fim de Raca

Adjurote, serpens antique...

Rituale Romanum

Raca foi a décima terceira de um grupo de dezenove irmãos nascidos numa madrugada quente de setembro. A progenitora era uma soberba jararaca de metro e meio, parda e verde, com reflexos de ouro e manchas escuras em losangos alinhados simetricamente ao longo do corpo cilíndrico, onduloso, magnético. Devia ter feito perder as cabeças triangulares dos apaixonados.

As cobrinhas vieram dentro de um ovo, já formadinhas e bonitas, cada uma no seu invólucro. Nunca souberam que isto se chama ovo-viviparidade.

A mãe de Raca tratou a todas com bondade e atingiu sua dedicação ao excesso de devorar dez filhos, poupando-os aos sacrifícios de viver neste mundo enganador. Punha a cabecinha na boca e deglutia-os lentamente, como quem sorve macarrão. Debalde o filhote contraía em curvas e voltas sinuosas o corpinho indefeso. Voltaram os dez definitivamente ao seio maternal.

Raca afastou-se prudentemente desses extremos carinhosos e procurou alimentos desde os primeiros dias. Abriu-lhe o apetite uma barata descascada bem mole e sem juízo, que apreciava a paisagem ao alcance da cobrinha. Para dormir precisava de calor e vinha para a jararaca velha que se punha em semicírculo acolhedor. Raca deslizava entre os primeiros hóspedes porque o perigo ficava para os últimos, os mais vizinhos da afetuosa boca materna. Assim resistiu dois meses e, marchando o terceiro, seguiu seu destino porque, creiam ou não, há um *keres* fatal para cada *Bothrops jararaca* que se arrasta na superfície do campo ou da cidade, seja qual a forma aparencial.

Raca viveu pessimamente os primeiro meses de aprendizagem, assombrando-se com as maravilhas deparadas e aprendendo a pensar nas dificuldades de uma jovem jararaca para atravessar tempo e fortuna sem perder a pele antes de ser na muda.

Suas glândulas desenvolviam-se com lentidão desesperadora e surpreendia-se em ver escapar a presa depois de picada e fugir com um ar de mangação integral, o que seria impossível se a dentada fosse de sua distante e saudosa mamãe. Finalmente, verificou que, logo depois de assentar os dentes num rato negro e zombeteiro, este tombou, agitando pata e focinho, e permitiu, sonolento, que Raca o engolisse, em sorvos repetidos e difíceis porque era volumoso e o pêlo não teve ocasião de umedecer convenientemente. Dormia onde encontrava, para sua nascente perspicácia, abrigo tranqüilo e suficientemente escuro. Dormia naturalmente durante a claridade solar, porque, anoitecendo, os animais, certos animais, ficam mais amigos da convivência e das aproximações com as cobras desconhecidas e famintas. A noite é fator sociável e, na espécie, vital para Raca.

A felicidade chegou para ela numa madrugada em que, cansada de ondular e empurrar-se pelo campo, viu um edifício sustido por uma série de colunas toscas, barracão imenso, cheio de materiais para construção. Nunca soube para que havia de servir tanto tijolo, tábuas, planchas, barrotes e telhas, troncos de madeira e montes de caixotes com azulejos bonitos. Devia realmente servir para abrigar Raca no particular e no geral a um mundo heterogêneo de coisas vivas, guinchantes, mordentes e saborosas, milhares de ratos, centopéias, escorpiões, grilos, baratas, sapos de couro seco etc.

Raca não apreciou devidamente saber (vendo) que duas irmãs suas estavam aboletadas no barracão, caranguejeiras peludas e arredias, besouros infinitos e com atrevimento defensivo nos cornos erguidos como capacetes enfeitados dos legionários de Roma. Compreendeu as vantagens desta companhia belicosa porque, atacando estes de um lado, saíam pelos outros multidões apetecíveis e perfeitamente aproveitáveis. Técnica por técnica, com seis meses, Raca especializou-se na caçada aos ratos. Comeu de todos para julgamento consciente. Desde a carne rija de Gô até a delícia fresca e tenra de um camundongo, testou as nuanças nutricionistas de todos os miomorfos. O camundongo foi eleito como fora de qualquer concurso mas precisava repetir o prato pelo diminuto do volume vitaminado com o respectivo teor calorífero.

Circunscreveu a uma área limitada o campo das explorações, convencendo-se que pouco teria de deslocar-se par continuar vivendo, pacífica e calmamente. Os ratos eram prolíferos e mesmo o barracão atraía a população flutuante dos arredores. Sempre apareciam novos moradores, concorrentes ou fornecedores de alimentação. Até mais de vinte meses Raca não deixou as proximidades do Éden.

Vez por outra novos carregamentos de madeiras e tijolos faziam subir as pilhas que iam sendo renovadas. Raca escolheu uma residência normal dentro do oco de tronco de sucupira, abandonado e poeirado. Para alcançá-lo, esgueirava-se sobre toneladas de pinho-do-paraná, acapu e paucetim paraenses.

Só então descamou lamentavelmente, abrindo bruscas soluções de continuidade na pele mosqueada de verde e cinza carregado. Com o simples roçar nas saliências ia deixando a velha pele, o corpo exterior de outrora, sentindo-se, inexplicavelmente, mais viva, faminta e com um desejo vago, terebrante de atirar-se para fora em busca imperiosa de um misterioso complemento, indeciso e perturbador.

Ao contrário dos bípedes implumes, que precisam saber e ouvir orientações para que não constituam ponto final, Raca dispensava qualquer curso orientador e, desejo e pensamento, fundiram-se esclarecendo-a de que chegara o tempo de sua apresentação a uma irmã que não possuía, totalmente, os mesmo órgãos funcionais.

Agora que estava vistosa, lisa e limpa, sem asperidade maiores, devia seu desejo irradiar-se em aroma, carregado pela aragem do barracão e captado unicamente pelos machos distantes e ansiosos. Milhares de narinas diversas estariam ao alcance daquele olor estranho, mensagem aérea de apelo da fêmea nova e faminta. Nenhum outro animal entenderia e nem mesmo perceberia a linguagem invisível e formal do recado pelo ar, moléculas apenas sensíveis, em sua delicadeza poderosa, ao sistema nervoso dos machos que até então ignoravam a existência da noiva invisível, no tronco de sucupira, dentro do barracão tumultuoso.

Raca abandonou seu apartamento quando a noite começou. Hora de caça habitual, mas desta vez os camundongos saltavam, indenes, à sua vista, pertinho de um bom golpe de dentes venenosos. Sem fome e sem pressa, a cobra moça e virgem de amor deslizou pela relva, guiada pela sua própria e sutil emanação afrodisíaca. Sob intenso impulso muscular, as costelas inumeráveis moviam-se rítmicas, acionando as escamosas placas do ventre, fazendo-a ondular a seguir, silenciosa no capim miúdo, macio e verde.

Logo além da sombra de um montão confuso de telhas e tijolos de refúgio, o noivo saiu agitado, menor, cauda final mais grossa pela presença dos dois hemipenes fecundadores, marcha de sinuosidades, mais intensas, fazendo a sua primeira aproximação namoradeira e preliminar.

Durante dois minutos Raca fingiu ignorá-lo, arrastando-se harmoniosamente ao alcance dos seus olhos e sentidos, excitando-o como entendia que devia ser feito desde que o mundo nasceu. Toda ela era uma série entontecedora de curvas, coleios, vibrações emissoras de perfumes de sedução. Como também para o noivo era o momento do sexo, devia segregar odores que definem sua situação na terra viperina. Pelo cheiro fixa, cada espécie, o macho e a fêmea. O tão velho *odor di femina* ainda não possui um *copyright* para os entes humanos.

Lado a lado segue a parelha em marcha reptante, *allegro ma non troppo*. Dizem-me que pode durar horas este passeio sem diálogo e contato mútuo. A posse é feita em movimentos sucessivos e sinuosos para obter o noivo a justaposição de um dos seus hemipenes na cloaca da fêmea. Fica boa parte do corpo aprumado sobre o dorso de Raca, palpitante. A junção é demorada. Não sei como se portarão ambos num *terrarium* pesquisador. Conjunção demorada de horas e horas. Vezes vão escorregando, arrastando-se para recantos escuros, furtivos, mas não abandonam a situação conquistada. Não tenho informação direta sobre o horário amoroso de Raca. Fui testemunha presencial de um abraço sexual de cascavéis nos arredores de Sousa, Paraíba. Pela manhã vi o casal enrodilhado, imóvel, um sobre o outro debaixo de uma touceira de xiquexiques. Estive mais ou menos uma hora olhando. Fui caçar, com alguns companheiros, voltando quase ao anoitecer. O casal continuava na mesma atitude, inebriado, fora do mundo. Um companheiro matou-o com um tiro certeiro. Pude então, pela primeira vez, ver os hemipenes, órgãos fecundante, brancos, grossos e alongados, revestidos de saliências de várias dimensões, certamente preensores e fixadores na cloaca da fêmea. De Raca fico apenas nas narrativas amigas de velhos caçadores e na dedução, método perigoso quando improvisação.

Sei que o feliz noivo não seguiu Raca nem a convidou para um domicílio comum. Separaram-se coleando velozmente. Mas reunir-se-ão novamente e algumas vezes. Nada posso adiantar se este conúbio terá os mesmos dois personagens ou não haverá fidelidade funcional até o fim da estação exaltadora. Raca voltou ao barracão onde o alimento era farto e o aposento confortável e seguro.

Enquanto não for mãe, Raca não permitirá outro abraço de amor. Expeliu normalmente quinze filhinhos mimosos. Longe de imitar a crueldade materna, devorou apenas uma meia dúzia para que não se perdesse de todo a tradição saturniana. Idênticas às primeiras, as jaracazinhas foram fazendo um movimento alargador de verificação topográfica.

Seis meses depois Raca estava novamente sozinha, voluntariosa, robusta, senhora de todas as fórmulas produtivas da caça aos ratos e aos noivos.

Foi então, com 36 meses de vida útil, que veio a catástrofe. A culpa, a História-mirim apurará convenientemente, cabe inteira ao grupo de Gô. As duas jararacas irmãs de Raca serão absolvidas ou no mínimo indultadas de qualquer penalidade. Posso divulgar o que se passou com a verdade, toda a verdade e apenas a verdade.

Um grupo de ratazanas de Gô estava residindo há mais de ano no barracão, e sempre, confesso, tiveram má vontade em alimentar as jararacas. Egoísmo no plano da prestimosidade porque as jararacas eram três e elas mais de seiscentas. Certo é que, de um tempo para esta data, ouvindo maus conselhos, iniciavam um alarido atroador todas as vezes em que Raca ou uma das irmãs procurava naturalmente alimentar-se. Abandonavam, com uma covardia revoltante, as pilhas de tábuas e vinham guinchar no meio do pátio onde brilhavam lâmpadas elétricas e viviam vigias mais ou menos dorminhocos, como é de mister e lógica. Estes vigias, obedecendo a um processo novo de reação, começaram a revolver tábuas e derrubar caixotes, pretextando a existência calamitosa de cobras com veneno. Um outro Gô, que escapara ferido e fora morrer às vistas alheias, deu assunto; mandaram-lhe o corpo para o laboratório (numa curiosidade reprovável) pesquisar se havia falecido de febre amarela ou de que maneira temível. Apareceu um papel timbrado afirmando que fora veneno, e veneno de jararaca. Uma turma iniciou a baldeação de todo material, com esguichos de água misturada com substâncias que Raca reputou atentadoras à sua integridade física e moral. As duas irmãs foram apanhadas e esmagadas a pau. O castigo maior recaiu nas culpadas ratazanas porque morreram aos centos com a defumação e jatos saneadores. Raca, desde o inicial movimento renovador da arquitetura local, rastejou para fora e ficou além do raio mortífero dos desinfetantes e contundentes meios de higienização.

Era noite e noite de trevas. Segurou três ratos que fugiam do paraíso desmoronado e mais um morcego que caíra, tonto com uma pancada na cabecinha, deslumbrado com os faróis e lâmpadas instalados para o serviço noturno no barracão. Pensou em volver à sua mocidade fujona e coleou no pé do muro, tempo e tempo, até que topou uma brecha acolhedora.

Por ela entrou, cautelosa, atenta aos rumores, sábia e prudente como devem ser as serpentes citadas no Novo Testamento.

Era o quintal do velho muro. Raca examinou o mundo e encontrou, subindo laboriosamente para a calçada, a tábua semi-enterrada na caliça e lixo amontoado. Acomodação favorável para uma exilada. Raca enrodilhou-se porque amanhecia. E dormiu, reconciliada com o destino, o destino das jararacas.

Assenhoreou-se do quintal, percorrendo-o nas horas escuras. Localizou os moradores. Viu o vulto negro de Licosa passar no alto de oito patas finas de aço, o perfil de ouro-velho de Titius, a mancha alvadia de Sofia, o grilo no último andar, os ninhos pendurados dos xexéus vadios, o redondo do canário, o esfarrapado da lavadeira, o tosco e resistente do bem-te-vi, a zona de influência de Gô, o guabiru. Dentro da cozinha fosca penduravam-se os filhos e parentes de Quiró. O povo de Musi dentro do fogão. As bocas do reino de Ata. A telha resguardando a tribo de Blata. No muro, pintado de verde pelas trepadeiras, as pinceladas fugidias de Vênia, dos raros calangos, as lagartixas gordas, lentas, concordando com todas as desgraças deste mundo.

Sério, nenhum inimigo. Afeiçoou-se à raça guinchante de Musi, ratos de casa, bem mestiçados e democratas em usos e costumes de alimentação e sexo, impossíveis de classificação pela descontinuidade nos amores e mimetismo sem-vergonha. Fixou a pista do sul que a conduzia ao caminho aberto através do muro e por ele retomava contato com tudo quanto deixara lá fora até os limites extremos do barracão, sonho desfeito.

Estava na plenitude da força consciente, sólida, vigorosa, elástica. O veneno, amarelo, viscoso, transparente, era irresistível na eficácia fatal. Injetá-lo e ir buscar a caça, imóvel, olho vidrado na agonia. Para as ratazanas volumosas como Gô, enrodilhava-se obtendo a base de apoio e tendo calculado o alcance do bote, atirava a cabeça triangular, seguindo um terço do corpo, como um aríete implacável. Pontaria infalível. Na picada, o veneno esguichava, em porção dosada sem proporção, indo na violência de uma injeção, tendo o dente por agulha.

Vagarosamente todos souberam da onipotência de Raca. Ninguém a incomodou. Impossível uma campanha revolvedora de monturos para justificar o falecimento dos ratos.

Quem não respeitaria aquela admirável máquina de matar?

Ao contrário do caçador humano, que se embriaga na volúpia, a devastadora Raca só abatia o número de peças proveitoso à sua fome. Não armazenava víveres nem matava para provar a potência tóxica de sua secreção. Excluindo a procurada caça, nunca buscou a quem ferir de morte. Encontrando obstáculo vivo defende-se com as duas únicas armas disponíveis: dentes e peçonha. Fora feita assim e para assim proceder. *Natura così me dispone,* diria, na esquecida fórmula d'annunziana.

Armada de vírus mortal não agride afora a necessidade alimentar. Sua organização social é anárquica, no sentido da ausência hierárquica e chefe. Não tem mentores nem a quem prestar contas semestrais ou anuais. Assume materialmente todas as responsabilidades pelos atos individuais e paga com a moeda de que dispõe, a vida. Jamais perseguiu adversário para repetir o golpe. Não aceita, decorrentemente, os encargos da representação de segunda ou terceira entidade interessada. Cada cascavel, cada surucucu, cada jararaca, age pessoal e diretamente, *farà da sè...*

Aos quatro anos de idade tinha apenas dois episódios dignos de recordação. Todos souberam, aos poucos, das ocorrências afamadas nos anais do canto de muro.

Amanhecera e Raca fora colhida sem alcançar o quintal. Clareando o dia meteu-se no primeiro esconderijo, touceira de bambu fino, dobrando-se para caber dentro da fronteira que a sombra circular delimitava. Logo às primeiras horas de sol, bruscamente, ouviu um pio límpido, metálico, como alguém desentorpecendo a garganta com um pigarro enérgico. Nunca ouvira aquela nota estridente que varava o ar como uma lança de prata. Identificou-o porque todos os seus músculos se retesaram como para uma luta, anunciando-lhe inimigo implacável. Era um gavião! Desceu em giros lentos, asas estendidas, pairando como um animal heráldico na chapa de um escudo fidalgo. Rondou, o bico adunco voltado para o chão, os olhos em brasa, o terreno inteiro. Depois, batendo três e quatro vezes os músculos possantes, alteou-se, desaparecendo. Raca não pode dormir o dia inteiro, ouvindo cada momento a sonoridade do aviso de morte, descendo dos ares como uma maldição divina.

O outro sucesso tivera um sabor cômico. Saíra para caçar ao escurecer. Já comera uns camundongos quando avistou um grande rato-do-campo, de focinho afilado e cauda longa. Sacudiu-se, coleando rápida, em sua perseguição. Quase ao atingi-lo subiu por um rebordo que era barro liso à margem de uma escavação. Escorregara, rolando com todo peso e volume até o fundo do barranco onde havia água empoçada. Passada a tonteira da queda tentou caminho rastejante nas paredes lisas e a pique. Duas vezes perdera o prumo, atirada para o lodo, suja e furiosa. Num dos baques reparou que uma sombra saltava, repetindo os assaltos ao aclive íngreme. Era um sapo cururu, pintado de negro e prata, roncante e poderoso de banhas, imobilidade e contemplação. Devia ter-lhe sucedido o mesmo acidente. Raca completou a refeição com o cururu que se entregou, abrindo unicamente os olhos apavorados, sem um bufido de protesto. Apenas da pele rugosa e áspera porejava um líquido acre que Raca aceitou como molho inglês. Foi obrigada a escancarar a goela na sua amplitude total, desmandibulando-se para que o sapão lhe escorregasse para o estômago. Depois subiu, em linhas quebradas, à ribanceira vertical. Chegara tão esgotada pelo esforço que não mais caçou. Voltou para a porta que lhe servia de casa. Também com o cururu, não precisava mais lembrar-se de comer. Dormiu deliciosamente.

    A rotina sem sobressaltos seguiu-se nos meses posteriores.

    Keres, o momento fatal, apareceu-lhe numa tarde de sábado, macio, tépido, luminoso. Raca estava dormindo debaixo da tábua da porta derrubada na entrada da velha cozinha. Acordou, sem saber por que, os músculos repuxados, a cauda inquieta, uma vontade de esgueirar-se e fugir a um perigo invisível. Sentiu uma estocada que findara em beliscão estorcegador. Raca, indignada com a falta de respeito, lançou-se para fora, mentalmente construindo a posição do bote caçador. Diante, saltitante nos tijolos sujos da calçada, estava uma ave em que nunca a jararaca pusera os olhos.

    Teria uns 25 centímetros de altura, plumagem cinzento-escura, atravessada por faixas claras, quase brancas. Penas amareladas subiam-lhe do ventre até o pescoço. Longas asas, duras, escudos de combate. Olhos acesos, vibrantes, os olhos das aves de rapina. O bico longo, sólido, brilhando, foscamente. Era uma ave de batalha, ágil, maciça, airosa, com o corpo luzindo, o óleo isolador do gladiador profissional.

    Ali estava um príncipe da dinastia dos Falconídeos invencíveis, preador de todos os ofídios, seguindo-as como Raca acompanhava o fugitivo e apavorado Gô. Uma *Herpethotheres cachinnans gueribundus,* Bangs e Penard. Era uma acauã.

    Viera buscar a jararaca como esta procurava os filhos de Musi nos desvãos poeirentos da cozinha abandonada.

    Fitaram-se calculando o assalto. Raca dardejou a longa língua elástica, bífida e mole, servindo apenas para o tato. Enroscou-se, firmando-se, ergueu a cabeça sibilante, seguindo o adversário como uma sombra. Este saltou para perto, rodou o bico num círculo de passe de armas como se jogasse florete e desse a saudação do estilo antes de atacar. Feito isto, atacou numa bicada direta, funda, apanhando Raca entre a mandíbula e um olho, deixando um gilvaz, arrancando-lhe pele, aflorando o fio rubro de sangue. A jararaca revidou feroz sacudindo o bote com a violência que a ira duplicava. A acauã aparou-o na asa estendida, recuando num saltinho leve de bailarino. E contra-atacou, fulminante, numa série cerrada de bicoradas simultâneas, aos pulos, abrindo as garras como se fosse feri-la com todas as armas do seu arsenal. Feriu-a na face e perto dos olhos, golpeou-lhe fundo o pescoço, distraindo a defesa, mas o alvo natural eram as órbitas que guardavam a visão assombrada de Raca.

O campo da luta se ampliava nos embates. Raca mudou três vezes de posição, apoiando-se na rodilha do corpo e arrojando a cabeça num tiro de morte. Depois, incapaz de modificação maior na técnica ofensiva, recolhia-se uns segundos para a preparação indispensável que recomeçava, incisiva, apontando para a cabeça e para o pescoço fino e nervoso da atrevida ave.

A acauã replicava afundando o bico num corte imediato. Vinha lenta, saltitante, cobrindo-se com a asa como um guerreiro com o pavês, trazendo o certeiro estoque que mergulhava infalivelmente na garganta, ou esfolava a cabeça de Raca, desnorteada e louca. Dava pulos de elevação sensível, entreabrindo as asas, equilibrando-se para um quase vôo brutal ao corpo convulso e nervoso da jararaca, deixando-a com uma linha pontilhada de gotas de sangue. Raca multiplicava-se, mais de quinze arremessos de lança por minuto, repelidos na couraça negra das penas luzentes do falcão. Rodavam, num círculo estreito, entreolhando-se, a acauã leve e ágil e a jararaca deslocando, pesadamente, apenas a cabeça, na previsão do novo ferimento.

A acauã atacava de lado, o flanco defendido pela asa lustrosa e, às vezes, as duas asas cobriam-na totalmente. Só o bico voava, afiado e duro, varando Raca nas zonas mais sensíveis e vitais.

Depois de uma hora de avanços e recuos, jararaca e falcão respiravam segundos sem despregar olhos, aproveitando as abertas imprevistas para a bicorada sangrenta. Como Raca desse resposta mais aturada e longa, a acauã pulara para trás, resguardada pela móvel defesa da asas impenetráveis. Reatacara impetuosa, acutilando de todos os lados e ângulos, correndo, agachando-se, esvoaçando, implacável, teimosa, intocável.

Era agora o combate do mirmilão armado de todas as peças, elmo sólido, pelta segura, espada curva, e o reciário desnudo, com a rede ágil e o tridente cruel. A jararaca esgotava-se lentamente, retardando os golpes, lerda nas reações, pintada de coágulos vermelhos. O falcão continuava vivo, leve, eufórico e, numa excitação desafiante, percutia com a asa a cabeça vagarosa de Raca. Combatiam em pleno quintal, junto ao tanque que o sol lanhava de ouro líquido. Ao redor, silêncio e solidão. Todas as testemunhas estavam escondidas, temerosas e palpitantes.

Unicamente, no alto do muro, Vênia concordava, balançando a cabecinha afirmativa com o curso dos acontecimentos.

A acauã rodeava Raca de golpes incisivos, incessantes, manejando o bico como adaga e bulhão. Devagar, a jararaca desfez o enrodilhado do seu castelo defensivo e tentou arrojar-se coleante, fugindo. O falcão nem mais carecia do escudo das asas resistentes. Feria sem pausa, certo, seguro, inexorável. Desdobrando seus anéis na derradeira exibição de cor, Raca foi coleando, sem mais defender-se, debaixo do chuveiro de golpes que a enchagavam. De súbito, a acauã acertou-lhe os olhos, arrancando o globo sangrento em duas bicadas vitoriosas. A jararaca, cega, desenhava esses e oitos aflitivos, mordendo o espaço, estirando a cauda trêmula. Num certo momento, obstinando-se no impossível coleio, sem a direção dos músculos motores, voltou-se de ventre para cima, vencida, desarmada, agonizante.

O falcão furou-lhe a garganta num rosário de punhaladas. Já então vinham nacos de carne viva na extremidade do bico que se transformava em faca de mesa. O falcão não lutava mais. Alimentava-se.

Engoliu os olhos de Raca como azeitonas num *hors d'oeuvre* e encetou a refeição na carne viva da jararaca moribunda, servindo-se das partes do lombo, com precisão e sabor.

Quando anoiteceu, a acauã terminara. Voou numa diagonal fechada, num vôo forte e veloz, desaparecendo no escurão que descia do céu.

Um ou dois estremeções ondularam-lhe pelo dorso como marolas e findaram na cauda imóvel.

Gô trouxe todo o bando, baratas de Blata, besouros necrófagos, velaram Raca refocilando-se num banquete calado e trágico que durou a noite longa. Pela manhã, Catá apareceu no muro, equilibrando-se na perna sã e nas oscilações pendulares da cauda compensadora. Pulou para o chão, verificou o cadáver, com ares de pêsames e fome, volteou e foi almoçar. Dois outros urubus surgiram e foram fazer companhia ao companheiro capenga. Comiam discutindo, bufando, empurrando-se, disputando as partes preferidas, desarticulando a jararaca, esticando-a nos empuxões famélicos. Ao entardecer nada mais restava. O povo do canto de muro retomou a normalidade do seu ritmo cotidiano.

Quando a noite voltou, as vértebras espalhadas estavam na mesma direção e pareciam esmaltadas de platina. Era uma Raca rediviva, imensa, atravessando todo quintal, recomposta com a carne das sombras, a cabeça branca apoiada no chão, em desinteressada vigilância pela caça incontável. Parecia esperar ali a hora de colear, lustrosa e sutil, para continuar a tarefa que o sol interrompera...

DE COMO LICOSA PERDEU UMA PATA E O MAIS QUE SUCEDEU

> *... e eu perguntava a mim mesmo o que diriam de nós os gaviões, se Buffon tivesse nascido gavião...*
>
> Machado de Assis: *Memórias Póstumas de Brás Cubas*

Quando o sol desaparece e a luz prolonga um dia vermelho apenas flamejante nos troncos do céu, Licosa deixa gravemente o solar e faz ato de presença aos olhos dos outros seres circunvizinhos.

Seus sete centímetros avantajam-se na elevação das oito patas desiguais terminada a sério pelas quelíceras frementes. Negra, com o listrão dourado no cefalotórax, ostenta no abdome fusco o desenho heráldico de um lírio fechado, lírio negro, como que pintado, esquematicamente, por um Hokusaï. Vem andando com impulsos irregulares para que todos a vejam bem de qualquer ângulo.

Quando um dia tivermos a visão em profundidade, o "paideuma" de Licosa, com as entre-relações receptivas e irradiantes de sua pessoa e a aurora orientadora de sua mentalidade, modo de conceber, decidir e realizar, veremos que não haverá na superfície da terra coisa organizada e viva que tenha tido uma tão deslumbrante certeza dos seus valores individuais. Nenhum proprietário de povos, guia-rei de multidões, sacerdote-chefe de fanáticos, oficial de gabinete de ministro de Estado, e outras sideralizações da glória humana, alcançaram a plenitude serena de uma convicção talqualmente Licosa, *Lycosa raptoria,* Walckenser, com seus sete centímetros eminentes como o metro e sessenta de Napoleão Bonaparte. Este aparecimento da aranha ilustre pressupõe uma irradiação constante de infra-sonoridade proclamadora: – Eu sou Licosa!... Eu sou Licosa!... Só nos resta o movimento incontido da prosternação: – Licosa vai passar! Licosa passou! Ó profundeza!

Boileau mandou que os ventos se calassem porque ia falar de Luís XIV. Mando eu que silenciem os três. Boileau, ventos e Luís XIV. Quem era, francamente, o Rei sol? Filho de um ramo colateral dos Valois, Bourbons pobres de glórias velhas. Licosa já existia nos terrenos do Eoceno e Mioceno do Terciário. Milhões de anos antes de qualquer Luís XIV. Se antigüidade é posto no fraseado genealógico, Licosa é legitimamente anterior a todos os almanaques de Gota. *O altitudo!*

Acresce que Licosa representa uma atualização contemporânea de ação divina de Minerva, deusa da Sabedoria por ter ficado solteira. Aracne, filha de um tintureiro de púrpura em Colofon, era tão famosa na arte de tecer tapeçarias que desafiou Minerva para uma competição. A deusa, em vez de aceitar e derrotar a mortal atrevida, irou-se e despedaçou a obra da moça, quadro em que estavam fixados os amores dos deuses. Aracne suicidou-se. Minerva, num castigo que era consagração, transformou-a na primeira aranha que houve no mundo.

Licosa vem, modestamente, desta fonte. É verdade que, esquecida da avó Aracne de Colofon, não tece teia na plenitude do vocábulo e sim sacos confortáveis para conduzir gotas de esperma. A teia supõe armadilha imóvel para prender as incautas ou ousadas. Licosa prefere buscá-las, combatendo frente a frente, arriscando-se às represálias funestas.

É verdade também que Licosa possui na extremidade das quelíceras os seus condutos inoculadores de veneno paralisador ou mortal. A caça é atordoada, bondosamente aturdida, para não compreender sua súbita promoção a comestível de Licosa, castigada ancestralmente por uma filha de Júpiter, acastelador das nuvens.

Para as aranhas robustas, armadas de peçonha, sabendo pelejar, a tarefa de rendeiras não é motivo de orgulho no cômputo das exibições profissionais. Onde Licosa fixar o dente, a cicatriz é indelével. Os dois ferrões perfurados são fontes inesgotáveis do curare animal com que abate sua caça habitual.

Lembro ainda um elemento notável. Uma sua tia-avó do século XVII, residente em Nápoles, determinou ciclo de literatura, medicina e coreografia. Dava uma picada, e o mordido, para combater o estado letárgico que o veneno produziria, punha-se a dançar. Tantas foram as dentadas, que a dança compensadora e sublimadora no plano terapêutico tornou-se quase nacional, num agitado seis-por-oito bamboleado ao som do surdo tambor basco. Era a tarantela a inspiradora e dava-lhe nome: *Lycosa tarentula*. A desgraça foi quando evidenciaram que o dente desta licosa bailarina dava apenas intoxicação leve e leve edema. O tarentulismo prestigioso passou a ser uma banal coréia histérica. Veio daí um dos piores fermentos de mau humor para as licosas sul-americanas. Ciumentas da heráldica dos avós europeus.

Pensara eu em sistematizar uma doutrina sobre a origem das danças como presenças simbólicas de totens animais. A valsa vinha das libélulas, o tango dos escorpiões, o samba dos tangarás, o frevo das centopéias, a quadrilha das saúvas e o bolero dos golfinhos. A desmoralização da anciã Licosa tarântula desarrumou-me a mística pessoal pela invenção.

Licosa tem mais outra glória, baseada nas estatísticas. É a aranha que morde o maior número de criaturas humanas no território nacional. Ganha, folgada, de todas as demais espécies. É, decorrentemente, a aranha mais social, pois centenas e centenas de pessoas entram em contato com ela, casual, intencional, lírica ou odientamente. Licosa deixa sua lembrança nas mãos e pernas de todos os convivas, obrigando a fabricação de um sérum dedicado exclusivamente à anulação de sua atividade desportiva. Nunca licosa pensou, mordendo o rei da Criação, em nivelá-lo na classe de sua predileções gustativas. Juridicamente age em legítima defesa. Foi sempre inicialmente molestada ou perturbada no livre gozo dos seus direitos democráticos de ir e vir. Os feridos obstinada e cavilosamente ocultam este pormenor, elucidador decisivo para a boa sentença processual. Estudam, presentemente, uma campanha científica para a devastação biológica na descendência licosiana. Tal é a justiça dos homens mordidos!

Titius é um orgulhoso solitário. Licosa é a conviva desdenhosa, suspicaz, superior. Despreza e procura a sociedade. Fica, minutos e minutos, parada, batendo as mandíbulas, esperando o invisível. Nada justifica a posição imóvel da aranha em hora exata de movimento. Ao deslocar-se não toma direção esperada pela continuação fixa da atenção. Vai para outro horizonte, desnorteando o observador.

Não pode enfrentar camundongo ou mesmo aves pequenas como as caranguejeiras possantes e peludas. Contenta-se com baratas, besouros, grilos, minhocas em várias dimensões. Faz aproximação vagarosa e em linhas oblíquas e mudadas constantemente, de través. Salta, já perto, sobre a vítima, agarrando-a com as quelíceras por onde injeta o veneno adormecedor ou fatal. Ergue-a e nunca come no local do encontro. Tenho-a visto devorar e também sugar demoradamente as baratas amarelo-queimadas, arrancando-lhes as asas de pergaminho seco. Largatas são saboreadas totalmente, sorvendo aquele corpo de geléia branca. As mariposas crepusculares são presas naturais, apanhadas de súbito, pelo dorso, numa imprevista investida feliz. A mariposa fica tempos pousada, num abanar preguiçoso das asas amplas e vagarosas. Parece estar contemplando a paisagem noturna sem outro encargo. Licosa faz curvas alongadas, avanços hábeis, paradas justas com um ar de desinteresse total pelas coisas que podem ser mastigadas. Imperceptivelmente, as patas adiantam-se milímetros. Um recuo e reta paralela à posição anterior. Vinda macia numa perpendicular apressada. Um "alto", obedecendo a sinal misterioso. Avizinha-se cautelosa. Não vemos movimento em suas patas. Dá alguns passos vagos. Mais dois. Arranca para o salto vitorioso, agarrando a mariposa, verrumando-lhe o dorso reluzente com os dois ferrões inoculadores. As mandíbulas são mãos carinhosas para o embalo da presa que fica na linha da boca e a refeição começa, numa degustação delicada de apreciador consumado.

Asas e cabeça são quase sempre rejeitadas, mas nada restará dentro desta quando Licosa a deixar, inútil, no barro do quintal.

Não faz reserva como certas aranhas sedentárias que possuem farnel guardado em bolsas de fios finos e resistentes, moscas, besourinhos, lagartas. O trabalho é noturno, iniciado ao escurecer e cada 24 horas. O ventre de Licosa não tem a vastidão dos reservatórios de certas caranguejeiras que podem passar dois e mais dias digerindo presas de vulto, pequenas cobras, pintos novos, ratazanas etc. Sua dimensão responde pelo consumo de um dia justo. Licosa deverá caçar cada anoitecer.

Vive só, caça e luta sozinha. É índice de antigüidade porque o gregarismo não é sinal de velhice mas uma compreensão social de força pelo número. Todos os antigos foram solitários. Não creio que dois homens pré-históricos ocupassem a mesma caverna. Estariam próximos para o auxílio mútuo em face de perigo comum, interessando a todos. A mulher não duplica o homem porque é a mesma pessoa no plano da ação social. Se é possível falar-se em social junto dos dentes do homem de Cro-Magnon...

O sentido do útil explica a curiosidade "desinteressada" da ciência humana. Foi possível a desintegração atômica mas ninguém explica senão como hipóteses pessoais, na variedade das conclusões observadas nos *terrariuns,* porque Licosa, morando sozinha, vai procurar, ansiosa e determinadamente, outra aranha e a encontrará com toda a certeza.

Como pode ele saber o paradeiro da fêmea e quais os sinais recebidos para a compreensão desta jornada irrecusável, não se sabe claramente. Nem por que uma determinada fase do ano é a época da maturidade sexual, como da frutificação vegetal, complexa e rítmica. Examinando-se o animal nesta época, não encontramos modificação específica nem secreção denunciadora. Mas deve, incontestavelmente, haver um aroma especial, típico, característico de cada espécie e que será captado pelos machos, guiando-os como por um caminho invisível mas sensível e certo ao passo, galope, coleio e vôo masculinos.

O olfato para Licosa como a visão para Titius são assuntos de discussão no plano das intuições. Eles não querem dizer o segredo, e há tantos anos passados, o Professor Georges Dumas ensinava que certos mistérios só seriam desvendados quando os animais fizessem confidências...

Também não se sabe quais os órgãos receptores destes sinais de excitação. Correspondentemente haverá emanação masculina para desassossegar a fêmea, sacudindo-lhe o metabolismo basal...

Pode tudo isto reduzir-se a uma simples irradiação sonora, uma espécie de canto nupcial, atravessando o espaço e alertando a vítima que ignorava o amor dos sentidos. E este som ir e voltar, impressionando ambos os elementos interessados, na mesma técnica do radar. Talvez na volta seja reforçado por uma partícula vibrátil que, em levíssima modificação, denuncie o entendimento de uma parte à mensagem emitida. Como e por onde nasce e se propaga não sei e ninguém quer ensinar-me a saber.

Esta sonoridade de apelo sentimental, preliminar indispensável para o encontro dos sexos que vivem separados, como Licosa na sua pirâmide de tijolos quebrados num fundo de muro triste, pode não ser audível à percepção humana sem o auxílio mecânico de receptores sensibilíssimos. Talvez se trate de irradiação infra-sonora, com número de vibrações abaixo da cota que permite a assimilação ao ouvido do homem. Será como o banal apito para cachorro, que soprado ninguém ouve, mas o cão, bem distante, entende e obedece imediatamente.

Negar-se o odor ou o som porque passam acima ou abaixo de nosso olfato e audição humanos não é opinião. É orgulho do *Homo sapiens* decidindo que somente existe o que ele toma conhecimento com os sentidos ou entende dentro do seu complexo cultural.

Licosa recebeu a mensagem e vibra nos preparativos das núpcias raras. Seus orifícios segregam os fios de uma teia para o mais alto e nobre fim. Dispôs os fios como uma bolsa hemiesferoidal. Pô-la no chão e sobre ela ejaculou as gotas de esperma da fecundação. Apanhou a bolinha e meteu-a, num movimento de aspiração, na extremidade de sua última articulação, nos ocos palpos inquietos. Repetiu a operação como quem carrega uma arma de repetição. Duas, três vezes. Está materialmente armada para o encontro. Nenhuma ligação entre os órgãos espermáticos e o veículo da introdução fecundante.

Quando a noite escureceu mais forte, partiu. Atravessou o quintal, orçou o caixote que Dondon ocupara, beirou o resto da calçada exterior onde desce o túnel que leva à casa de Gô, varou rente à brecha que conduz ao mundo e adiante, perto do grupo de arbustos enfezados e sempre murchos na terra arenosa e coberta de pedras miúdas e soltas, avistou a noiva. Era bem maior que ele, airosa no erguer-se sobre os quatro pares de patas elegantes e desiguais. Licosa parou numa distância respeitosa por desconhecer inteiramente os sentimentos femininos a seu respeito. As mandíbulas da prometida tinham um movimento contínuo que significaria impaciência de amor ou de jantar. Licosa deteve-se e, fiel às praxes de sua raça ilustre, satisfez o protocolo milenar. Saudou-a com as quelíceras vibrantes, rodando o corpo na graça de um pequenino tanque de guerra. As duas patas-mandíbulas agitavam-se como braços festivos. Intumescia-os não o veneno mas a carga amorosa dos espermatozóides embebidos na tela que fiara na intenção propagadora.

Seguiu o bailado vagaroso. As patas copuladoras se agitavam no ar e tinham engrossado e alargado, contendo o material sagrado da espécie. Foi se aproximando, meneando sem parar as patas, sentindo-se conhecido e desejado talvez pela comunicabilidade odorante do sêmen pressentido pela aranha fêmea. Pôde então, preciso e rápido, introduzir os dois tubos no orifício vulvar, descarregando-os, mercê da complacente posição tomada pela desposada gentil.

Leve, finda a missão, Licosa cometeu o erro de um retardamento de segundos ao alcance da quelícera feminina. Rápida, a fêmea baixou a mandíbula cortante e decepou, de um golpe reto, uma pata do marido de dez minutos anteriores. Licosa fugiu a sete patas velozes. A dama, fecundada, não o perseguiu. Levantou o membro mutilado que cortara e levou-o, meigamente, à boca, comendo-o com vagar e sabor.

Tivesse o enamorado Licosa demorado mais e o devorado seria ele e não a pata faltante. Retomando sua normalidade temperamental, a noiva reassume a ferocidade legítima. Para ela o companheiro cumpriria a missão e não mais importaria que vivesse. Os filhos o substituiriam com abundância e proveito. Licosa, fugindo, discordara da sensata argumentação.

Deduzo que poderá recarregar sua arma sexual e apontá-la para o mesmo ou outro alvo. A conquista não é fácil e inexplicavelmente não encontrara os rivais numerosos que jamais disputam, na hora da escolha feminina, o doce e arriscado posto. Muitos são integrados totalmente na fisiologia interna da esposa, dando substância aos futuros descendentes e reforçando os hormônios. A percentagem dos fugitivos é pequena mas prova que a regra se excepciona num membro mais ágil e mais pronto para a evasão salvadora. O processo é idêntico com as enormes e majestosas caranguejeiras, senhoras do mesmo temperamento sedutor e ávido de assimilar o esposo à sua economia interior.

Falando com precisão, Licosa não sentia muita saudade da pata e arranjar-se-ia perfeitamente sem ela. Era uma das dianteiras, base de sustentação e fixadora nos saltos, elemento precípuo no equilíbrio. Pior é se a noiva lhe tivesse arrancado uma quelícera, reduzindo-lhe a faculdade preensora e inoculadora pela metade. E, de mais a mais, a mandíbula leva à boca o alimento. Já havia ocorrido esta catástrofe a muitas aranhas românticas que sonhavam idílio posterior aos tiros genesíacos.

Por que não se inflama e corrompe o coto da pata de Licosa, amputado sem atenções assépticas e entregue ao contato dos germes patogênicos como provocando-lhes o assanhamento maléfico? Que estranha e poderosa defesa possuem os aracnídeos contra o adversário que o homem enfrenta com a complicada aparelhagem imunizadora?...

Voltou a aranha à casa de tijolos no quintal, lépida e fagueira. O caminho era o mesmo e a fome voltara, evaporada a ânsia perturbadora que a dominava. Dispensou-se de lutar com uma louva-a-deus que lhe fornecia pasto minguado depois de uma batalha. Não valia o esforço. Mas as duas baratas que confabulavam no degrau não podiam escapar e não escaparam. Nunca lhe parecera tão confortável o desvão penumbroso em que se meteu para não lutar mais, sinônimo de descanso, de quase sono.

A esposa distante não mais será vista. Missão cumprida, objetivo afastado. Deporá os ovos num pequenino saco de tela branca e delicada, de fios de uma espessura que nenhuma mão de mulher conseguirá fiar. Nascidas andantes e moventes, as aranhinhas serão conduzidas no amável dorso maternal como faz a mamãe-escorpião – a senhora Titius – num cuidado minucioso para que nada lhes falte. Evitará duelos e caçará peças brandas e saborosas. É de enternecer vê-la deter-se e espalhar a filharada que agita as patas trôpegas, derramada em giros de experiência andeja e curiosa.

As aranhinhas farão aprendizagem com aplicação imediata e com três semanas estão iniciando manhas para capturas de vítimas proporcionais às suas forças e manejos. As glândulas secretoras da peçonha funcionarão ao aproximar-se o primeiro aniversário natalício.

Antes deste tempo, bem antes, quatro meses de criancice, as aranhinhas estão com maioridade relativa aos direitos de passeio e caça. Um semestre já as emancipa da tutela doméstica e há o dever do domicílio próprio. *Così va il mondo...*

Por este meio há o duro pagamento de sacrifício às fomes de outras aranhas, lagartos, aves que encontraram sabores transcendentes na breve carne das aranhas novas. E a própria Licosa não deverá gabar-se de haver respeitado a vida dos seus filhos, desconhecidos e apetitosos. Talvez dois terços da produção tenham este guloso e feroz mercado consumidor. O derradeiro terço ou pouco mais garantirá largamente a perpetuidade galante das licosas brasileiras. Há quem diga que a própria mamãe-aranha não desdenha, por desfastio, deleitar-se com a mastigação de alguns filhos. Pode, entretanto, ser uma onda caluniosa de inveja pela sua constante solicitude durante os meses na formação pedagógica da prole aranhal.

Há famas, provadas ou não, de que certos animais devoram os filhos não por meio imperativo acidental e trágico, como ocorreu ao conde Ugolino dei Gherardeschi, mas uma obediência a mandado irresistível e obscuro. Excluem-se motivos da necessidade talqualmente sucedeu ao mal-aventurado guelfo de Pisa. Lacraus, aranhas, cobras consomem parte da prole não por falta de alimentos nem por acesso de loucura, como houve em Hércules e Orlando, em tempos idos, mas por uma autolimitação ao excesso de vidas prejudiciais à própria espécie e decorrentemente aos meios de alimentação existentes. E fome de proteínas. Também os jovens filhos serão candidatos *in fieri* às fêmeas ou propagadoras abusivas na vida dos seres da mesma família, conforme o sexo, ambos em breve atividade transbordante. Entre o escuro mecanismo regulador do equilíbrio talvez exista, mesmo em porção mínima, esta colaboração materna na diminuição da descendência. Na possível seleção sexual o desaparecimento deste lote será um contigente apreciável porque a escolha pertence, no duplo ponto de vista biológico e alimentar, à própria progenitora, respeitável pela intenção.

Não nos parece absurdo criminoso quando a mais clara e linda civilização do mundo possuía em seus fundamentos religiosos Urano, que prendia os filhos vivos debaixo da terra, Saturno que os castrou e devorava os descendentes e Zeus, que expulsou o pai para o exílio. Eram apenas avô, pai e neto, numa seqüência de evitações de problemas futuros.

Por isso os romanos conservaram no idioma a proximidade moral entre *mirabilia,* maravilha, e *monstrum,* monstro. Equivalem-se perfeitamente.

Tudo quanto sabemos no assunto é opinião de cada professor que examina o motivo. Pelo lado de dentro o mistério continua. Se a mamãe-aranha consome os filhos não será, visivelmente, por uma depravação do paladar como não seria a de Saturno, Cromos, engolindo pedras vestidas de linho como sendo Júpiter. Há uma razão permanente neste uso discreto da superioridade física e da voracidade maternal, sacrifício que talvez se reduza em benefício da espécie, indispensável ao mundo...

Não podemos apreciar esta decisão porque pensamos individualmente e somos personalidade concreta e sensível, articulada com poder e firmeza aos nossos interesses, aos interesses do grupo que governamos, a família. Já não existe na face da terra o *sentimento de família* que vivia mais ou menos poderoso até o século XIII ou XIV, o orgulho do nome, do brasão, da pureza tradicional, orgulho muito mais pelos antepassados do que pelos descendentes que apenas eram os portadores das dignidades conquistadas outrora. O essencial era não deslustrar, não ultrajar, não enegrecer os arminhos do pretérito, o renome avoengo. Um nome era espiritualmente um potencial irradiador de vitaminas psicológicas, um estimulador prodigioso de heroísmo, um compensador divino nos desequilíbrios sociais. Mesmo pobre, esquecido, afastado da corte, da augusta companhia do rei, o fidalgo estava sempre ambientado pela recordação, sentimento físico da presença dos seus avós magníficos. Este complexo foi sendo substituído, no ciclo das navegações que, bem mais decisivas que as Cruzadas, valorizavam o fator econômico imediato, a importação transformada em renda pronta, e desaparecendo porque o fermento das finanças amoedadas ia mudando a imagem do poder imóvel dos castelos. Antes não seria possível compreender o júbilo delirante de quem descendesse de Carlos Magno com sua barba florida. Era um elemento econômico porque valia aquisição de utilidades.

Numa aranha o sentimento é vago, escuro e poderoso, mas inteiramente preso, unicamente voltado e funcional, para a espécie de que ela é uma continuação. Naturalmente Licosa não leu genealogias nem enxergou armoriais mas sente a urgência de realizar determinados atos porque estes são formas indispensáveis para sua existência coletiva, isto é, a vida dos seres de sua família no tempo. Talvez os príncipes da dinastia dos Mings já não tinham este sentimento. Nem a dos Júlios, em Roma. Licosa o tem, na plenitude do vocábulo. Peço perdão de não fazer-me entender.

O invencível impulso para o duelo mortal sempre que se encontram as aranhas é outro índice desta misteriosa eliminação do possível excesso. Lutam sem provocação e mesmo sem os excitantes motivos da fêmea, da alimentação ou refúgio. Duelam sem que exista um processo anterior de irritação, medo, fuga. Avistar outra aranha é o motivo essencial e inadiável para um debate de morte. E nem sempre há, após o morticínio, a refeição vitoriosa do corpo vencido. E este ódio vive na mesma espécie. Não é obrigatório que duas cobras se batam pelo mero encontro. Duas aranhas não podem dispensar a medição de forças até o sacrifício. Por quê? Esperemos um dia a confidência de Licosa, como sugeria o Professor Georges Dumas.

Foi justamente o que sucedeu à Licosa num anoitecer de dezembro, luar cedo, com uma luminosidade úmida, ensopando de leite impalpável o quintal sossegado. Licosa devorara um cachorro d'água, paquinha, mastigando-lhe dificilmente as patinhas resistentes com que abre os túneis de uma polegada. Na curva do tanque uma outra aranha terminara seu diálogo com uma barata escurona e nédia. Marcharam as duas com o mesmo ímpeto de dois carros de guerra, erguendo as patas, suspendendo o corpo para assombrar o adversário com aquela imprevista duplicação do volume normal. Mas não houve imediatamente o esbarro iniciador e sim uma série de rodeios, estudos, em semicírculos atentos como dois campeões de luta-livre. De súbito deram-se as mandíbulas numa dentada comum e furiosa, torcendo-se mutuamente. Largaram-se, recuaram e volveram à carga, numa precipitação de raiva incontida, empurrando-se como num choque de automóveis num campo de experiências. Ora uma e ora outra cedia um pouco e era arrastada, resistindo, firmada nos pares das patas posteriores e voltando à ofensiva com denodo entusiástico. Nunca se saberá por que se batiam com tamanha ferocidade. Um desses ajustes-de-contas solitários e sem história pregressa. Nem mesmo Fu, o sapo do tanque que tem vocacional e gratuitamente a mania de ser espião, pôde vê-lo, na lonjura prudente em que se manteve, porque Licosa ficou de flanco e a inimiga cortou-lhe, como numa sabrada, o abdome rechonchudo e luzente. Assim que Licosa baixou as sete patas, dobrando-as numa confissão de derrota notória, a outra aranha abandonou a liça e desapareceu sem o menor aproveitamento e humilhação maior à vencida de morte.

Licosa ergue-se ainda num esforço lento que seria heróico se constasse de qualquer história dos feitos de sua raça, e veio cambaleando, tonta, caindo e reerguendo-se até perto da pirâmide de tijolos onde ficou, valente, parada mas erecta, como se esperasse outro duelo ou a visita da morte, a morte que deve possuir materializações típicas no mundo das aranhas pelejadeiras e teimosas. Aí ficou. Morreu, mas sua forma defendia-a do avanço dos adversários miúdos e tripudiantes se a soubessem morta. Até que amanhecesse nenhum animal dela se aproximou. Aquele vulto negro, imóvel nas patas firmes, espalhava respeito no fundo do quintal. Assim o cadáver de Antar, na boca do desfiladeiro, conservou à distância os Catâmidas amedrontados.

Pela manhã as formigas levaram-na...

Gesta de Grilo

Reparai que o grilo voltou a cantar!

Charles Dickens

Não juro, mas penso que o camarada grilo, que mora no mais alto ponto da pirâmide de tijolos, no canto de muro, não é bem brasileiro e sim colono europeu que se nacionalizou, sem decreto e ato jurídico espontâneo ou pleiteado.

No tempo de Gabriel Soares de Sousa, o grilo vinha para as povoações metido na palha cortada na mata e aproveitada para os casebres. Andava aos bandos como gafanhotos o que não é uso e costume mantido por ele nem por seus antepassados conhecidos nos almanaques de Gota para leitura da família grilídea, espécie ortóptera e gênero *Grillus*, o *Gryllus domesticus*, preto ou esverdeado, e o *Gryllus campestris*, negro, grosso, encorpado e falastrão.

Roberto Southey conta que, em 1540, já um castelhano vinha para o Brasil trazendo um grilo como passarinho cantador. E este grilo cantou adivinhando a proximidade de terra quando nenhum mareante dela suspeitava. Southey confessa que o grilo salvou a todos, naus e passageiros, incluindo o senhor Adelantado Álvaro Nuñez Cabeza de Vaca, que ia para o Paraguai. Injustamente, não houve entrega de mercê do rei Nosso Senhor ao ortóptero que defendera vidas e fazenda de Sua Majestade.

Vistos e relatados, deduzo que o nosso é grilo de longe e o grilo do Brasil velho fundiu-se nos amores com os emigrantes, vindos nos navios, com ou sem permissão legal.

Tanto é assim, que no Brasil o grilo não goza de prestígio como na Europa inteira, onde ninguém intencionalmente tem a coragem de matá-lo porque dizem os ingleses que *to kill a cricket is unlucky*, e a sua presença garante felicidade a uma casa, *the cricket brings good luck to the house* e desaparecendo é uma verdadeira desgraça; *Its departure from the house is a sign of coming misfortune.* Tratando-se de depoimentos de súditos de Sua Graciosa Majestade creio ser bastante para elucidar suficientemente a questão.

No Brasil o grilo não conseguiu manter esta fama e lá uma pessoa ou outra é que o ama. Triste e sabida minoria.

Outro ponto a desenvolver é a antipatia quase geral ao canto do grilo, determinando buscas com intuitos fatais para a sua pessoa. Ninguém admite que portugueses e espanhóis criem grilos em gaiolinhas de dois e cinco andares, cada um com seu tenor, e exista quem as compre para deleite confessado na audição noturna do quinteto ou trio encantador.

Idem os livros ensinam que ele come, roendo, brotos, sementes, folhas verdes, raízes. Verdade é que come tudo quanto quer ou pode. Onívoro é que ele é. Terá dois a três olhos de fingimento porque, se lhe arrancam as longas antenas, cega de vez. Os três pares de patas, desiguais e prestantes, conservam três articulações cada, o derradeiro par, comprido em demasia relativamente ao vulto, vale catapulta, atirando-o longe, com segurança e presteza. Se minhas pernas tivessem a proporção da força propulsora das do grilo podia eu visitar, de um único salto, o Cristo do Corcovado sem pagar transporte. E também possuíssem meus dentes idêntica energia à das mandíbulas do grilo, partiria facilmente, com uma dentada, um coco, bebendo-lhe a doce água sem trabalho de abri-lo.

Também a sua voz merece registro pela extensão poderosa. Tivesse ele o nosso volume, e sua fala cantada na praça Mauá alcançaria Botafogo com tranqüilidade e largura. Talvez até fosse perto dos túneis, ainda audível.

Há, entretanto, faculdades negativas a mencionar. Comendo, como come, cinco vezes o seu peso, daria para o homem que lhe tivesse o apetite uma margem surpreendente de despesas alimentares. Multiplicar o nosso peso por cinco (e é quanto deveríamos comer), imitando o camarada grilo. O grilo, sendo providencialista, ignora admiravelmente o preço de vida, olhando os lírios do campo e as aves do céu.

Participa serenamente de hábitos crepusculares, dos noturnos, e quando Deus permite, diurnos também, com naturalidade ou cinismo.

Pode voar perfeitamente, mas prefere a série de saltos olímpicos, desferidos inopinada e brilhantemente quando o julgam quase prisioneiro. Assim muito o devem divertir as carreiras inócuas de Licosa e as campanhas teimosas de Titius. Deixa-os aproximar como se estivesse dormindo e desaparece quando a aranha ou o escorpião o consideram pronto para o jantar infalível. Tem, fiado nas pernas traseiras feitas de aço, atrevimentos humorísticos: cantar perto de Sofia, de Raca, de Gô, e vê-los de bico e focinho apontados para o ar vazio de qualquer grilo. Igualmente zomba do povo de Ata. Respeita unicamente o xexéu, o canário da goiabeira, o bem-te-vi e mesmo – desconfiar é juízo em potencial – a lavadeira, tão amável e mansinha. Nunca se mostra aos seus bicos e mete-se, caladinho, debaixo do tijolo residencial ou nalguma folha abrigadora e insusceptível de denunciar-lhe o retiro provisório.

Durante a noite canta desafogando as mágoas; sabe que Sofia está longe (Sofia bica todas as coisas passíveis de ser alimentação) e o filósofo Niti esvoaça lá pela estrada velha e mesmo não mora no quintal. Xexéu, canário, bem-te-vi, lavadeira não funcionam durante a noite, obedecendo às leis de sua legislação trabalhista.

O grilo, sozinho, enche todo espaço com seu canto. O instrumento musical consta, realmente, de um reco-reco. Os dois élitros, membranas finas, resistentes, podem vibrar por fricção em todo seu comprimento. Na base do élitro direito uma saliência irradia cinco nervuras, duas para o alto, duas para baixo e a quinta quase transversal. É o arco vibrador, eriçado com cento e cinqüenta dentes, saliências que vão atritar a faixa rugosa do élitro esquerdo. As nervuras servem de tímpanos ressonadores, dois pela fricção direta e dois pela trepidação comunicada. Assim o humilde reco-reco amplia na majestade da noite quieta sua sonoridade vibrante. A potência estridulante consiste na simplicidade engenhosa destes elementos. Mas é a parte material. Falta o artista que é a virtuosidade da transmissão, a força que emite e sabe variar as intensidades interpretativas de sua intenção, lírica, contemplativa, sexual, boêmia, vadia. Há gama exata para todos os sentimentos de grilo que possui ressonador para divulgá-los.

As duas antenas são muito mais delicadas do que a polpa de um dedo feminino, capaz e perfeitamente idôneo na comunicação dos pensamentos mais complexos ou simplesmente perigosos. As antenas do grilo negro são menores que as do esverdeado. Basta que toquem para que o grilo adquira uma compreensão admirável do conjunto. Compreensão que não é a nossa mas a dele; por isso ficam ou fogem, cantam ou silenciam na conformidade da sensação captada.

Só cantam os grilos machos. As fêmeas ouvem, compreendem e respondem material e satisfatoriamente segundo circunstâncias de tempo e lugar. Não é, como dizem, privilégio dos grilos. Desde a velha antigüidade sempre as serenatas e os cantos esponsalícios foram privativos dos homens. Nunca ouvi falar em serenata feminina nem declaração melódica entoada por uma voz de mulher. São elas, como as senhoritas ou *madame* grilo, as inspiradoras, os motivos, as finalidades dos cantos. Para que mais, Laura, Beatriz, Julieta?

Afirma-se que a senhorita que o grilo corteja sabe responder ao seu apelo não apenas objetiva mas sonoramente, com um breve trilo eloqüente e bastante comprometedor.

Discute-se muito, e com proveito para a paz universal e estabilidade do juízo humano, se os grilos realmente comunicam-se com o seu reco-reco sentimental. O grilo campestre tem dois cantos, segundo os mestres, e, segundo o meu ouvido, três.

O primeiro é a cega-rega impertinente com que inebria seu devoto auditório luso-castelhano. É uma série de notas curtas e claras, como caídas às gotas, de um vaso bem alto. Intensidade e timbre são imutáveis, e daí que signifiquem alguma coisa senão alegria lúdica, bom humor, expansão comunicativa de uma boa digestão, de um plano elaborado sem falhas para a futura aplicação. É idêntico às cantigas no banheiro, aos solfejos quando voltamos para casa eufóricos, ao indeciso cantarolar inconsciente com que acompanhamos um trabalho maquinal, feito com carinho. O segundo é uma emissão de notas de certa extensão, com intervalos que parecem regulares; notas elevadas, metálicas, insistentes e capazes de despertar o Gigante de Pedra.

Este é o que julgo intencional e destinado a recadear para a noiva, prometida pelo destino ou "conversada" de vez, como se diz em Portugal. O terceiro é ainda em notas vivas e prolongadas, porém com emissão de notas breves intervalares bem acentuadas.

Estes cantos são perfeitamente diferenciados e reconhecíveis. As notas breves do terceiro são *ad libitum,* em número desigual e de valor sônico inapreciável.

A intensidade do canto no grilo pode atingir a 20 mil vibrações por segundo, quase o quádruplo do limite do som musical. É fácil deduzir-se seu poder de penetração sonora, e decorrentemente influência em sugestão, excitação e provocação nas fêmeas.

Há na Europa (França, Itália etc.) grilos cantadores diurnos que não emigraram para o Brasil. Os nossos são boêmios, preferindo as horas crepusculares para as alegrias da execução musical. Nunca ouvi um grilo cantando durante o dia. Sua cantiga participa, na classe do violinos *spalla,* da grande orquestra sinfônica da noite tropical.

Uma fácil imagem comparativa sobre a fina acuidade auditiva do grilo é o ouvir *como um grilo*. Ele modifica os ritmos ou a intensidade do canto desde que perceba uma aproximação. Em compensação não me parece possuir visão suficiente. Com dissimulação e cuidado prendemos um grilo. Impossível, em certas oportunidades, é guiarmo-nos pelo seu canto. O grilo torna o canto difuso, espalhado como por um processo ventriloquiano, ressonando em vários ângulos quase ao mesmo tempo. Os dois élitros estão elevados para a emissão das notas altas, numa mútua fricção incessante e ainda a quinta nervura do élitro direito, a quase transversal, provoca raspando a calosidade rugosa do élitro esquerdo outros valores sonoros. Assim o canto dá a impressão de vir de todos os pontos, do alto e de baixo, numa palpitação obstinada. Para as notas baixas, o grilo desce o rebordo do élitro vibrante e toca no próprio ventre que faz o papel de surdina pelo abaixamento do tom. É um pormenor acústico que ele sabe empregar com efeito seguro.

Ao lado do "ouvir como um grilo" sabe-se que a cigarra é surda, totalmente, ou "dura de ouças". Vê, entretanto, pelos dois grandes olhos facetados e mais os três *stematas* que lhe servem de telescópios, ou melhor, periscópios, desvendando o que se passa por cima da cabeça do inseto. Mas, ouvir, não parece que ouça. A verificação de Fabre está sem contestação há mais de setenta anos.*

Tem, pois, o camarada grilo, estes elementos superiores à cigarra clássica, amada pelos poetas grandes, desde Anacreonte a Olegário Mariano. Ouve excelentemente e pode modificar sua técnica de interpretação rítmica. Pode acentuar o canto porque o ouve e não tem a possível cofose da cigarra.

---

* "– *Nous sommes six auditeurs. Un moment de calme relatif est attendu. Le nombre des chanteuses est constaté par chacun de nous, ainsi que l'ampleur et le rythme du chant. Nous voilà prêts, l'oreille attentive à ce qui va se passer dans l'orchestre aérien. La boîte part, vrai coup de tonnerre... Aucun émoi là-haut. Le nombre des exécutants est le même, le rythme est le même, l'ampleur du son est la même. Les six témoignages sont unanimes; la puissante explosion n'a modifié en rien le chant des cigales. Avec la seconde boîte, résultat identique. Que conclure de cette persistence de l'orchestre, nullement surpris et troublé par un coup de canon? En déduirai-je que la cigale est sourde? Je me garderai bien de m'aventurer jusque-là; mais si quelqu'un, plus audacieux, l'affirmait, je ne saurais vraiment quelles raisons invoquer pour le contredire. Je serais contraint de concéder aux moins qu'elle est dure d'oreille et qu'on peut lui appliquer la célèbre locution: crier comme un sourd.*" – J. H. Fabre, *Souvenirs Entomologiques,* cinquième série, sixième edition, 264, Delagrame, Paris, s.d.

Há, para ele, tempo de amor e renuncia a sua gostosa solidão para procurar a fêmea. O caminho para encontrá-la é pelo faro, seguindo um aroma que a noiva segrega. O órgão olfativo do grilo é a antena. Cortando-a, deixa de receber as emanações animativas e excitadoras e desinteressa-se inteiramente pelo outro sexo. Fica casto como o cavaleiro do Santo Graal.

O ato amoroso realiza-o cavalgando a esposa que pode partir-lhe uma perna por ânsia sexual ou ciúme prévio de saber que não encontrará por muito tempo o esposo depois daquela hora embriagante. Hora ou mais, ficam juntos, e, às vezes, saltam jungidos, inseparáveis, parecendo um grilo duplo, assombrador da espécie.

O namoro é sempre precedido pela cantiga interminável que a fêmea responde ou não, sincronizada na recíproca. É, até prova em contrário, a vez única em que se permite cantar, aceitando o convite matrimonial na igreja verde e pagã do quintal. Quando a fêmea acorre ao chamamento, as notas ficam mais doces e o feliz escolhido presta a homenagem inicial à noiva passando-lhe levemente pelo corpo as antenas trêmulas.

Ele, o infiel, momentaneamente saciado, volta a seduzir outra romântica e repete a proeza até que cessa a febre da reprodução. A desposada larga uma série de grilos que nascem andando, comendo e quase solicitando companheiras no habitual apelo do reco-reco dorsal. O **pai** ignora-lhes ações e vida e compete ao devotamento maternal o cuidado clássico durante uns vinte dias.

Durante a fase de união saltam juntos por algum tempo mas é raro o encontro em parelha. Mas fácil e comum é deparar-se com dois grilos do mesmo sexo ocupados no pecado nefando, previsto e condenado pelos monitórios do Santo Ofício. É quase uma setença passada em julgado o homossexualismo dos grilos. Não se pode indicar como elemento constante em baixa, média e alta civilização por ser useiro e vezeiro nos três estágios.

O grilo ostenta o luxo de ter fósseis no xistos de Solenhofen e no wealdiano, passagem entre os sistemas jurássico e cretáceo. Significa sua contemporaneidade com os mimosos Iguanodontes e Plesiossauros, antes que, explica o povo, morressem no dilúvio porque não foi possível empurrá-los para dentro da Arca de Noé.

Passada a tempestade sexual, o grilo retoma sua vida retirada, no isolamento, boêmia e caçadas. Nunca aparece acompanhado nem mesmo por algum amigo, como possuíam os imperadores romanos. Ao anoitecer, exercita-se para sua caçada que é busca e identificação das espécies vegetais preferidas. Quando coincide a escolha do grilo com a utilidade para o homem nasce-lhe o título de invasor maléfico e prejudicial.

O poder de suas mandíbulas arma-o de superioridade para ingerir os alimentos mais resistentes e diversos. O brando caule de uma gramínea vale, em tempo, tanto quanto a semente coriácea que decidiu provar. Rói igualmente madeira úmida ou semi-apodrecida, tecidos, substâncias doces.

Um meu sagüi *(Hapalídeo)* gostava imensamente de açúcar e costumava vir furtá-lo no açucareiro, retirando a tampa com carinha gaiata e desconfiada, metendo a mão e fugindo com o possível saque. Depois do açúcar o seu prato favorito era o grilo. Acompanhava minha mãe ao jardim, examinando cuidadosamente as roseiras e agarrando os grilos dos quais saboreava primeiro a cabeça e depois as patas, como se fossem caranguejos. De presente ou rapinagem havia açúcar espalhado ao redor da casinha do sagüi e muitas vezes este apanhava grilos que ali vinham roer as pedrinhas.

Tanto o doméstico como o do campo, os grilos são excessivamente gulosos pelas flores, roendo sistematicamente as corolas semi-abertas, as mais lindas porque eram as mais delicadas e substanciais, indignando minha mãe, jardineira devotada. O sagüi exerce, em favor do seu agrado, uma missão simpática no castigo severo aos grilídeos.

Notável é a sua persistência como cantor às vezes dispensável e inoportuno. Sem explicação para chamamento da companheira ocasional, alheio a qualquer utilidade imediata, antes perigosa pela localização de sua pessoa na sonora coordenada geográfica, sozinho, dispensando alimentação, executa extenso programa com seu estridente reco-reco, variantes dos três números componentes do repertório. Horas e horas, embevecido, as asas frementes no atrito que o embriaga, entusiasta da própria execução inacabável e para os demais monótona, atendendo inexistentes pedidos de repetição, vive sua música como cercado de um halo de intensa vibração sonora, executor e ouvinte único da maravilhosa serenata sem assistência. Como o senso do utilitarismo é básico nos animais, ninguém atina com a vocação cantora inteiramente desinteressada e gratuita. Impressionante é vê-lo cantar, imóvel no seu recanto, extasiado pela magia rascante do atrito promovido a melodia. Os entomologistas admitem a existência deste canto sem aplicação, sem motivo, sem direção no espaço. Certo haverá um impulso incomprimível determinante desta atividade incompreendida pelos pesquisadores. É necessário crer que o camarada grilo esteja cumprindo uma missão obscura para os observadores mas indispensável e lógica para ele mesmo. Igualmente rãs e cigarras cantam sem plano útil e sem razão plausível. A interpretação que lhe dão é uma justificativa baseada no raciocínio individual. As coisas "devem" ser o que pensamos que sejam porque não sabemos como realmente "são".

Este canto prolongado, puro, espontâneo, sacudido aos ventos tristes da noite, numa oblação rústica, oferenda bárbara, homenagem selvagem, não pode significar unicamente uma forma de expressão mecânica, desacompanhada de intenção, de forças representativas, mas tradutor de um movimento interior e misterioso, provocando sua expansão pela forma divulgadora daquela sonoridade primitiva e ritmada. Mais impressionante ainda porque o canto não está condicionado ao ciclo da excitação comunicativa do sexo. Não tem endereço à fêmea distante cujo perfume viajasse para suas antenas sensitivas. O sabido alarde de canto, bailado, desfile e luta, rejuvenescimento do pêlo, couro, plumagem, para seduzir, enfeitiçar e fixar o pronunciamento da fêmea em seu favor, e, no plano ambivalente, afastar e amedrontar os concorrentes, não tem, no caso presente, a mais remota influência. O grilo já fecundou a esposa e a descendência está garantida. Retoma a rotina que não é silêncio e vida vegetativa de comer e defecar mas a energia assume a grandeza palpitante e nova daquele canto, obstinado e fiel, nas trevas do escurão tropical.

There are more things in heaven and earth,
Than are dreamt of in your philosophy.

Natural e humanamente muito Horácio não concorda.

O tenor gosta de lutar. Maxilas fortes, palpos cerdosos, as antenas adejantes, asas posteriores dobradas na posição longitudinal, os olhos grandes, escuros e baços, numa expressão sinistra de inutilidade, não se desvia de um encontro pressagiando o combate com armas iguais.

Não se medem num corpo-a-corpo em que as mandíbulas dão medida exata da resistência. Iniciam um jogo de empurra, dando cabeçadas, marradas, empuxões mútuos, cabeça a cabeça, como dois jovens touros joviais. Curioso vê-los baixar a cabeça e pular um sobre o outro num impulso das patas traseiras de prodigiosa propulsão. Depois é que o duelo se aquece e as mandíbulas procuram dar o corte feroz e definitivo, abreviando a pendência. O vencido é pasto do vitorioso. Lei comum...

A noite desceu e as estrelas clareiam o deserto do céu. Todos os animais do canto de muro, calçada, cozinha e quintal, apareceram para a revista ritual na luta noturna. Os morcegos passaram chiando nas asas de seda transparente. Gô largou um rosnado anunciador de caça à vista. O povo de Musi espalhou-se como sombras vivas e ágeis. Titius deixou o solar e Licosa transpôs o rebordo do tanque, seguindo presa invisível. O zumbido dos insetos venceu a treva fina e tépida. Niti já deve estar na estrada velha. Sofia abriu o vôo silencioso na pista do sul. Fu largou o bufado resmungo saudador. A figura esguia de Raca coleou, deslizando.

No cimo informe dos tijolos subiram, claras, vivas, rápidas, três notas como flechas de cristal varando a noite serena.

O grilo começou a cantar...

SIMPLES VIDA DA COBRINHA-DE-CORAL

Vênia repetiu o gesto do Brás Cubas de Machado de Assis: balançou com a cabeça. Afirmava mudamente estar vendo uma das coisas vivas mais bonitas em toda sua existência.

Todo cenário vibrou num estranho arrepio. Passou uma aragem súbita de espanto admirativo onde havia receio. Titius e Licosa estavam recolhidos porque era manhã de sol forte. Depois concordariam perfeitamente, embora com as restrições naturais ditadas por uma antiquíssima inimizade entre as respectivas famílias, escorpionídeos, aracnomorfas e colubrídeos.

Gô olhou de longe inteiramente de acordo, mas deliberado a evitar qualquer aproximação. Quiró dormia. Musi estava ciente mas desapareceu, temerosa. Fu, o sapo do tanque, comparou-a às estrelas, mas meteu-se na sua casa por via das dúvidas.

Era realmente linda. Sessenta centímetros reluzentes, escorregadios, ondulantes, brilhando à luz como uma jóia. Sobre o fundo vermelho-cinábrio corriam séries de um anel dourado entre dois de ébano. O focinho arredondado, a cauda longa e fina, os olhos grandes, a cabeça airosa, com uma faixa circular formando o pescoço, juntavam-se à elegância flexível com que veio visitando o terreno novo, num esplendor magnético.

Perturbadora! Era uma *Erythrolamprus aesculapii,* batizada por Lineu e que o Doutor Guilherme Piso achara encantadora, *anguis pulcher!*

Que distância de Raca! A mesma de um mordomo do Rei Dagoberto para um marquês de Luís XV. As cores neutras da jararaca desapareciam, numa comparação imaginária, com a refulgente visitante, vestida de vermelho, ouro e negro, fina, rápida, nervosa, que nem parecia deslizar no solo e sim ondular no espaço.

Fez a volta e antes de roçar o tanque deparou uma patrulha de Blata que se dispersou, esperando a morte. Não colheu uma só, com surpresa para os seres; subiu, num donaire incrível, a pequenina colina de detritos e nesta desapareceu.

Depois seu nome derramou-se no quintal num assombro. Era uma cobrinha-de-coral, veneno até no olhar. Mais fulminante, mais violenta, mais arrebatada que Raca. E misteriosa, porque não agarrou as baratas de Blata e nem olhou para o grilo que a devia mirar, curioso e atrevido.

Tudo neste mundo tem o seu ponto de fusão, de ternura, de acomodamento. Licosa mesmo era popular em certo ângulo. Titius é que destoava, porque se fizesse relações, pungir-lhe-ia a consciência da espécie a frase de seu longínquo tio-avô de Londres que deixara de picar um colega e confessava, pesaroso: – *We shook the family tree!*

A cobrinha-de-coral espalhou pavor por todo canto de muro. Os animais devem possuir a ciência infusa dos predicados de todas as espécies. Não precisam exigir a exibição da ficha policial para conhecer das habilidades maléficas ou toleráveis do intruso ou visitante. Não há surpresas entre eles. Quem sucumbe sabe que apenas não foi hábil ou esqueceu conselhos de técnica escapatória ministrados pela experiência ancestral. Não há hipócritas, dissimulados, traidores, mentirosos. São claramente vívidos os temperamentos e a violência voraz dos saltos. A cobrinha-de-coral ficou sendo, de todos, o animal temido, implacável, fatal. Diziam que era aparentada com as mais cruéis cobras do mundo, as matadoras de milhares de seres no mundo das Índias.

Apenas a coral aparecia muito pouco. Deixava o monturo sem vestígios de sujos e nódoas na roupagem resplandecente. Atravessava o terreiro fazendo-se brilhante, estreitando as curvas dos coleios riscados na areia, bem depressa, bem mais depressa que Raca. Assim ondulava mais, por necessidade ou faceirice?

Certo é que insetos, ratinhos fugiam à sua vista deslumbrante. E fugiam porque ignoravam como a coral fazia sua caça. De Raca não havia segredo. A coral, com tantos dias sem fazer uma só vítima, devia ser mais resistente à fome e caçar vultosamente, de uma vez, com requintes cruéis inteiramente inéditos. Sua incrível sobriedade justificaria o arranco famélico bem próximo.

Não são apenas magníficas as coisas ignoradas. São também mais temidas e respeitadas. O povo de Musi tomou-se de tal terror que afrouxava a guarda para o lado de Raca. A jararaca ia engordando com o desleixo dos ratinhos. Temer por temer só se temia a cobrinha-de-coral porque estava demorando a provar que era cobra e cobra de veneno.

Ficava dias e dias metida nos buracos subterrâneos e deduzia-se que preparava as câmaras para a reserva alimentar. Quando soasse a hora de sua investida, o quintal despovoar-se-ia. Só as aves teriam o direito de viver, constante das asas. Assim mesmo, delgada, sinuosa, leve, subiria aos ninhos para chupar os ovos e acabar com família dos xexéus, canários, lavadeiras e bem-te-vi.

Não se podia negar, pela conformação e cores, que a coral pertencia a uma família tradicionalmente agressiva e matadora. Cobra-de-coral mata e a vítima fica com todo sangue à flor da pele, vermelha como a atacante. Raca terminava logo sua façanha. A outra demoraria horas fazendo sofrer, brincando como gato com o rato ou o cavalo-do-cão que atordoa com uma injeção as caranguejeiras e as leva, inermes e vivas, para o seu ninho onde ficam com os ovos do vencedor na carne, alimentando-os até a exaustão.

Quando a coral surgia, o silêncio era absoluto. Somente a aves fitavam, voando, a beleza insinuante da criminosa. Coincidiu sua estada com uma das viagens sentimentais ou predatórias de Raca. Espalhou-se que a jararaca pusera-se a salvo do implacável veneno de sua opositora. Até Raca estava amedrontada. Só o grilo, heróico, soltava, todas as noites, seu cântico de valentia e de sonho, desafiante, solitário, imperturbável.

Desnorteante era a dieta da coral. Todos os quitutes disputados a deixavam indiferente. Nunca se precipitou sobre um camundongo ou uma baratona substancial, rica em ácido fórmico, estimulador. Desprezava os frutos maduros, abertos e fáceis, no chão à sua passagem. Nunca animal algum merecera tanta admiração e determinara tanta desconfiança. Não feria, não matava. Essa exclusão valia a certeza de perversidades adormecidas e de fúria desmedida. Pensava-se que qualquer anoitecer agrediria Raca ou subiria à mangueira para atacar Sofia. Gô, de frio cinismo que chegava à valentia petulante, nunca mais pisou no quintal. A súbita ausência da jararaca permitia o delírio das suposições mais trágicas.

Vez por outra, inalterável de elegância vistosa, a coral furava para a brecha do muro, espalhando as cores inesquecíveis do negro, ouro e vermelho rutilantes.

Num começo de noite o mais novo dos filhos de Musi desgarrou-se da manada fraternal. Era um ratinho de dois centímetros, olhinhos miúdos de contas negras, patas róseas de enfeite de bolo, focinho curioso, com os fios delicados de um bigodinho incipiente, cauda de seda, vestido de uma penugem cinzento-clara, macia, suave, tentadora. Entalado entre um degrau e o rebordo da parede, o ratinho deparou a cobrinha que regressava. Encolheu-se soltando o guincho de despedida e lástima. *Believe it or not,* a coral nem o olhou. Deslizou, faceira, fazendo relâmpagos com o traje festivo e voltou para montureira residencial. Inacreditável!

Imagine-se quando esta reserva paciente e falsa de contenção e alheamento esgotar-se e a coral retomar a legitimidade indomável dos seus golpes sem mercê... A expectativa lembrava a de um condenado que assistisse à vagarosa verificação dos instrumentos de tortura, feita pelo carrasco. Antes a violência lealmente exercida que uma atmosfera opressiva de ameaça constante, envenenadora da alegria, diluindo a vontade de viver.

A verdade era outra. A cobrinha-de-coral não faria mal a ninguém. Nunca fez. É uma opistoglifa ou opistoglifodonte. Seus dentes são implantados em posição dificilmente preadora. Não os tem perfurados pelos canais e sim um simples sulco onde a peçonha escorre. Não serão, realmente, capazes de função inoculadora. Têm veneno mas inoperante. É preciso que a própria vítima se disponha a ajudar a picada, pondo-se em situação rara para a coral fincar-lhe as presas posteriores, feitas para outras finalidades. Ficam atrás em vez de posição anterior como das cobras venenosas. Sabem elas de sua relativa inocuidade e fogem dos homens e dos animais que as podem molestar, com maior segurança que esperar o revide. Daí a escolha da residência subterrânea, guardada pelo anteparo das imundícies, dificultando o acesso. Daí a rapidez da marcha, defesa instintiva para evitar encontros onde não seria, provavelmente, a vencedora. Daí a vida retirada, pouco visível, afastada das provocações que a sociedade do canto de muro oferece na convivência de tantos desejos e vontades fortes. Não é da família das corais peçonhentas, as Elapídeas, a cujo seio pertence a Naja oriental, *Naja hannah,* matadora de homens, rainha das jângalas do Hindustão. A cobrinha-de-coral, que apareceu no canto de muro, possuía apenas o indumento semelhante, imitação criminosa que lhe rendia, não os proveitos da caça fácil, mas a irradiação temerosa de impossível malefício.

As Elapídeas, sim, têm os dentes plantados na frente do maxilar, imediatos e prontos para ação inoculadora. São proteróglifos, como dizem os herpetologistas que as estudam, dentes dispostos perigosamente na parte anterior, hábeis para a injeção fulminante da peçonha. A cobrinha-de-coral era uma simples espalhadora de terrores inofensivos como aquela borboleta de Rudyard Kipling que ameaçava acabar com o mundo se batesse o pé.

Esquivando-se do rumor, desviada e furtiva, o suntuoso colorido revela sua presença, fixando atenções desagradáveis e perseguidoras. Quando Raca se poupa aos perigos atalhando caminhos e dissimulada nas tintas pouco sugestivas do seu uso, podendo ocultar-se com relativo êxito, a cobrinha-de-coral atrai a curiosidade como se fosse um sanfoneiro ou trouxesse campainha atroadora na ponta do rabo. Conspiram contra sua tranqüilidade e segurança pessoal os pigmentos do traje, a melanina negra, a xantina amarela, a eritrina vermelha, denunciando-lhe o vulto ondulante, ligeiro e flexível, indisfarçável.

Como Sofia é a mais inclinada aos exercícios especulativos da meditação, em sua estiradas hora silenciosas, creio que dedicou à cobrinha-de-coral momentos de alta, nobre e desinteressada indagação. Examinaria a razão biologicamente útil da sua simulação, arremedando as cobras-de-coral verdadeiras na posse projetora do veneno.

Em dado momento, uma dada espécie modificou seu pigmento por causas externas e também internas, predominando nestas a força inconsciente e poderosa da imitação. A coloração escarlate daria uma aparência defensiva de efeito positivo. Não apenas o valor ofensivo e sugestionador do vermelho mas também a imagem das corais legítimas, semeadoras de mortes. Com as armas de Aquiles Patrolo afugentou os troianos. O processo mulativo para estas falsas corais influiria nos hábitos? As corais legítimas não são agressivas e sim evitam as ocasiões de luta. Para a inoculação do veneno será preciso morder maciçamente porque a peçonha está nos últimos e não nos primeiros dentes. Esta permanente fixou-se nas falsas corais, sempre *opisto,* posterior, e não *prótero,* anterior, quanto à situação da cavidade ou sulco receptante, *glife,* nos dentes, *odontos*. Por isso a verdadeira coral é proteróglifa e a falsa epistóglifa. Esta distinção substancial e decisiva junto à quase identidade dos pigmentos exteriores, na parte visível ao inimigo, talvez consista no melhor argumento para a defesa das falsas corais, não variantes de um ramo único primitivamente mas vítimas conscientes e obstinadas do mimetismo que se tornou coloração normal com o tempo. Foi um castigo parecido com o camponês russo que vestiu a pele do lobo para assaltar um rebanho e furtar a ovelha e não mais conseguiu desvestir o disfarce. Ficou sendo lobo, um lobo inferior, falso lobo, o resto da existência.

São raciocínios de coruja desocupada, tendendo explicar a melancólica existência da linda cobrinha-de-coral, fugitiva e apavorada durante os dias de sua simples vida.

Xexéus Latinistas e as Tapiucabas

Deve haver borrego novo pelas redondezas porque o xexéu tem procurado arremedar o balido intermitente. Repete, corrige, retoma a imitação, volta a corrigir-se numa aplicação temerosa de faltar ao êxito.

Parece que pretende exibir-se diante de um auditório de especialistas julgadores. Nem mesmo é possível atinar-se com a finalidade daquela reprodução sensivelmente cômica. Nem porque, ante tantos motivos provocadores e sonoros, o xexéu escolheu o berro do borrego novo para dedicar-lhe atenção e esforço representativo. O dia inteiro, sempre que há tempo disponível, volta ao exercício numa obstinação exemplar. Chegou mesmo a uma aproximação plausível e, sentindo o impossível de melhorá-la, executou o trecho muitas horas, gozando ele sozinho as delícias da técnica pessoal.

Tempos passados no interior da casa abandonada e semidestruída uma porta rangia, oscilante nos gonzos, largando um sonido perro e rouco que lembrava ao longe um triste mugido de novilho. O xexéu prestou cuidadosa observação ao som e iniciou um curso intensivo para reproduzi-lo fielmente. A porta terminou desabando e o rangido acabou. O xexéu é que ficou vivendo o emperrado e surdo rumor numa repetição de máquina registradora. Era tal qual a porta, na sua música difícil e disfônica de ferrugem velha, condenada à queda e ao silêncio.

Passeia agora por toda extensão do galho em cuja ponta pendurou o seu ninho oblongo e cinzento de uns trinta centímetros, impenetrável à chuva e vento, com entrada cômoda situada contra a direção da ventania mais comum na região. Creio que o xexéu observa e anota a meteorologia local para decidir qual será o vento reinante na maior porção do ano. Aqui evita o les-sueste e mesmo sueste gemedor orientando a portinha ano sentido contrário. A bolsa é presa por filamentos colados poderosamente por uma substância que talvez tenha a própria ave por produtora. Batido por ventanias, balança-se no vaivém perigoso mas sem possibilidade de despencar e cair. Quem já viu ninho de xexéu ceder mesmo nas loucuras da viração de agosto?

Como ia dizendo, o xexéu passeia no galho trauteando trechos indecisos de seu vasto repertório. De tanto imitar as vozes alheias quase já não recorda as próprias produções. Se o xexéu dedicasse ao engenho pessoal dois terços da energia despendida no arremedo das habilidades dos outros, seria um dos maiores cantores deste mundo, na classe principesca dos rouxinóis, graúnas, canários e sabiás. Mas sua inteligência afiada e magnífica dedica-se à prática arriscada dos plágios felizes.

É um lindo pássaro, justiça se lhe faça. Preto luzente, a mancha dourada alarga-se-lhe pelo dorso e cauda que termina negra. A base alar e o bico são de ouro-pálido, macio e sedutor. As asas fortes permitem-lhe vôo rápido, decisivo, quase sempre curto e com descidas espetaculares em curvas e diagonais parecidas com uma vertical.

Chamam-no também japi, japim e, no Ceará, *bom-é*. A família se orgulha em possuir figuras ilustres e com renome popular, a graúna, rainha do gorjeio e imitadora consumada, o papa-arroz sereno, o azulão sentimental, o decorativo papo-de-fogo, o corrupião boêmio, o encontro, famoso pela incidência do canto em escala cromática, e também o pássaro-preto, vadio, impenitente, vergonha da *gens*, mas elemento fornecedor de anedotas de sua vida airada irresponsável, sugestiva.

Nunca conseguiram explicar ao xexéu que ele é um icterídeo, do latim *Icterus,* do grego *Iktéros,* significando "amarelo". Todos ostentam em maior ou menor percentagem o listrão dourado que é a cor heráldica, indispensável nestes fidalgos vagabundos.

Seu talento é vivo, álacre, comunicativo mas dispersivo, perdulário, fugaz. É uma hospedaria de imagens que se exteriorizam nas impressões sucessivas. Nunca a residência normal de uma idéia única que tenha força realizadora e fecunda. O xexéu é o artista das eternas preparações, dos ensaios inacabáveis, das promessas sem fim. Vive escolhendo, na série dos temas melódicos, o incomparável motivo para sua criação perpetuamente adiada. É o tipo modelar do amador profissional. Nunca podemos exigir-lhe acabamento regular nem perfeição normal.

É anedótico, bem-humorado, zombeteiro. Incrível a sua capacidade imitativa. Pode repetir todos os cantos, bulhas, rumores.

Tivemos mais de dois anos um xexéu. Aprendeu, prisioneiro na grande gaiola, as vozes dos animais domésticos, de todas as coisas familiares que o cercavam comumente. Foi logo depois da Primeira Grande Guerra. O xexéu tomou o nome de Guynemer, um ás francês que apaixonava pela fria audácia e desaparecera num combate como El-rei Dom Sebastião.

Meu pai fazia a sesta numa rede no vasto alpendre da casa. Vezes o armador de ferro atritava impertinentemente na escápula. Meu pai mandava azeitar e o guinchado desaparecia. Mas, dias depois, voltava, exigindo a mesma técnica. Num domingo escápulas e armadores gemiam, metálica, desesperadamente. Pôs-se óleo. O ruído continuou, insistente. Meu pai repetiu a dosagem. Deitou-se. O rumor persistiu. Assombração! Verificou-se afinal que era o xexéu, imóvel e grave no seu pequenino poleiro, bico para baixo, reproduzindo, com fidelidade impecável, a cantiga do armador e da escápula. Abrindo e fechando o olho azul, gozava a pilhéria que fizera.

As galinhas lançavam seu grito de alarme e de socorro. Có-có-cóóóóóó! Vai-se ver o que estava excitando as poedeiras. Có-có-cóóóóóó! Nenhuma anormalidade. Tudo quieto. Era Guynemer, solitário, divertindo-se em derramar o agudo "S.O.S." das galinhas no alpendre tranqüilo.

O jardineiro costumava largar uns assobios sem fim, com se chamasse vento. Especialmente nas horas de trabalho mais apurado, assobiava alto e fino. Minha mãe incomodava-se e pedia-lhe que fechasse o assobiador por algum tempo. Numa tarde, minha mãe mandou o jardineiro parar o assobio umas quatro vezes. Desculpava-se o homem que não estava assobiando de maneira alguma. Todos nós, entretanto, ouvíamos distinta e teimosamente o apito irritante. Ao final, depois de buscas, era ainda Guynemer, matando o tempo, plagiando o assobio do jardineiro inocente.

Nas vésperas de uma viagem demorada libertei todos os meus prisioneiros. Menos Maroca, a coruja, que fugira antes levando na pata um troço da corrente. Guynemer na tarde seguinte voltou, esvoaçando pelo alpendre. Pousou nos móveis, deixando-se pegar. Recolheram-no à gaiola, deixando a porta aberta. Naturalmente desanimara recusando esforçar-se para apanhar insetos quando estava habituado com cibo fácil e farto. Continuou residindo na sua gaiola e dando habituais e longos passeios higiênicos. Ao entardecer, regressava fielmente à gaiola e à comida de casa. De uma destas jornadas, com seu homônimo, Guynemer *n'est pas rentré...*

Naturalmente os xexéus da mangueira, em liberdade, distam de hábitos e maneiras daqueles que estão no cativeiro imerecido. Precisam fazer o ninho e lutar pela alimentação, conquistar a fêmea, cantar os sinais comunicantes para outros ninhos e à namorada difícil de render-se ao prosaísmo da vida conjugal continuada, um dos exemplos afirmativos do homomorfismo monogâmico.

Os xexéus da mangueira não arremedam as vozes domésticas. Apenas um deles, ao deduzir-se fugitivo de alguma gaiola próxima, imitava a galinha chamando os pintos. Devia ser uma simples reminiscência que depois diluir-se-ia no meio das outras sugestões oferecidas pela movimentação sem limites.

O cearense José Carvalho contou que, uma vez, numa sua fazenda no Amazonas, debalde procurou um cordeiro cujo berro angustiado se repetia. Atinou que era obra de um japim, no alto dum galho, desnorteando com a perfeição imitativa a curiosidade do criador.

Arremedador de todos os pássaros e animais, o japim não ousa repetir o simples e fácil pio do tangurupará *(Bunconídeo,* gênero Monasa), cinzento, com o bico escarlarte-vivo. A explicação é dada por uma história. Irritado pelo japim contrafazer-lhe o assovio, o tangurupará procurou-o ameaçando que faria nele o que fizera ao avô dos japins se ousasse piar na sua maneira. " – E que fez você com meu avô? "– Matei-o e bebi-lhe o sangue! Olhe para o meu bico!" Exibia o bico vermelho. Nunca mais o japim voltou a assobiar como tangurupará.

José Carvalho fez uma experiência curiosa. Vendo aproximar-se um bando de japins (voam em bando) imitou o pio do tangurupará. Imediatamente todo o bando de japins desceu e escondeu-se nas árvores e moitas, literalmente espavorido.

José Carvalho tenta uma justificativa singular. Segundo supõe é o tangurupará a sentinela da floresta, encarregada de anunciar com o pio inimitável (de tão fácil) aos animais a aproximação de qualquer perigo. Ouvindo-o, aves, quadrúpedes fogem. A Natureza ou o clássico "instinto" ensinou a todos que não deviam e não podiam arremedar o aviso do guarda avançado sob pena de confusão desmoralizadora. E nem uma ave repete o aviso salvador por interesse coletivo. O xexéu amazônico foi um dos primeiros a aceitar e cumprir o pacto de honra.

Da sua faculdade imitadora já Frei Vicente do Salvador registrara: " – Tapéis, do tamanho de melros, todos negros, e as asas amarelas, que remedam no canto todos os outros pássaros perfeitissimamente, os quais fazem seus ninhos em uns sacos tecidos".

Proverbial, entretanto, o seu mau odor, citado no *catinga de xexéu,* índice, para os melindres olfativos, da presença de negros.

Injusta aliás é a imagem *ninho de xexéu,* valendo desalinho, desarrumação confusa e grotesca. O ninho do xexéu é obra asseada e muito para ver-se, cuidada e bonita.

Este ninho, tecido impenetrável às chuvas e defendido dos ventos, pendura-se à extremidade do galho, oscilando como um fruto. Dizem ser obra-prima defensiva do xexéu contra o avanço das cobras trepadeiras, famintas por ovos. Não há cobra, mesmo de asas, que consiga invadir um ninho de xexéu. A segunda razão, material e mecânica, é a situação do mesmo.

A primeira razão é a tapiucaba, vespa de um centímetro e meio, anegrada e com a barriga vermelha, voando e zumbindo ameaçadoramente. São as madrinhas dos filhos dos xexéus. Aliados, compadres, familiares.

Esta simbiose já possui bibliografia e vem de uma lenda amazonense que Barbosa Rodrigues colheu.

Os pássaros, ofendidos pelos arremedos dos japins, destruíam os ninhos, quebrando os ovos, matando-lhes os filhos sempre que os pais se ausentavam. Os japins pediram às vespas que amadrinhassem-lhes os filhos. As vespas aceitaram com a condição única dos ninhos serem construídos nas árvores onde elas morassem. Encarregar-se-iam de defender os afilhados. E cumprem o trato. Onde há xexéu há tapiucaba na mesma árvore, zumbindo e mordendo qualquer atrevido, humano ou irracional, tentador.

Há uma informação fidedigna que o xexéu tributa a maior estima às tapiucabas, o que não os impede de engoli-las com a maior sem-cerimônia. Não é sua alimentação cotidiana mas, lá uma vez, para mudar o cardápio, o xexéu deglute algumas dezenas de comadres sem que esta traição invalide a continuidade do tratado desde tempo imemorial.

O mesmo informador evocava o castigo humilhante que as tapiucabas tinham dado a um macaquinho-de-cheiro *(Saimiri sciurens)* que infringira o direito das imunidades territoriais da residência dos xexéus e tapiucabas. O infeliz macaco foi coberto pelas vespas furiosas que o obrigaram a pular de um alto galho, guinchando desesperadamente de dor na punição pelo atrevimento de ter ousado desrespeitar os privilégios daquela região neutra. O macaco, restabelecido, nem mais sequer olhava a cajazeira.

Há igualmente versão dada fidedignamente de uma outra aliança dos xexéus com uma certa casta de formigas denominadas tapiu ou tapiúa. É formiga arbórea, que afugenta todas as demais espécies e ataca os ninhos, exceto os do compadre xexéu. Afirmam que esta concordata é comum quanto o contrato de auxílio mútuo e não-agressão com as tapiucabas.

Aves de bando, vivendo em grupo, mantêm-se em boa educação individual, valorizando as alegrias do convívio. Nunca as vi empenhadas em duelos ou rusgas, apesar dos hábitos bulhentos e dos volteios sonoros ao derredor dos galhos ninheiros.

O canto próprio não é simples mas variado e longo. Apenas não é comum ouvi-lo entoar sua partitura, especialmente os xexéus de gaiola que se viciam nas imitações múltiplas. Terminam fazendo um *pot-pourri* agradável mas artificial, resultado dos arremedos e raros troços de cantiga típica. Guynemer era, desgraçadamente, um destes. Apesar da antiga e boa amizade, jamais lhes, ouvi ou entendi pronunciar o próprio nome durante o canto, conforme notícia velha e comum em muitas fontes impressas.

Não sei se esta aptidão imitativa redunda em louvor para a inteligência do xexéu. O poder da imitação sonora, para vozes e não para ruídos como os psitacídeos, para vozes e ruídos como para os xexéus da mangueira, resulta da flexibilidade da siringe aliada à faculdade retentiva da ave.

Pode significar desvalorização do próprio canto, como o dos xexéus, que o possuem variado e longo, ou substituição pelo rudimentarismo da voz individual, como a das araras e dos papagaios. Se no homem a vocação para idiomas e a relativa facilidade de aprendê-los e manejá-los significa, realmente, não um índice de inteligência no plano criador (que é a fisionomia positiva da inteligência) e sim apropriação de formas aquisitivas de cultura pelo aproveitamento dos meios de comunicação, nas aves esta maleabilidade não importa em valorização específica. Não é um processo mimético de defesa nem um elemento sedutor para aproximar a fêmea. Havendo canto típico e diferenciado para cada família, dentro dos naturais limites onde as variações aparecem e mesmo modismos que são aspectos do virtuosismo de certas aves, a técnica da repetição simuladora dos motivos melódicos alheios é bem mais indicadora de pouca fixação dos caracteres musicais do grupo do que de aprovada habilidade do executor.

Sei muito bem que a ciência do plágio exige sutilezas de observação, finura mnemotécnica, dotes de adaptação, recriação com assimilação do material estranho, às vezes superiores ao esforço de uma própria criação, autenticamente original. Como inteligência não é boa memória, não tenho o condão imitativo do xexéu em alta conta. Pássaro chistoso, engraçado, palhaço, é classe pejorativa; descida visível da própria e natural dignidade ornitológica. Penso que é uma denúncia segura de aproximação humana, de reminiscências de alegre cativeiro anterior, jogralices para divertir os senhores, deméritos jubilosos que se fixaram nos genes e passaram a constituir permanentes concretas.

Daí esta impressão de subalternidade serviçal, de meneio doméstico bajulador, de subserviência funcional da possível e mecânica inteligência papagaial. Converge para ele o anedotário malandro, soluções finórias e felizes dos desajustados humanos que o têm como modelo, parasita consciente, farto e cínico, sem linguagem, sem ninho, sem costumes, numa perpétua disponibilidade de acomodação ao ambiente, às sugestões, às doutrinas do momento, hilariante, tolerado, inferior. Não é possível compará-lo ao bem-te-vi livre e forte, brigão e voraz, zombeteiro com personalidade, divertindo-se por sua conta e nos cânones de sua vontade incomprimível. A conversa usual, sabida e velha, é que todo xexéu é latinista ou estudante de latinidade nas horas do anoitecer. Espalhados pelos galhos dão começo a uma sabatina barulhenta e nítida, verificação melancólica quanto ao adiantamento precário dos alunos, secular e sucessivamente inscritos no curso vespertino. Sempre há um xexéu argüente e o bando que responde como pode.

Certo é que realmente parece versão exata e cômica do canto dos xexéus a declinação pronominal latina. Ouve-se claramente:

– *Quid-quae-quod! Ablativo do plural?*

Frase pronunciada o mais rapidamente possível e com o final interrogativo.

Vem a triste resposta errada de um xexéu ignorante e vadio: – *Ab-qua-quo-que*, em vez do natural *quibus*.

Como para corrigir, o xexéu velho, com ares de decurião, repete a pergunta e ouve o mesmo erro, voltando a cena a suceder-se até que, cansados todos, adiam para a tarde imediata a argüição infrutuosa.

– *Quid-quae-quod! Ablativo do plural?*

A noite desceu e todo bando mergulha nos ninhos, guardados pelas patrulhas das tapiucabas insones. Lá, um ou outro ainda põe a cabecinha esperta fora do janelão-porta-nobre insistindo na argüição inútil: – *Quid-quae-quod! Ablativo do plural?*

Sente-se o vôo surdeado de uma sentinela verificando a segurança do acampamento. Depois o silêncio envolve a todos.

Boa noite!...

LAVADEIRA E BEM-TE-VI

> *Bem-te-vi derrubou*
> *Gameleira no chão!*
> *Derrubou, derrubou,*
> *Gameleira no chão!*
>
> Coco de roda do Nordeste (Bambelô)

Já por três vezes o bem-te-vi informou a todos que bem vira o que ninguém atinara ainda por mais que examinasse. Deve ser pilhéria dele para desnortear a tarefa matinal que a todos ocupa. Não havia necessidade do aviso porque, feita a denúncia inicial, nada mais adianta na espécie delatada publicamente. Fica unicamente na ameaça burlona. Bem-te-vi! Bem-te-vi!

Com esta mania de espionagem miúda e proclamação estridente não arranja amizade de ninguém. Sua popularidade consiste na presença habitual e não na lembrança afetuosa quando se ausenta. Olhamos sem ver o bem-te-vi na sua profissão mexeriqueira e reprovável. Não aprendeu a serena circunspeção de Sofia que vê as coisas que vivem de noite. Ou do grilo saltador. Nem mesmo a dos bulhentos xexéus, incapazes de uma deselegância como esta. Bem-te-vi! Pois, viu, e acabou-se.

Afinal é um tiranídeo e está dito tudo. Violento, arrebatado, imprudente no desafio, sua valentia não o faz simpático nem a intrepidez amoeda afetos. Justamente esta coragem, que se torna agressiva pela inoportunidade da ação, o fez temido mas não respeitado, *triste marque de la misère de l'homme, qui a toujours joint l'idée de la cruauté à l'emblème du pouvoir,* dizia o senhor de Buffon. O bem-te-vi é uma boa amostra desta imagem.

Este é o *Megarhynchus pitangua,* de Lineu, o bem-te-vi-bico-chato, brigão, cantador, boêmio, capadócio, nacionalista. Está em toda a parte e sempre o mesmo – arranha-céu do Rio de Janeiro, fábrica de São Paulo, parque de Belo Horizonte, coqueiros do Nordeste, samaumeira amazônica. Está expulsando um gavião em Pernambuco, como um pardal intruso na Cidade Maravilhosa. Gritou na Avenida São João, paulista, como na Praça do Ferreira, em Fortaleza. Inalterável. Sem medo e respeito a nenhuma ave que atravessar o seu vôo nos caminhos do céu. Seja qual for sua proporção ou fama. Com ou sem ela, o bem-te-vi ataca e afugenta, com estardalhaço estrepitoso. Inútil resistir.

Quando o Brasil amanhecia no século XVI, o bem-te-vi tinha outro nome, o seu nome brasileiro, pitauá. Ainda num livro de 1728, Nuno Marques Pereira o cantava:

> Despertando o Pitauaã
> Com impulsos de vigor,
> Disse logo "Bem-te-vi,
> Deste lugar em que estou."

O português é que o crismou pela denominação que o cantor parecia dizer, constantemente espiando quanto de sua conta não seria.

Forte, sólido, o bico resistente como um alicate, as cores amarelas, brancas e negras harmoniosamente espalhadas, asas anegradas com reflexos de ferrugem, as linhas feiticeiras em volta dos olhos, ampliando-os, a velocidade, a leveza, a elegância, originalidade, audácia das evoluções aéreas, o golpe fulminante com que assalta no ar inseto digno de sua fome, a variedade do canto estrídulo, zombeteiro, desenrolado como uma fita sonora, audível em todos os recantos de larga extensão, mantêm-no na primeira fila, na plaina das aves populares citadas sem esforço de memória. Buffon cita o *Bemtaveo* de Buenos Aires semelhante ao cuiriri do Brasil, *Lanius pitangua*, L. Marcgrave descreveu o xexéu chamando-o japu, iapu.

Os bem-te-vis do canto de muro comem frutas: mamão, goiaba, manga, bananas maduras. A movimentação é na caça de insetos, ocupação normal de todas as horas. Não apenas os apanham no vôo, como ficam à sua espreita, imóveis num galho, mirando a paisagem. Bruscamente descem como bólides até o chão numa pontaria infalível. Também caçam no solo, não às carreiras mas aos pulinhos, patas juntas como se fossem peadas.

Cuidam muito do traje. Várias vezes no dia banham-se no tanque. Mergulham a cabeça, num empurrão lateral, um para cada vez, tentando fazer com que a água escorregue pelo dorso. Abrindo as asas, batem na superfície d'água, apressadamente para evitar que as penas umedeçam demasiado. Voam em espiral larga para enxugar-se. Nunca os vi enxugando-se ao sol.

Tomam banho de luz, expondo-se um ou dois minutos, asas estendidas à flor da terra, o peito roçando o chão, arrepiando-se, agitando, livrando-se naturalmente dos parasitos importunos. Arrastam-se quase um metro nesta posição, revolvendo a areia com as patinhas, como as galinhas quando tomam banho de poeira com intuito profilático.

O *animus nocendi* não lhes aparece na muda ou no ciclo de excitação sexual, quando fecunda a fêmea e ajuda-a a construir o ninho, acompanhado-a na incubação. Trata desveladamente aos filhos, alimentado-os, defendendo-os com denodo, arriscando a vida para vê-los livre de todos os perigos. Não temendo nenhuma outra ave, enfrenta gaviões e carcarás que já nem ousam assaltar-lhe o ninho. O bem-te-vi é que persegue, intrepidamente, as aves de rapina e tenta furar os olhos aos gatos, que o temem. Nidifica bem alto, no cimo das árvores copadas.

Todos os ornitologistas que o estudam proclamam a belicosidade atrevida com que afugenta, em seguimento teimoso, aves bem mais fortes e sabidamente valentes. Não há explicação para o estado de inibição que acomete os pássaros atacados pelo bem-te-vi, deixando-se bicorar e tomando a fuga como solução única para a libertação. Meu pai assistiu, durante uma viagem, a verdadeira caçada de um bem-te-vi contra um gavião possante, com mais do dobro do seu tamanho, inteiramente acovardado e voando tenazmente e seguido pelo tiranídeo implacável. O gavião inutilizaria o adversário com uma bicada feroz. Longe de lembrar-se de reação, procurava por todos os meios afastar-se daquela mania de perseguição que atirara o bem-te-vi como uma sombra belicosa em sua busca. E ainda sofria os reiterados golpes com que o perseguidor o mimoseava sempre que encontrava oportunidade. No Rio de Janeiro um bando inteiro dos inúteis e valentões pardais é disperso por um único bem-te-vi. Quando ele está na fase de irritação guerreira, o velho Catá não aparece no canto de muro nem que exista o corpo inteiro de um boi esperando por ele. Não esquece Catá, que o bem-te-vi entendeu de medir as forças com o urubu capenga e se este ainda possui penas deve-as às asas admiráveis e ao vôo veloz. O bem-te-vi ficou uma porção de minutos com o bico chato cheio das penas negras do urubu, teatralizando a vitória. Nenhuma ave ousa desafiá-lo. Normalmente, pousam nos arredores onde ele está caçando os membros da ilustre família, especialmente a lavadeira, a comum e popular "lavandeira", que deve ser a parenta mais estimada do bem-te-vi. As demais passam de arribada.

O problema do canto intencional é bem visível no bem-te-vi. Não é gorjeio ou trinados, mas tipos perfeitamente diferenciados de canto, em ocasiões distintas e apenas nestas.

Há o grito do "Bem... ti... víííííí" inconfundível. Há outro idêntico, mas com uma leve e sensível entonação interrogativa, mais lento. O primeiro será alegria de viver, anúncio de sua presença, como as altas patentes possuem toques especiais de clarins. O segundo obriga, quase sempre, resposta mas não presença. O terceiro é uma nota prolongada, vibrante, repetida até que a fêmea compareça. É o chamamento, mas chamamento tranqüilo de esposo para assunto caseiro e não apelo sexual. O bem-te-vi está habitualmente acompanhado e este grito traz a esposa para perto. Não é para oferecer-lhe alimentos ou amar. É apenas para vê-la, deduzo, em face de nenhum movimento da ave para aproveitar materialmente o convite em algum ato conjunto. O quarto é um canto de quatro notas, de acentuação grave, cuja finalidade desconheço. Este é, às vezes, repetido pela fêmea. Todos estes quatro cantos são comuns e no espaço de algumas horas ouço-os a todos. Serão, evidentemente, os habituais, o vocabulário sonoro e básico para a comunicação essencial. Deve possuir outros, chamando a fêmea, combatendo, grito de excitação, talvez de reunir, de aviso etc. Buffon registrou numa coruja este grito de socorro, atraindo as companheiras para perto de sua prisão e outro que lança unicamente quando voa livre. Terá um significado que, não o podendo traduzir, rotulamos como despido de valor comunicante e meras emissões sonoras como escapamento de gases com alguma melodia.

O canto, por si só, jamais deixa de constituir uma mensagem profundamente intencional. Desde a palavra, gutural e rouca, do pequeno homem de Neanderthal, até o esplendor do canto, à evolução das cordas vocais, fixando-se no mesmo maquinismo dos instrumentos de palheta, símbolos dos timbres graves, corre a própria história humana, sua conquista definitiva para o milagre da expressão. Fico respeitando o simples assobio que calculo quantos milhares de séculos ele representa em tentativa e obstinação e sua finalidade, mesmo utilitária, ascendeu depois ao *ludus*, estado assombroso de civilização, no exemplo do bicho-homem brincando, jogando, divertindo-se e divertindo-se com uma modalidade vocal que lhe dava soberania porque havia intenção e destino.

Vai daí uma ave que possui quatro, cinco e seis modalidades de canto e jamais as emprega mecanicamente uma após outra, mas em situações condicionadas às necessidades daquelas sonoras emissões moduladas, não posso incluí-la como brinquedo de corda e caixinha de música numa boneca. Ao grilo já identificamos a diversidade do seu reco-reco sentimental ou boêmio e não podemos negar ao bem-te-vi e entes como ele os direitos a ter no seu canto uma fórmula indiscutível de relação, um índice de ligação sinaladora com as suas convivências.

Quem nos dirá que o bem-te-vi, que pousou na janela interior do Palácio Tiradentes, haja ou não compreendido a espécie de canto ali entoado pelos reis da Criação em estado parlamentar?

Creio firmemente na comunicação das aves pelo canto. Não posso provar, mas basta a fé e esta, já é frase velha, perde muito posta em retórica. Uma parenta amiga íntima do bem-te-vi é a lavadeira, lavandeira como gostosamente o povo diz. Trata-se, gravemente, de um tiranídeo, *Fluvicola climasura,* Vieill. Pequenina, asas negras, as listas heráldicas da família prolongando-lhe os olhos, é a mobilidade, a volubilidade, a graça leve, fina, alada, graciosa sempre, familiar e doméstica, enchendo de agitação, de elegância natural, o silêncio do canto de muro nas horas do dia.

Faz um ninho baixo, empregando materiais disparatados mas num arranjo pobre e simples que resulta emocional. Caça com uma técnica de minueto, correndo como se fosse atender a uma volta de pavana ao som dos violinos de Lully. Está por perto do tanque, banhando-se muitas vezes, um banho tão sumário, rápido e fidalgo que dá vontade perguntar a exata finalidade do ato, vaidade de exibição ou exigência de higiene em ritmo de segundos musicais.

Sempre perto do bem-te-vi corre, volteia, sobe e desce a lavadeira habitual. Como deglute insetos microscópios e os faz num súbito arranco em linha reta, tem-se a impressão que está caçando raios de sol porque neles encontra, como em suspensão, a vida dos mínimos de que se alimenta. Exceto nas horas ardentes de verão quando faz a sesta como uma doce sinhá moça tropical na varanda da casa-grande, trabalha dia inteiro. Mas sua tarefa é um bailado com todos os jogos de elevação, piruetas e batidas que arrastam aplausos das samambaias e dos tinhorões hierárquicos. Não é possível que a agilidade possua outra imagem e a sedução melhor modelo.

Burla as exigências do equilíbrio e as leis da gravidade nos vôos espiralados, freados com as asas abertas nas descidas imprevistas, as perpendiculares e os círculos descritos no ar como se não tivesse peso e apenas o atravessasse como uma luz e um perfume.

Nos jorros luminosos que descem através da folhagem, a lavadeira baila como se o Rei Herodes Ântipas a assistisse. Exigirá apenas alguns insetos que a luminosidade revelou aos seus dois olhos negros.

Em 1728, Nuno Marques Pereira já elogiava sua glória de bailarina:

> Saiu de ponto a dançar
> A lavadeira, e mostrou
> Era tão destra na dança
> Que pés na terra não pôs.

Tem seu repertório melódico. Três ou quatro números de efeito. Gosto muito de um deles em que ela canta com as asas abertas, erguendo-se na cadência do garganteado incessante e oscilando o corpinho como se orasse numa mesquita oriental. É um duelo. Outra lavadeira está por diante, acompanhando a virtuosidade da execução, contracantando e repetindo o compasso da idêntica movimentação envolvedora.

É neste canto que a sua cauda negra e graciosa plagia a técnica das lavadeiras nos rios. Daí o nome que lhe deram os franceses e nós recebemos. A tradição afirma que ela lavou a roupa do Menino-Deus.

Em certa distância o primo bem-te-vi aprecia o quadro. Agora que o crepúsculo pinta de ouro e sangue a tarde vagarosa, as duas lavadeiras cantam, alternadas e uníssonas, numa claridade votiva, a despedida do dia e de suas tarefas que amanhã voltarão.

Do canto de muro, no alto, a cabeça triangular emergindo dos cachos ornamentais, Vênia muito naturalmente concordava com os aplausos...

Reino de Ata

> *As formigas são tão numerosas aqui, que são chamadas pelos portugueses,* Rey do Brasil.
>
> Marcgrave (1644)

*P*onho três saúvas na minha unha. A rainha Ata, imóvel na sua sala de trono, é quase do tamanho do meu polegar.

Faço questão de citar La Rochefoucauld: *Il y a des héros en mal comme en bien.* A rainha Ata é uma obra-prima, uma heroína *en mal*. Superior nada conheço nas páginas da sua História, a História Natural.

Ainda não nasceu quem a estudasse sem lhe render homenagens. Esplendor do capitalismo egoísta ou da ferocidade doutrinária, a rainha Ata domina infalivelmente todos os seus observadores. Toda a gente que a combate está convencida da necessidade de destruir-lhe o reino mas proclama que a organização é simplesmente maravilhosa.

Enterrada viva, velando na fecundidade incessante sua multidão filial, a rainha Ata está obrigando aos poucos, num lento e irresistível empuxo de verruma, a reconhecerem-lhe virtude inestimável de soberana. E vamos indo na marcha de apagar os nomes de "instinto", "estímulo" e substituí-los por "inteligência", "raciocínio", "deliberação realizadora". Creio que não haverá maior vitória do que esta confissão do rei da Criação do alto dos laboratórios e arranha-céus para uma formiga saúva no fundo da *panela* do seu formigueiro.

Tanto mais a odeio mais a admiro e esta ambivalência é o sentimento dos estudiosos; de vários tamanhos e famas, passando pelas reportagens, livrinhos divulgativos e inventores de formicidas. A rainha Ata passou a ser motivação erudita, inspiradora de bibliotecas e centro de interesse do Ministério da Agricultura, secretarias estaduais e classes anexas. Graças às saúvas muita gente está vivendo melhor. A rainha Ata, como o Partido Comunista, determina reações benéficas das entidades ameaçadas.

Como aquele misterioso e sedutor Prestes João, a rainha Ata tem amigos e inimigos que nunca a viram.

Lembra muito as secas do Nordeste. É tema emocional que obriga ao solidarismo humano. Não pode haver neutros diante da rainha Ata. E ela não pode ter amigos e manter aliados porque desdenha de todo mecanismo terrestre que consolida as populariades remuneradas.

Há 25 mil anos que o homem governa a Terra. Ainda não conseguiu domesticar a rainha Ata, *Atta sexaens,* L., nem dominar-lhe o ímpeto devastador. Humilde, fraca, esmagável por qualquer fração de força, mereceu as honras de ser calamidade nacional e depender de sua morte a vida do Brasil. Ou o Brasil acaba com a saúva... Saint-Hilaire, pai da frase secular, tinha toda razão mas a verdade é que Brasil e saúva vão em desenvolvimento conjunto, plano de convivência e de consciência. Questão de aceitar a coexistência.

Machado de Assis dizia não haver uma alegria pública que valesse uma boa alegria particular. Tiramos "alegria" e pomos "raiva", "rancor", "cólera" e dá infinitamente certo. Tenho motivos pessoais de combater a rainha Ata porque ela mandou atacar e destruir meus caixotes de hortaliça. Caso típico de mandado criminal. Por isso dediquei-lhe tanto tempo de vida acompanhando-lhe as manhas no intuito desesperado de anulá-las fulminantemente. Como quem estuda um bacilo...

No canto de muro há dois olheiros, duas bocas de entrada para o reino de Ata. Suas vassalas carreiam continuamente quanto podem. Outras formigas exercitam diversas habilidades trágicas; levam insetos semimortos, ou seja, semivivos, espernando, para o fundo da terra, possivelmente sem intuitos de entregá-los aos micélios dos fungos alimentícios.

Por um destes pórticos desapareceu Licosa para sempre. E outras licosas maiores e menores são conduzidas diariamente. A tropa da rainha Ata tem outro estilo. Corta folhas, brotos, talinhos tenros, levando as cargas em filas incessantes e silenciosas, disciplinadas e submissas como os escravos do Rei Xerxes trazendo a bagagem dos persas que invadiam a Grécia.

De lupa ou manejando o indicador, tenho, deitado a fio comprido, acompanhado a marcha desses esquadrões da rainha Ata, despovoadores do jardim de minha mãe e responsáveis pela ausência fatal da minha planejada salada de verduras. Com a pá, o bissulfureto de carbono e outros engodos tentei arrasar-lhe as salas reais, olhando a arquitetura estupenda, erguida pela massa cega e genial das obreiras sem nome e sem glória.

A onda teimosa, quieta, invencível das filhas da rainha Ata tem feito lacraus e caranguejeiras arrepiarem caminho como se vissem brasas.

Puseram-lhe o claro nome de Ata, do grego *attein,* saltar, título devido aos infusórios rotíferos e não ao piso sereno com que vandaliza os arredores do seu bem cuidado reino. E é uma himenóptera por ter tido quatro asas membranosas.

O formigueiro do qual vemos apenas o portão de acesso, cercado pelo seu muro de areia fofa e solta, é uma construção assombrosa. Imensa cidade subterrânea com vinte e mais núcleos residenciais liga-se por uma rede de ruas, canais, travessas, entrecruzando-se com avenidas de contorno em que terminam as grandes vias atravessadoras dos bairros povoados. Nenhum viaduto conduz diretamente à cidade e sim se articula com outros que facilitam aproximação. Naquele labirinto, a construção é sólida e a função lógica, segura e cômoda para a saúva que percorre os meandros com rapidez e precisão, entrando em casa pela parte inferior, pelo primeiro piso, talqualmente usamos nós, os *sapiens*. Lembra pelo confuso e útil aglomerado de corredores, um convento do monte Sinai. Quinze anos obstinados gastou Meinhard Jacoby estudando, moldando, em cimento líquido, o urbanismo tentaculante do reino de Ata. Lá dentro, sem pressa e sem descanso, move-se a multidão saúva, entregando folhas, cortando-as em milímetros, cuidando dos fungos *(Rozites gongylophora* e outras), das larvas e ninfas, dos depósitos de restos vegetais, da rainha imóvel em sua maternidade monstruosa, vigiada pelas obreiras e guardada pelos legionários em jubilosa servidão filial.

Para esta disposição sem atritos e sem atropelos vivem as classes que não conhecem a movimentação observada por Sorokin. Ficam eternamente no mesmo nível de trabalho e destino sem revolta e "greve". Estão servindo nas trevas as duas divisões fatais do povo de Ata. Os sexuados, ela, os soldados fanfarrões e as formigas que um dia serão seres com asas com direito ao amor de minutos e ao vôo para um sol de uma hora. Ápteras, assexuadas, obscuras, servis, dedicadas até a morte, são as obreiras, carregadoras e cortadoras de folhas, fracionando-a em frações de milímetros, dando esta alimentação fresca e nova aos filamentos insaciáveis dos micélios dos fungos, cuidando das irmãs recém-nascidas e jovens, retirando os fragmentos gastos pela absorção, limpando as ruas, becos, avenidas, travessas, tendo as reservas, para atender aos chamamentos para ação imprevista no exterior e, mesmo na hora da catástrofe, tentando salvar antes de tudo as ninfas imóveis e brancas em seus invólucros de prata, esperança, semente, garantia da raça perpetuada. Não tem outra finalidade suas existências anônimas, lembradas unicamente pelo amor radicular ao trabalho eterno no escuro do formigueiro natal. Feridas de morte, com os abdomes decepados, ainda conduzem nos dentes sólidos as ninfas que vencerão a sorte, vencendo o tempo. Na continuidade das horas mantêm a cidade viva e crescente, conservando-a, ampliando-a, defendendo-a, prontas, vigilantes, alertas, com uma vitalidade de espanto e uma tenacidade de maravilha. Para compensação sugam as gotas adocicadas que exsudam dos micélios podados. Nada mais. Nem o abraço do sexo. Nem a visão contente daquela paisagem que é um esplendor da sua alegria trabalhadora, porque são cegas. Vêem, como todos os cegos totais, pelo contato, tocando os objetos com as antenas delicadas e móveis.

Para o formigueiro conseguiram temperatura estável e ventilação constantes. As frias aragens noturnas são aquecidas brandamente pelo sistema conjugado de canais receptores e condutores de ar. Não precisam transportar as larvas e ninfas para níveis mais altos ou baixos, mantendo-as num clima igual. Conquistaram o arejamento ambiental sem máquinas, sem propagandas e sem descontinuidades. Os canais receptores se orientam para o regime dos ventos constantes, para a direção comum dos alísios que sopram do mar. Quantas gerações para alcançar esta perfeição? Sem nenhuma aparelhagem têm o milagre dos fungos produtores numa atmosfera idônea para sua manutenção. Os fungos são melindrosos, exigentes, sensíveis como nenhuma outra planta do mundo. Nos cuidados científicos dos laboratórios experimentais murcham, contaminam-se e sucumbem. Tratados pelas saúvas, vivem sadios e prolíferos, alimentando toda a população da rainha Ata.

Só esta cultura de fungos imortalizaria um povo possuidor de processo único para a conservação do seu tipo imutável em pureza e teor alimentar. De milhões de substâncias nutritivas, a rainha Ata, por suas antecessoras, elegeu este fungo e fixou-o para sempre. Jamais foi encontrado fora dos formigueiros das saúvas. É, pois, espécie que alcançou este estágio atravessando no tempo experimental cuidado. As condições de temperatura e de conservação foram outros problemas para que o fungo não morresse. E ele continua resistente e saudável no meio de um formigueiro debaixo da terra, aberto ao contato de todos os micróbios existentes e possíveis.

Estes fungos são semeados numa espécie da pasta vegetal obtida pela mastigação que as saúvas fazem das folhas e brotos. Crescendo, são constantemente podados para evitar o alargamento da cúpula do cogumelo. A seção vegetativa do fungo é filamentosa; dão-lhe o nome de "micélio". Destila o micélio gotículas que tomam certa consistência em forma minúscula de couve-rábano, batizado como *Moellerche kohl-rabi,* couve-rábano de Moeler. As saúvas absorvem este néctar adocicado. É o seu único alimento e mesmo só o utilizam sob forma líquida. Para manter a plantação de fungos é preciso trazer suprimento recente vegetal, cortá-lo miudamente e cercar a planta com este reforço vital que é assimilado. Depois, retirar as folhas inúteis e substituí-las. Assim indefinidamente.

Esta alimentação única mantém a saúva admiravelmente hígida e apta para o esforço que exige vinte vezes o seu próprio peso. Formiga não adoece. Não conhece epidemia. Resiste ao combate humano contra suas cidades. Prolifera sem paralíticos, sem abortos, sem monstros teratológicos. Os fungos são mantidos imunes de contatos de micróbios. Impossível saber-se qual o método para este espantoso resultado contra todas as leis severas de assepsia. Como afastar contaminação dentro de um buraco de areia, no seio da terra, cercado de formigas e de restos podres de vegetais? Uma verificação do Professor Neal A. Weber (1955) ainda torna mais fabulosa a técnica das saúvas. Tendo podido obter fungos no ágar do laboratório mantidos pelas saúvas notou o aparecimento de micróbios de contaminação. As saúvas ocuparam-se atentamente com os seus fungos indispensáveis e estes, apenas estes, mantiveram-se imunes do contágio. Ninguém pode compreender como as filhas de Ata se arranjam para isolar os seus fungos no ambiente aberto e livrá-lo de todos os agentes letais. O Professor Weber acredita no que me parece lógico. Na mastigação as formigas segregam substâncias inibidoras que impossibilitam o desenvolvimento dos micróbios. Esta salivação é mantida para as novas pastas de que se nutrem os fungos e que já estão, de antemão, preparadas para exercer ação microbicida.

Inútil adiantar quanto ao valor da escolha destes fungos como alimento único e a criação de processos eficientes para sua conservação e pureza.

Qual é o grupo humano que defende, com esta dedicação técnica, seus meios de nutrição?

Para nutrir seus canteiros de fungos as saúvas destroem praticamente todas as plantas úteis e cultivadas. Antes do descobrimento do Brasil assaltariam as roças indígenas, reforçando as apanhas de folhas novas das fruteiras selvagens. Com a vinda do europeu e decorrente importação de espécies saborosas indispensáveis ao paladar dos brancos, Ata deve ter melhorado o campo das razias, experimentando o produto dos saques na sustentação dos seus cogumelos subterrâneos. Sendo todas plantadas ao derredor ou nas proximidades das residências coloniais, os atídeos largaram as incursões predatórias de lonjuras e ficaram rodeando as casas, domesticando-se ao seu modo e proveito. Os indígenas possuíam suas roçarias mais afastadas e daí os atídeos freqüentarem parcamente o ambiente caseiro das malocas. O europeu facilitando a colheita dos frutos com os pomares vizinhos atraiu Ata e com ela seu povo fiel.

As formigas pré-saúvas (vá lá o nome) constam de fósseis já existentes no período jurássico, época secundária, quando só Deus sabia a criação do primeiro homem, milhões de anos depois.

São sexuadas as formigas de asas, içá, contração de *içaba,* gordura, alusão ao abdome volumoso e graxento, comestível apetecido pela indiada e ainda por muita gente popular, assando-se ligeiramente. As içás são as fêmeas aladas e os machos têm nome de içabitus, sabitus, bitus, vitus, também providos de asas. A içá fecundada denomina-se tanajura. Será a fundadora de uma nova dinastia num formigueiro novo. Há igualmente a classe dos soldados, saúvas de sólidas mandíbulas e cabeça larga e forte, encarregados, pelo menos tradicionalmente, da guarda interna da casa e defesa da rainha-mãe.

As assexuadas são as formigas cortadeiras, carregadeiras, as que se dedicam vitaliciamente aos serviços internos e domésticos da casa-grande comum, criação das formigas novas, desde estado de larvas, higiene etc. Todas as folhas carreadas passam por um prévio processo de limpeza, raspagem dos parasitas, sujos, fios de aranha, tudo enfim quanto possa prejudicar a pureza permanente dos fungos. Só depois é que são colocadas nos canteiros sagrados. As formigas assexuadas são em número tríplice às sexuadas, os moços machos e fêmeas que se preparam para ver o sol. Assim convém às necessidades das obrigações que terminam com a morte, trabalhando sempre, cegas e devotas da escravidão, sem disponibilidade, aposentadoria ou férias remuneradas, de permeio.

Toda esta sociedade desloca-se em tarefas imutáveis, exceto a defesa ao formigueiro que cabe, patrioticamente, a todos os elementos vivos, excluindo-se as turmas vigilantes que cuidam das larvas, ninfas e serviços imediatos à rainha-mãe.

As missões são executadas num exercício de rotina, impecáveis de ordem, precisão, disciplina. A milenar capitalização de experiências anteriores fixa a norma executiva que se tornou instinto. Mas nem tudo é instinto no reino harmonioso de Ata.

Se o homem continua parcialmente *cet inconnu* na própria fisiologia é desculpável que a rainha Ata cultive seus misteriozinhos. Um deles é a unidade específica de sua alimentação. O *Rozites gongylophora* e possíveis variedades é o tipo único. Para conservar-lhe imutabilidade substancial e pureza no teor nutricionista, as saúvas conservam-no em recanto subterrâneo em regime constante de podagem. Para a fixação deste fungo como alimento insubstituível deveria ocorrer um período experimental de amplíssima duração. Milhares de vegetais foram examinados, provados, excluídos. Para a determinação da escolha foi preciso que a verificação indicasse a excelência indiscutível do fungo. Antes a avó longínqua da rainha Ata teria outras substâncias para sorver. O mistério é a passagem entre os alimentos iniciais e a deliberação eletiva do fungo. Mistério que se adensa, sugestivo como todos os mistérios, na forma contemporânea de sua manutenção. Não há este fungo em liberdade, deparado na Natureza livre. As içás, iniciando o vôo nupcial, já com a missão dinástica das novas cidades, levam uma semente, um fragmento do fungo numa parte da cavidade bucal. Logo que escavam a primeira sala plantarão esta semente servindo-lhe de estrume as carnes dos primeiros filhos.

Chegam elas à conclusão que o pequenino cogumelo teria clima ideal de temperatura, umidade e segurança para sua imaculabilidade, retirado da superfície. E o fungo desceu para o seio da terra, guardado por sua escolta de niebelungos como uma fração encantada do ouro do Reno.

Não apenas as Atas mas os *mirmecíneos, Acromyrmex (nigra, landdolli,* subterrânea etc.), nigrocitosas, octospinosas etc., alimentam-se de fungos em estâncias profundas. Têm apenas uma cidade e expulsam, cuidadosamente, os detritos alimentares dos fungos acumulando-os em volta da boca dos formigueiros em forma de pequeninos montes de estrume pardo.

No canto de muro, o reino de Ata conta duas entradas dispostas inteligentemente nos dois ângulos do quintal. Para a primeira virão as novidades do resto do mundo porque se apropínqua da brecha do muro. Para a segunda é fácil a visão de todo terreno murado. Nenhuma patrulha militar escolheria situações mais privilegiadas para espreita e vigilância. E estas entradas são bocas de canais que se articulam ao complicado sistema de comunicações internas. Jamais se ligam diretamente à cidade e será esforço inútil tentar o bombardeio à capital dos atídeos por intermédio desta aberta e cômoda cabeça de ponte.

Naturalmente outras espécies, também residentes no canto de muro, são carnívoras, a *Formiga niger,* a *fuliginosa* etc., decepando insetos mortos ou feridos, dividindo-os em carretos proporcionais às carregadeiras apressadas ou levando os animais em plena tentativa de defesa inútil para a mais horrorosa e torturante das mortes no fundo da cidade hostil. Estas devem lembrar a força convergente e miúda dos liliputianos quando imobilizaram Guliver pelos cabelos. Vejo-as conduzindo grandes lagartas que ondulam na derradeira intenção de salvar-se, suspensas e elevadas milímetros do chão pelo esforço conjugado de centenas e centenas de formigas luzidias, negras e ávidas. Parecem crianças de uma escola maternal conseguindo o carreto de um elefante, recalcitrante e assombrado com o atrevimento vitorioso daquelas insignificâncias que se tornaram irresistíveis pela ordem e pelo número.

Os mirmecologistas indicam como milagres do instinto a escolha dos terrenos para a implantação residencial. É preciso que estes reúnam condições precípuas para a estabilidade vital da colônia. A presença dos óxidos de cálcio afetam o metabolismo dos fungos e, decorrentemente, a economia interna das próprias formigas. Evitam as terras que tenham cal e se são, as tanajuras nos acasos do vôo, obrigadas a mais uma tentativa de adaptação impossível, sabem que marcham para sua morte e a do grupo que surgiria do seu ventre inesgotável.

O terreno deverá ser consolidado para afastar os desmoronamentos, os escorregamentos e deslizes de areia na perfuração das vias, bloqueando, impossibilitando a tarefa. Nem muito compacto que dificulte demasiado ao escavamento. Os arrimos construídos são, às vezes, previsões que a estupenda experiência dos atídeos cautelosamente vai armando para agüentar as paredes, os aclives, a própria curva da abóbada que cobre a câmara de fungos ou a *panela* onde está a majestade prolífera da rainha Ata. Previstas também as possíveis infiltrações, inundações. Assim os vários regimes meteorológicos são sabidos e cumpridos. Por todo território do Brasil, sul, centro, nordeste, extremo norte, de condições topográficas tão diversas, a saúva maneja a informação da Meteorologia como raras criaturas humanas em função social. Na incerta precipitação pluviométrica do Nordeste, no labirinto potamológico da Amazônia, no planalto, planícies e serras, tabuleiros, capoeirões, nas regiões das matas e do agreste, com chuvas constantes e regulares, Ata sabe excelentemente todas as notícias e age com uma segurança, certeza e conhecimento incomparáveis.

Acresce também a fama possuída. Quando, no Nordeste, os formigueiros desaparecem das encostas barrentas e álveos dos rios ressequidos, o inverno é infalível, matemático, fatal. Nas barrancas do São Francisco as formigas mudam a residência e todos sabem que a inundação está próxima. Vezes há em que o grande rio não alaga as redondezas. O engano é então do rio. Ele é que está errado. A formiga é infalível.

Nenhum avião transatlântico atravessa o oceano tendo cobertura meteorológica semelhante à que a rainha Ata possui para o momento do alardo nupcial dos seus filhos. A boca do formigueiro enxameia de machos e fêmeas, ansiosos e palpitantes para o ensaio das asas e do sexo, virgens ambos. Já praticamente deixaram as câmaras subterrâneas, sinal que a primeira autorização fora dada. Mas a segunda, a ordem suprema, uma única vez entendida por aqueles milhares de insetos, a ordem do *décollage*, esta não vem. O vôo está adiado. Inquestionavelmente a chuva vai cair. E realmente cai. Tendo observação pessoal e há outra, impressionante, de Meinhard Jacoby. Impressionante, porque verifica-se a primeira e depois a segunda revoada em partidas regulares, dentro dos horários comuns, 11 às 14 horas para todos os reides. O terceiro grupo, já em posição, foi retardado e a ordem não chegou. Recolheram-se todos. A chuva, uma hora depois, metralhou a terra. Teria inutilizado fulminantemente todo o grupo.

A minha observação constou apenas do adiamento do vôo coletivo sem que houvesse revoada anterior. Nem o céu dava anúncios de chuvarada. A chuva, entretanto, veio, rápida e forte. Era dezembro, tempo das imprevistas e fustigantes *chuvas-de-caju,* assim denominadas porque "sustentam" a safra.

Mas este cuidado cifra-se ao vôo nupcial. Com chuvinhas molhadeiras, *rezinga de mulher,* teimosas, contínuas, transparentes, as carregadeiras e cortadeiras continuam as tarefas.

Quais são os órgãos supersensíveis que podem captar as diferentes pressões atmosféricas numa distância de tempo, previsão infalível? E todas as saúvas recebem o aviso ou apenas as entidades diretoras de onde emanará o gesto orientador de todos os grupos? A atitude coletiva é o resultado da sensação por todos sentida ou obediência a uma ordem irradiada da rainha-mãe? O melhor é cessar a série das interrogações.

Vênia balançou a cabeça afirmativa. Crê que não será minha geração a reveladora destes segredos. Sofia, a coruja meditativa, concorda.

Creio que o reino de Ata, com sua organização e vida silenciosa debaixo da terra, suas cidades entrecortadas de comunicações, suas hierarquias, suas figuras neutras ou sexuadas, dista das colméias onde o sussurro das asas laboriosas enche de serena melodia o âmbito residencial. Para o distributismo das abelhas, o egoísmo feroz das formigas será uma incompreensão. Certo a abelha não fornece, consciente e espontânea, cera e mel ao dominador humano. A sabedoria de Ata é a sua inutilidade agressiva e depredadora. O homem não pode cativá-la na domesticidade aproveitável porque saúva para nada presta. Por isso, o combate é de morte e a formiga guerreira aceitou, *à outrance,* o desafio.

Como nós, "sapiens", precisamos aprender e a herança técnica dos nossos pais não veio para nossa cabeça no curso do sangue, assombramo-nos porque a saúva nasce sabendo. Não aprende. Não há cursos. Com cinqüenta dias de vida abre canais e fura túneis que desembocam, rigorosamente certos, nas avenidas de contorno e jamais coincidem com outros sistemas de circulação. Não há enganos nos cálculos prévios nem surpresa na resistência dos materiais empregados ou trabalhados. Uma enchente de rio arrasa uma vila ou abate os arrabaldes de uma cidade mais de uma vez. Há uma comissão de estudos. O curso fluvial, volume, direção, história das inundações anteriores e suas áreas de alagação são elementos consultados. Anos de deduções para uma defesa lógica. O rio, com uma sem-cerimônia incrível, devasta outra vez as ruas. Nova comissão de estudos. Nunca uma enchente imprevista surpreendeu formigueiro. Constroem perfeitamente a salvo ou fazem a transferência das "panelas" em tempo oportuno. Sempre antes do cataclismo. Não há exemplo de formiga morrer afogada. Exceto, se for pela mão de um experimentador humano. É um confronto que não tenho coragem de fazer.

Suas antenas, frágeis, inquietas, adejantes, são os olhos e membros do tato. Cortá-las é ver a saúva tornejante, desorientada, palerma, formiga doida. De umas dez que ficaram sem antenas e foram transportadas para longe dos caminhos do formigueiro, nenhuma conseguiu atinar com o regresso. Todas foram repostas nas estradas e tropeçavam nas companheiras que, uma vez identificando-as com um leve toque de antenas ou muito possivelmente pelo odor que elas exalam, nada fizeram em auxílio e proteção das mutiladas pela minha curiosidade. Enfiei-as, uma a uma, pela bocarra do formigueiro, ignorando-lhes o destino subseqüente.

Mas têm o senso de orientação porque levei um grupo para longe das vias conhecidas, no outro lado da chácara, uns trezentos metros alucinantes. As saúvas calcavam areia e barro na percussão insistente das antenas interrogadas, vindo e voltando, ansiosas, sem deter passo mas no rumo geral. Demoraram mais de duas horas neste percurso de perdição. Voltaram todas ao piso costumeiro.

Trazem estes conhecidos desde o estado de larvas.

Deste segredo impenetrável há um depoimento curioso. O Padre Frederico Pastors, M.S.F. (Natal, Rua Pedro Soares, 161) enviou em 1930, pelo dirigível *Graf Zeppelin,* alguns ovos de galinha para pessoas amigas em Altenessen, Prússia Renana. Nasceram galinhas e um galo. Este, enquanto viveu, cantava pelo horário dos galos brasileiros, quatro horas de diferença. Não houve convivência que o fizesse aderir ao fuso europeu reinante na Alemanha. Fora exportado em ovo. Nem sempre a ecologia explica as coisas...

Uma saúva carrega vinte vezes seu peso mais ou menos trezentos a quinhentos metros. Nada de comparações com as nossas possibilidades de resistência, anormal e normal. Um homem de setenta quilos suportaria tonelada e meia de carreto... Num ambiente sem ar os nossos pulmões não funcionariam cinco minutos. Num frasco arrolhado cinco saúvas morreram com dezoito horas de suplício. A respiração traqueal deu melhor rendimento no teste. Quantos dias resistem sem alimentar-se? Prendi um grupo durante cinco dias. Ficaram trôpegas e esgotadas mas voltaram ao reino logo que as libertei. Não me foi possível acompanhar uma verificação superior a estes cinco dias.

As chuvas de junho e julho passaram e as ventanias de agosto varreram os céus. Setembro inicia a estiagem segura, tardes lentas, dias ardentes que os crepúsculos refrescam, noites macias, esfriando nas madrugadas prematuramente luminosas.

De meados de setembro em diante abre-se o ciclo das revoadas matrimoniais das saúvas. Os reinos vão multiplicar-se com a doação ritual do sacrifício de milhares de vidas à voracidade dos pássaros, lagartos, aracnídeos e à gulodice humana. A Natureza equilibra o excesso de produção.

Ao redor do formigueiro negrejam as saúvas alvoroçadas. Vão saindo aos borbotões, amontoando-se, circulando numa azáfama a própria massa que se avoluma, inquieta, agitando as asas numa verificação curiosa pelo seu uso.

O sol espelha nos reflexos metálicos da multidão ansiada e viva, de breves saltos de polegadas e correrias de palmos de extensão ao derredor do pórtico donde nunca estiveram. Na diminuta quadra, duas ou três dezenas de milhares fervilham num sussurro abafado e perene, irradiante como a própria música da ansiedade amorosa, impaciente de realização. Nenhuma se afasta do círculo que as atrai como ímã. A multidão alada agita-se, rondando a bocarra do formigueiro para onde não voltará. Içás enormes, soberbas, os ventres abaulados e reluzentes, antenas adejantes, passeiam. Três quartas partes são os içabitus, sabitus, bitus, vitus, menores, mais inquietos, andejos, esvoaçadores.

Súbito, a ordem misteriosa estende o comando que ouviram naquela vez única. Deslocam-se as içás magníficas como dogarezas e o cortejo aflito dos bitus seduzidos. A claridade ofuscadora parece revelar-lhes o mistério do sexo e a missão suprema daquele deslumbrante desfile pelo azul incomparável do céu de verão. As ondas sucessivas alçam vôo raseiro e ascendem nas curvas amplas e harmoniosas da iniciação. Juntam-se os pares no ar na força irresistível da fecundação.

Não é o vôo quase vertical, solitário e orgulhoso da jovem rainha-virgem das abelhas, com seu séquito sonoro de noivos. Içás e bitus rodam, tontos de amor, duas dezenas de metro de alto, no espetáculo de suas núpcias de dois minutos. O macho cavalga o dorso brilhante da fêmea na rapidez do ímpeto criador. A resistência do vento, a ginástica incessante das asas impelem o ar que penetra, violento, pelos orifícios de suas traquéias, comprimindo-lhe o abdome e projetando o membro da vida. Como as abelhas, a junção só se verifica por aquela forma alada e pagã, fulgente, súbita, de asas inquietas na instantaneidade do espasmo que não mais se repetirá.

A içá é agora uma tanajura.

O bitu desce, rodopiante, esgotado, exausto, semimorto, inútil, inerme para águas do pântano onde os peixes aguardam a presa pobre.

As toalhas murmurejantes das içás e bitus fremem ao vento tépido da tarde em cortejos e amores de momentos. É a vez inicial e derradeira daquele alarde faiscante que o sol incendeia de opalas chamejantes.

Todas as aves insetívoras estão pousadas ou revoando, em filas e bandos solidários. É uma outra revoada, bulhenta e voraz, entrecruzando-se, cortando e desenhando arabescos na paisagem das núpcias trágicas da tanajura. São elas, unicamente elas, as desejadas por todos os bicos e mandíbulas, no ar, na terra, nas águas paradas do tanque, na sombra da folhagem muda pela ardência ensolarada. Uma e mais horas de caçada incessante e tumultuosa, riscando a serenidade da tarde no estrépito das buscas acrobáticas.

Pela areia quente os bitus arrastam os minutos agonizantes, asas desfeitas, queimados pela terra de brasa. Nenhum animal os procura. Não têm, como suas esposas perseguidas por todas as fomes aladas, o abdome túrgido, cheio de gordura perfumada de essências de cravo e de laranja.

Mutiladas na parte essencial à propagação, as tanajuras caem procurando cumprir ainda, desesperadamente, a tarefa que lhes confiaram os deuses obscuros de sua raça. Tentam abrir tenazmente um orifício na areia fulva, enterrando-se para construir a primeira casa da futura cidade e depor o primeiro filho da futura população. Morrem antes de qualquer prosseguimento. Por todo ambiente há uma palpitação sonora de amor e de morte.

Algumas tanajuras conseguem gloriosamente satisfazer a finalidade vital. Chegam intactas, os ventres túmidos com toda a reserva existencial do esposo perpetuamente desaparecido, e durante alguns minutos, ouvindo a voz estranha e poderosa do oráculo instintivo buscam no solo o local para abrir o caminho para a vida coletiva que nascerá. Não o poderá mudar. A escolha é definitiva, irrevogável, decisiva. Com as patas ansiosas e as mandíbulas sólidas a tanajura escava, febrilmente, o túnel para sepultar-se. Nunca mais voltará à superfície. Jamais deixará a câmara que, esposa fecunda, encherá ininterruptamente de filhos.

Na cavidade bucal conduz um fragmento do fungo indispensável e sente que a vida do macho estremece na fecundidade inesgotável de suas entranhas.

Para que este vôo nupcial, arrebatador e único? Além de provocar a mecânica da apetência funcional do macho é o supremo processo selecionador entre a multidão concorrente. Será o mais vigoroso, resistente, audaz, apto à procriação forte de uma família poderosa de vitalidade e de seiva prolongadora da espécie. O vôo não é tão subido e arrojado como o da rainha das abelhas, mas na escala das proporções exige aos sabitus apaixonados o máximo do esforço e o cúmulo da tenacidade sexual.

Vento, luz, distância mobilizam-se para o cumprimento ritual desses deveres físicos que representam credenciais de durabilidade e pureza no sêmen doado à esposa voadora e fugitiva.

O primeiro gesto da tanajura, ato que inicia sua existência preciosa, doadora de vidas novas, é arrancar-se as asas, numa automutilação que a consagra adstrita à terra, exilada dos vôos, vinculada ao seu reino e aos seus filhos sem a tentação da viagem e a miragem da liberdade luminosa.

Seus descendentes não fazem migrações enxameadoras, jornadeando para a fundação de outra pátria, conduzindo no meio do bando melódico a velha rainha fiel ao destino do povo que fundou. Ata permanecerá para todo o sempre na sua câmara vestida de penumbra, no silêncio do protocolo racial, recebendo homenagens à sua fidelidade mas alimentando-se como a mais humilde das suas formigas serviçais. Não tem, como rainha das abelhas, mel privativo do seu nível soberano. Exceto a função criadora que a situa acima de toda a cidade, é apenas a mais antiga, a mais respeitável, a mãe comum de todo formigueiro.

Ela é a explicação da vida comum, a garantia da eternidade saúva, Defendem-na, cercam-na de carinhos, de cuidados, de ciúmes. Sua presença é um título de propagação, de continuidade da família. Não a substituem. Não terá sucessoras. Nem conhece herdeiras presuntivas. Dela nascerão rainhas de outros reinos mas ela, velha, semi-inútil, morrerá no seu trono, na grandeza indisputável da sua majestade solitária.

A jovem tanajura, nova Ata, vai criar o seu reino com as forças do seu ventre e o estímulo da tradição perene, direito consuetudinário, irrevogável e perpétuo.

Cinqüenta e oitenta centímetros de escavação furiosa. Uns segundos de pausa para ver se é bastante distância da linha da terra onde há luz, plantas e voam ainda as últimas içás e os derradeiros sabitus enamorados.

Agora a jovem Ata alarga a extremidade do seu trabalho. Alguns centímetros para cada lado. É um aposento do tamanho de uma pequena caixa de fósforos. Cabem três na palma da minha mão.

Este início de reino é que era segredo impenetrável até que um pesquisador brasileiro, Mário Autuori, de competência excepcional, tudo iluminou com a lâmpada de sua tenacidade observadora.

Lá no fundo de sua sala inicial, Ata alimenta a pelotinha do fungo com seu próprio líquido fecal. Apanha o fungo com as mandíbulas, encosta-o à extremidade abdominal e expele uma gota de líquido que o fungo absorve. É alimento e fertilizante. O fungo multiplica-se com um ímpeto que semelha violência. Ata divide-o, alimenta-o e a plantação cresce. Cada fração é uma nova e futura fonte alimentar.

Com trinta dias saem as primeiras saúvas da postura inicial. O fungo não pode alimentar a população nascente. Nos primeiros 120 dias a rainha Ata distribui com os filhos os "ovos de alimentação", cheios de um líquido nutritivo. Cada um guarda apenas uma gota e Ata atende aos filhos como se manejasse um *biberon*. Cada ovo para duas e três larvas. Os primeiros três a quatro meses de vida se passam sem ligação com o exterior. Esta notícia biológica foi uma revelação de Mário Autuori. Dizia-se uma porção de coisas bonitas, inclusive que Ata alimentava o fungo com a substância dos ovos iniciais onde viviam as larvas. O fungo vivia da vida dos primeiros cidadãos do reino de Ata. Mário Autuori descobriu como a rainha arranjava para viver e espalhar a vida ao derredor.

O tempo vai passando e Ata depõe na areia escura mais ovos. Já, há que meses, fechou, obstruindo, o túnel que a trouxera da superfície. Nunca mais subirá aquela ou outra ladeira que a leve ao sol e ao rumor do mundo. Os ovos são larvas e estas passam a ninfas ou pupas, já esboçado o aspecto adulto das formigas. A plantação de fungos, multiplicada na divisão e mantida inicialmente pelas substâncias vitais da rainha Ata, viceja. As pupas deixam sua túnica de seda plástica, rompida pelas mandíbulas maternas. Rodeiam sua mãe e rainha, ainda trôpegas, cambaleantes, mas já sabedoras de sua história e dos direitos e deveres de sua estirpe.

São as primeiras formigas que sugam o fungo, mantido, aparado por Ata, conservadora inicial do micélio. Trinta dias depois a primeira patrulha de cavadeiras parte em missão de abrir um canal comunicante para a flor da terra. Não mais será o caminho que Ata pôde rasgar no dia do seu primeiro e último vôo inesquecível. Este acesso nunca mais será encontrado. Fica no seio da terra como uma veia fechada, um vestígio da estrada para a criação de um mundo novo.

As saúvas multiplicam-se. Chegam, pela primeira vez, da superfície, trazendo a primeira carga de folhas. Ninguém as acompanhou para guiá-las aos tipos vegetais apropriados. Trouxeram a carga excelente, limpa, cortada, oferecida ao micélio. A tarefa entrou em rotina e assim será sempre.

A câmara ampliou-se. Ata está maciça, pesada, imensa, cercada de filhos, a guarda dos soldados fiéis vigiando sua defesa. Outras câmaras surgem. Para guardar as pupas. Para os detritos que restam da assimilação dos fungos. Organiza-se a cidade. Novas comunicações. Cada mês há uma camada de operárias sem sexo, nascida para a servidão perpétua e feliz. Enclausurada toda a vida, não acompanhará o enxame como uma rainha nova da colméia iniciante. Dará, imóvel e fecunda como uma Níobe bárbara, filhos inumeráveis para a batalha contra as plantações humanas pela conservação religiosa dos fungos cujos canteiros se multiplicam.

Agora Claparède e Shadworth Hogson dificilmente explicarão pela mecânica do interesse esta cidade fundada por um interesse sem proveito individual. Como a base da atividade animal é o egoísmo e o sexo, o reino de Ata difere. Não há saúva beneficiada pelo trabalho de uma outra nem há proveito nos deveres de Ata para o seu povo. A tabela das compensações no formigueiro escapa à percepção eqüitativa da lógica dos homens. Como não consentem que fale em ideal relativo às saúvas não haverá outra interpretação para estas vidas votadas ao sacrifício em favor da conservação imutável de sua organização. O ideal da saúva é manter no futuro a fórmula do presente. Nenhuma melhorará de condição, forma de trabalho e destino vital.

O instinto somente se prova pelas reações às provocações da rotina. O instinto de uma caranguejeira não pode prever sua reação ouvindo violino. Para a cristalização das experiências no tempo é indispensável a repetição dos motivos formadores do movimento solucionador, por sua vez soma das provocações anteriores. Diante de novo motivo, apresentado pela primeira vez, o instinto não tem solução alguma. Se a reiteração dos fatos determina uma atitude defensiva em relação aos elementos recentes é que existe uma mecânica de raciocínio. Um animal não pisa espontaneamente brasas vivas. Forçado a atravessar um braseiro, cada um age de acordo com possibilidades que são soluções dadas pela inteligência e não pelo instinto, vocábulo vago e bonito para explicar comodamente quando outra explicação falece.

Meu pai foi vendedor de formicidas e fazia provar nos formigueiros da chácara, justamente na época em que iniciava eu minhas curiosidades de amador sem método. As saúvas reagiram. O instinto não as podia ajudar porque formicida era novidade, novidade terrível, para a rainha Ata e seus filhos. Entupia os canais com terra molhada quando a emanação era de bissulfureto de carbono. Enchia, heroicamente, de corpos de saúvas o túnel condutor se o veneno era cianureto de potássio. Toda a gente sabe que estes dois elementos são fixadores dos primeiros. A terra molhada para o bissulfureto de carbono, e a matéria orgânica, na espécie, pelo ácido fórmico, possivelmente, para o cianureto de potássio. Certamente a solução custou-lhes milhares de vidas e ignoro como alcançaram esta conclusão ou de que formigueiro veterano de fumigações letais tiveram notícia da defesa primária e ocasional. Foram vencidas mas custou. Defenderam-se com as armas da improvisação. Instinto não improvisa.

Inexplicável para mim são as guerras. Inexplicável porque dificilmente formiga de outra raça ousa atravessar os territórios jurisdicionados pela rainha Ata. No comum a guerra é com as formigas irmãs, saúvas legítimas de cidades próximas. A contigüidade é um problema em potencial. E mesmo "não há mando mais mal-sofrido, nem mais mal-obedecido que o dos iguais", ensinava o Padre Antônio Vieira.

Logicamente nunca fui testemunha do início das operações guerreiras nem sabedor da tensão perigosa entre os dois beligerantes. Surpreendia-me vendo a batalha encarniçada e violenta em toda extensão de um dos caminhos que levava os grupos ao saque nas plantações da chácara. Era apenas um corpo-a-corpo primitivo e bravio, formiga a formiga ou patrulhas às voltas com um único e teimoso combatente. De permeio vagavam, distribuindo raros e vagos golpes, os soldados, formigas de aspecto arrogante pela imponência da mandíbula e vulto da cabeçorra, mas insignificantes e covardes pelo lado de dentro, "unicamente grandes no tamanho" como poetava Olavo Bilac dos gigantes Curinqueans. Era a "guarda pessoal" mais de efeito decorativo e intimador que eficiente e real nas horas difíceis. As massas sacudidas no combate foram rareando mas não houve perseguição aos restos destroçados que, individualmente, voltaram ao formigueiro com o amargor da derrota ou da agressão repelida... *et le combat cessa faute de combattants.*

Nunca pude sistematizar o critério dos horários de trabalho das saúvas. Carreiam folhas a qualquer hora, exceto nas ardentes. Pela manhã e pela tarde, com chuva miúda e neblineiro, seguiam obstinadas. O mais comum e tradicional é o serviço durante a noite, não apenas pela temperatura agradável nas regiões tropicais como pela ausência de vigilância e reação de inimigos, incluindo o proprietário das plantas assaltadas.

A rainha Ata parece ter, como as demais espécies animais, limites geográficos à sua expansão. Há barreiras ecológicas para as colunas cortadeiras e possíveis lindes intransponíveis. Deverá ter, logicamente, o seu clima biotópico, zona de utilização. Ultrapassada a linha imaginária mudar-se-ão as condições de conforto ou facilidade aquisitiva. Aparecerão inimigos que serão justamente os habitantes do novo país, intolerantes e patrióticos pela sua terra inviolada. Assim parecem existir zonas delimitadas, embora indecisamente, para a penetração exploradora da rainha Ata e rendimento normal no corte vegetal. Esta presença do biótopo já foi suficientemente pesquisada e expressa para que se possa excluir a saúva ao império de sua provada influência.

As saúvas dormem? Repousam? Não tendo olhos para cerrar as pálpebras coando a luz e dando penumbra propícia ao sossego, à tranqüilidade fisiológica determinante do sono, o povo de Ata não dorme. Mas, como todo ser organizado, queima energia no movimento que é um esforço físico. Sua respiração é traqueal. Dos lados do corpo abre-se uma série de orifícios, e cada um é a extremidade de um canal que leva o ar diretamente aos órgãos do inseto. Não têm eles o aparelho pulmonar distribuidor geral. Têm exigências de respiração, embora em ritmo infinitamente mais lento e daí a exigência é menor para o desgaste orgânico. São proporcionalmente vinte vezes mais resistentes que o homem normal, o homem tipo padrão, para o emprego da força física. Seu esqueleto não é interno, constituído pela armadura óssea sustentadora da estrutura, mas externo, um esqueleto tegumentar, uma substância espessa, córnea, a quitina, revestindo-lhe todo o corpo com uma luva à mão. A continuidade do movimento esgota o inseto e suas marchas são vagarosas, reações lentas. São obrigados a repousar quando lhes chega o índice da fadiga. Repousam, descansam detendo-se. Parados, quietos, reunidos num bloco solidário de fatigados, estão descansando. A imobilidade no inseto é o seu repouso.

Todos nós temos visto as três marchas das saúvas carregadeiras. Uma lenta, certa, mecânica; outra mais viva, mais apressada, sempre em coluna por um, e a última, acelerada, urgente, vezes deixando a formação, atropelando-se alguns indivíduos mais salientes, ligeiros, não querendo perder tempo na obediência do ritmo coletivo. Anda na primeira forma um metro em cerca de dois minutos e na última em sessenta e oitenta segundos. São indispensáveis as condições favoráveis de terreno, relativa horizontalidade, ausência de obstáculos sensíveis e habitualidade do caminho. Em caminho velho anda-se mais depressa. A formiga isolada caminha sempre devagar.

Maurice Maeterlinck, em 1901, publicou *La Vie des Abeilles* e estas se tornaram favoritas literárias na exaltação lírica do evocador maravilhoso. De mais a mais, a apicultura é ciência envolvente e saborosa e as abelhas insetos lindos em sua utilidade sonora e cativante. Não há eloqüência humana capaz de criar um halo de simpatia ao redor do vandalismo sistemático, da presença desnecessária e ausência de qualquer préstimo na rainha Ata.

Quando apicultura é método de criar abelhas, uma sauvologia seria a técnica de mata saúvas. A admiração pela inteligência de Ata é a mesma que teríamos examinando uma aparelhagem eficiente e completa de contrabandistas, organização moderna de ladrões e um sistema impecável para peculatários. Toda aquela ciência é contra nós, em serviço de inimigos e auxiliando depredações e gatunagens permanentes.

Creio, entretanto, que Ata suporta um confronto no domínio da "inteligência" com a sua prima alada, a abelha generosa e prestante.

O cérebro da formiga forma 296 partes do peso total do inseto. A abelha atinge apenas 174. O sentido egoístico, utilitário, prático de Ata não admite a colheita de pólens para fabricar cera e mel, substâncias irresistivelmente sedutoras para todos os animais, tornando a fabricante objeto de perseguição constante pelas gulas e bom gosto dos plenipotenciários e embaixadores da escala zoológica. Fabrica a rainha Ata um produto que a nenhum outro animal apetece e o homem, com o senso mais genial de exploração industrial, despreza e repudia como imprestável. Não há criatura humana capaz de disputar às saúvas o uso dos fungos ou participar do seu consumo.

Para manter sua cultura, a rainha Ata manda seus exércitos devastar as plantações cuidadas pelo homem. Tanto a planta mereça carinho do agricultor ou atenção do agrônomo, mais as saúvas se interessam por ela com auxílios assimiláveis para os canteiros subterrâneos. Quando a abelha trabalha para o homem, o homem trabalha para a saúva. Ajuda-a, auxilia-a, ampara-a. E evidentemente contra vontade expressa do doador *malgré lui*. O homem, três milhões de vezes maior que uma abelha, cobra alta percentagem de um esforço realizado exclusivamente por elas. A saúva, três milhões de vezes inferior ao homem, exige uma cota-parte e vai buscá-la, queira ou não queira o desafortunado sócio. Em alguns lugares do sertão nordestino os plantadores de mandioca costumavam amontoar uma boa porção de manivas à entrada dos roçados. Denominavam a este ato, *a ceva*. Destinavam-na às saúvas, crentes que se contentariam com a oferenda espontânea, respeitando o resto das plantações. Era uma vassalagem submissa à onipotência agressiva de Ata. Para leões, tigres, panteras, uma refeição assim exposta gratuitamente significa armadilha próxima para a captura. A "ceva" anunciava simplesmente uma reverência e uma súplica para que Ata carregasse a dádiva e fosse embora sem maiores avanços em matéria fiscal.

Qualquer apicultor mostra suas colméias com o manso orgulho de um esforço pessoal. Alguns, pela exibição do pormenor e conhecimento das andanças alheias, dão a impressão modesta de haver feito realmente o mel. Quando indicam, na ondulação do terreno devastado, as bocas dos canais que levam aos palácios, almoxarifados e depósitos de Ata, é como se apontassem um acampamento de hunos ou um "descanso" de cangaceiros. Há ódio represado e cólera contida ante o irremediável. Um agricultor adiantado, inteligente e letrado, afirmava: " – Prefiro uma furna de onças a um formigueiro de saúvas!" Estava certo...

A permanência de Ata no seu reinado tenho como superioridade lógica às migrações das abelhas nos enxames anuais. O abandono da colméia repleta de mel, cera, larvas, ninfas, princesas, por 90% da população, acompanhando sua rainha, terá significação essencial para o código da espécie. Fica a colméia farta para que a nova raça a possa povoar sem as dificuldades iniciais. Cabe à rainha, que tudo construirá, e às abelhas, que tinham trabalhado, o destino de outra fundação, no acaso, refundando, com menor rendimento um lar, uma cidade, um reino.

A lógica das formigas é mais poderosa. Cumpre a fundação a uma tanajura, fêmea nova e recém-fecundada, destinada a construir e repetir no tempo e no espaço a mesma tarefa que a rainha velha realizou. É uma exigência de capacidade realística, dura e cruel mas enérgica e de impressionante grandeza bárbara. A jovem tanajura, com o fragmento do fungo na boca, sozinha e sem alimentos acumulados ou servas solícitas, escavará na areia o caminho para a cidade que fundará. Trabalhará, isolada, solitária até rodear-se de filhos que serão cortadeiras, carregadeiras, soldados, e os sexuados entre os quais sua sucessora espera o momento do vôo para recomeçar a tarefa heróica de todas as suas antecessoras. É bem uma escola de coragem e de sacrifícios, moldagem ritual e áspera para a consagração da realeza verídica, provada no exercício da fundação no reino e nos valores imediatos do tino e decisão para eleger o terreno, plantar o fungo e dispor, sem ajuda, o primeiro lar. A futura rainha encontra tudo na colméia. A jovem tanajura deverá tudo construir. A primeira tem os elementos materiais para uma acomodação fácil e farta. A segunda trouxe apenas a herança mental da técnica, a técnica de criar um mundo onde será rainha até morrer.

Por mais sugestivo que seja o vôo coletivo para o exílio e a figura da rainha-moça, servindo-se do mel puríssimo, prefiro ver a tanajura escavando na areia ardente, com o auxílio de patas e mandíbulas, o primeiro degrau do seu trono vitalício.

As formigas comunicam-se pelos breves toques de suas antenas. Possivelmente identificam-se os grupos num reconhecimento recíproco pelas emanações características. Têm um cheiro particular. Perfume nacional. Devem ter, inquestionavelmente, sinais para movimentos de interesse coletivo. Pus um besouro, grande e grosso, num terreno onde raras formigas transitavam. Uma delas encontrou o besouro morto, caça de primeiríssima ordem. Tocou-o com as antenas, andou ao redor, subiu para o ventre do morto, desceu e, precipitadamente, num ritmo acelerado, voltou ao formigueiro. Pelo caminho deteve-se para tocar nas companheiras encontradas, mas não em todas.

Na entrada do formigueiro não havia uma única formiga. A formiga alvissareira mergulhou na abertura mas deve ter andado muito pouco, apenas um segundo. Fizera, naturalmente, o sinal denunciando o encontro de uma coisa útil e valiosa. Um segundo depois dela haver desaparecido, uma coluna espessa de formigas apressadas apareceu e seguiu, rumo certo, na direção onde o besouro estava. Continuou a boca do formigueiro a vomitar formigas durante um minuto. Depois saíram poucas e estas tomaram outro caminho, para outras missões e apenas raras acompanharam o coice da tropa. A formiga alvissareira não tivera materialmente tempo senão de penetrar no formigueiro umas tantas polegadas. Fizera, evidentemente, soar um sinal de alarma, junto a informação da coordenada geográfica, pois as formigas que saíam marchavam em rumo certo e sem tergiversações erradias.

Repeti a experiência umas seis vezes, sempre com os mesmos resultados. Decididamente, as formigas possuem um meio de comunicar-se pelo tato.

Não sabia tratar-se de experiência famosa desse Sir John Lubbock, repetida por Mestre Wasmann.

Outra observação pessoal, não foi provocada, mas espontaneamente oferecida pelas filhas da rainha Ata.

Partindo do portão alcança-se o jardim subindo-se escada. Este era o caminho real das saúvas no assalto às roseiras e pequeninas árvores de fruto. Ataquei as colunas expedicionárias com água quente, fumegante, e tive a alegria de vê-las morrer aos milheiros. Teimavam na conquista e eu na repressão liquidante. Mudaram, então, o horário, aparecendo durante as primeiras horas da noite. Voltei a destroçá-las sem mercê. Ficamos todos vigilantes, com armas prontas. As saúvas desapareceram. Regressando uma madrugada, deparei os regimentos tenazes galgando degraus, outros descendo, carregando folhas. Aniquilei-os com um instrumento imprevisto, um lança-perfume, primeiro a frio e depois guiando, como um lança-chamas, a linha flamejante que as torrou todas.

Como trabalho durante a noite ia sempre verificar se as saúvas haviam voltado ao ataque. A escada estava sempre deserta.

Uma tarde descobri a nova via. Do terraço para a rua há um cano para escoamento de águas pluviais. As saúvas estavam utilizando o viaduto para sua campanha alimentar dos fungos. Mergulhavam na calçada, subiam pelo túnel, saindo no jardim pelo ralo, reiniciando imediatamente as operações. Pude notar que a marcha era lenta e havia uma larga margem de prejuízos na estrada improvisada. O vento canalizado arrancava-lhe as cargas e vez por outra precipitava as mais aferradas no negro abismo de três metros de altura.

A entrada pelo ralo era a ocasião mais difícil por causa da ventania e as saúvas pagavam caro o transporte de folhas. Aquelas que levavam maiores fragmentos eram sacrificadas fatalmente. O vendo incidia sobre a superfície apresentada pelo pedaço da folha como se soprasse numa vela de embarcação. A folhinha voava levando a formiga como passageira gratuita. Algumas largavam o carregamento logo às primeira lufadas. Outras obstinavam-se em conservá-lo e eram sacudidas nos ares, desaparecendo no escuro do esgoto. Creio que se o caminho novo fosse o habitual, ou tivesse sido nalgum tempo, estas dificuldades estavam solucionadas. Tratava-se, evidentemente, de uma experiência em matéria de transporte.

Não é possível falar em formigas sem evocar a cigarra boêmia e vadia, cantora do sol, suplicando o empréstimo de víveres para atravessar o inverno, o inverno europeu. E a resposta desdenhosa da formiga:

> "*Vous chantez! J'en suis bien aise.*
> *Eh bien, dansez maintenant*"...

que La Fontaine imortalizou. Bem diversa é a verdade. O episódio era impossível porque não há cigarras no inverno. As larvas estão sepultadas na terra e sairão na primavera. As cigarras cantadeiras morrem antes desta estação.

J. H. Fabre examinou a história e chegou, documentadamente, às conclusões opostas. Para começo de conversa, *La Fontaine ne l'a jamais entendue, ne l'a jamais vue. Pour lui, la célèbre chanteuse est certainement une sauterelle.* Tristeza saber que La Fontaine nunca viu nem ouviu uma cigarra. E que a cigarra citada na fábula deliciosa é um gafanhoto!...

A cigarra não precisa das vitualhas da formiga nem do seu menor auxílio. A cigarra não pode servir-se de coisa alguma dos armazéns formigueiros. Alimenta-se de humos, sumos, seivas vegetais. No estado larvar já aproveita as raízes subterrâneas para alimentar-se por sucção. A formiga não lhe podia ser útil mesmo compadecida e caridosa.

Certas formigas, moscas, vespas, percevejos é que se socorrem da cigarra, precisando quase indispensavelmente das sobras de sua refeição farta e preciosa. A formiga (não a saúva) é que é pedinte, suplicante, requerente.

Julho na Europa, dezembro e janeiro no Brasil, no áspero calor do verão, a cigarra perfura a casca das árvores com sua agulha oca, levemente torneada em espiral, e suga a seiva refrigerante inesgotável. Como seu canto independe do órgão sugador, continua a cantiga interminável e gloriosa em louvor ao sol. Assim, sugando e cantando simultaneamente, é um inseto feliz. Ao seu derredor, esgueirando-se entre suas pernas compassivamente erguidas, subindo-lhe pelo dorso vibrante, trepando-lhe pelas asas, dezenas e dezenas de formigas, vespas, moscas, percevejos escuros disputam as gotas da seiva vegetal que escorre, trazida à superfície pela poderosa bomba de sucção da cigarra.

O número de insetos que parasitam os saldos alimentares da cigarra cresce sempre e, como registrou Fabre, consegue expulsar o técnico daquele poço artesiano que voa para outro ponto, deixando os intrusos no gozo efêmero de um aproveitamento depressa extinto porque, faltando a sucção, a seiva não mareja na casca. Noutra árvore, a cigarra repete a operação perfuradora que atrai o séquito de formigas, especialmente de formigas, saciando-se com o esforço único da cigarra.

Mas o povo de Ata defende-se da lenda porque não mantém relações com a cigarra. Entre outras distâncias, separa-as o alimento. Cigarra não pode comer o fungo que é a delícia única das saúvas.

Por este e outros valores é que o Rei Salomão citou-a no *Livro dos Provérbios;* citou-a porque M. Hope está convencido de que o rei-sábio referia-se a Ata *(Transactions of the Entomological Society of London,* II, 213).

Por isso, Sir John Lubbock admitia que as formigas, e não as abelhas, reclamassem o segundo lugar, depois do Homem, na escala da inteligência.

Enquanto rola o hino de suas glórias, as duas filas silenciosas de saúvas vão e vêm carregadas de folhas verdes, despovoando de beleza o resto do quintal, obstinadas, submissas, indomáveis, terríveis em sua humildade, mantendo na perpetuidade do tempo o signo imutável de sua raça assombrosa...

Fu ou o mistério da simpatia

O pecado do sapo é a feiúra.

Setença da velha Nicácia, cozinheira de meu pai

*F*u nasceu dentro de um dos 30 mil ovos que sua gorda e solene progenitora largou na água tranqüila da lagoa, ligados no mesmo cordão albuminóide que se estirava em oito metros. Naturalmente os hóspedes desta tira ovífera não resistiram todos. Nem a metade. Para falar franco, nem um décimo e sim fração ainda apreciável mas relativamente ínfima: – oito! É um grande, obeso, solene cururu de vinte centímetros, mosqueado de negro e vermelho sobre fundo gris. Parece que Velasquez limpou no seu dorso os pincéis com as tintas habituais. A bocarra sem dentes alonga-se indefinida até depois dos dois grandes, doces e lindos olhos cismadores. As patas sólidas, robustas, arqueadas como braços de lutador, sustentam o peso de mais de um quilo de orgulho, imponência e lentidão.

Tem quase oito anos de idade e chegou à maioridade fisiológica apenas há três. Dizem-no *Bufo marinus* e outros *Bufo acqua*, mas Fu ignora estes apelidos inexpressivos. Mora no fundo do quintal, debaixo de pedras perto do tanque, há bastante tempo.

Apenas uma vez cada doze meses abandona a circunspecção natural e foge, aos pulos, trôpego, desgracioso, risível, atraído pela orquestra disfônica dos colegas que berram apelos amorosos nas margens da água imóvel da lagoa próxima, além do campo. Pouco menos de uma hora de percurso.

Lá chegando, se inscreve na livre concorrência e entra com os altos roucos coaxos prestigiosos na protofonia aliciadora das fêmeas, seduzidas pela maravilha musical.

Disputa, afastando os concorrentes com a solidez muscular, a posse das noivas, elegendo a mais fornida e serena a quem abraça, pondo o ventre na espalda da noiva, num amplexo que dura horas e horas, dentro da água quieta e acolhedora.

Segura-a fortemente pelas axilas, pondo à prova a tenacidade dos braços onde há tensão de seiscentos gramas em cada um. Não fica o casal imóvel no natural embevecimento da junção mas se desloca, aos saltos ou passos arrastados e mesmo a desposada não recusa abocanhar alguma coisa digna do seu apetite. Fu é que não larga a posição conquistada e neste exercício de equitação sexual deixa o tempo passar sem notação de maior.

Num dado momento a esposa se adelgaça na expulsão dos fios ovíferos. Fu irriga-os com seu esperma. Está feita a fecundação.

Ainda parece muito próxima da ictiofauna mas Fu sabe que é um gozo sempre que se expele algum líquido do organismo. Não lhe importa semelhar, neste particular, aos peixes. O prazer compensa a pilhéria da comparação. As núpcias podem durar semanas. Difícil é defender a posse com a onda dos machos desocupados e aflitos pela ausência de trabalho. Fu distribui coices e ameaça dentadas fictícias com sua boca assombrosa mas destituída de armas positivas. O abraço em que se funde, ciumentamente, garante-lhe a propriedade da escolhida. Quando afrouxa os braços é para soltar-se de vez, o ingrato.

Regressa no mesmo ritmo sincopado ao canto de muro de sua residência, junto do tanque onde a bica escorre água triste duas vezes por dia e Dica, aranha-d'água, passeia sua esbelteza solteirona, leve e sutil.

Os filhos atravessarão os estágios remorados de girinos, caudados e feios como pequenos monstros. Depois da forma larvar terão aspecto do tipo racial e avançarão no aperfeiçoamento. Precisarão de sessenta meses para o nível de adultos. Que diferença das filhas da rainha Ata, trabalhando, já aptas e dinâmicas, com cinqüenta dias de nascidas!...

Que tem Fu com estes problemas? Cumpriu sua missão. Não lhe compete tarefa alheia àquela que realizou com precisão e segurança.

Voltou à sua mansão, às pedras, junto do tanque melancólico onde uma velha folha bóia, em giros concêntricos, ao empurro da corrente mansa e limitada.

Como todo réptil, adora a penumbra, o recolhimento silencioso nas horas de calor, balbúrdia e tumulto na excitação luminosa do encadeamento solar. Agachado, ventre na altura do solo, batendo o papo mole, semicerrando os olhos luminosos, *lentus in umbra,* deixa o dia morrer...

Com o anoitecer vai à caça com majestade. Fixa inicialmente os lugares táticos para a subseqüente ação estratégica. Não gasta energias numa perseguição inútil ou parcialmente proveitosa. Escolhe os centros de interesse, encruzilhadas, pontos preferidos pela caça onde aguarda a presença com um ar de quem preside o parlamento.

Raros atinaram com a inteligência bufonídea e ninguém jamais apresentou o cururu como exemplo de atividade útil. Curioso é verificar que ele não perde, ou perde em proporção mínima, seus pulos e não há menção de haver-se enganado na exata situação do miradouro caçador. Para nossa perspicácia finória não há dedução justificativa de Fu permanecer em determinados sítios aparentemente vazios de interesses vitais. São exatamente estes os melhores e mais abundantes escoadores de caça viva, voante e rápida, no nível aquisitivo do salto e da bocarra aberta e glutona.

Vermes preguiçosos, larvas ondulantes, insetos atrevidos são os manjares do cardápio habitual. Não os podendo mastigar, engolindo duma vez, cabe-lhe direito da escolha no tocante à sua consistência, sabor e maciez. Raríssimas vezes a bocanhada é enganosa. Vezes, sucede, o besouro é demasiado áspero e armado com excrescências agressivas que impossibilitam uma assimilação delicada e subitânea. Fu expele-os pedindo mudamente desculpas pelo erro técnico. Lá um ou outro coleóptero, indignado com a tomadia total na própria boca de Fu, fere-a forte e fero, obrigando-o à restituição imediata, babado e íntegro. Os momentos mais intensos são os do encontro com as nuvens espessas de mosquitos ou moscas noturnas que esvoaçam, num bailado sem fim, num volteio consciente, de ordem estética incompreensível, num só recanto, ascendendo e descendendo, numa voluta espiralada como onda densa de fumo. Num lado, calculadamente imóvel onde uma voluta descreve sua volta leve, Fu saboreia, em bocanhadas sucessivas, miríades que valem como liliputianas frações de carne viva.

Com o leve esfriar da madrugada é que Fu em passo trejeitado e contínuo regressa ao lar. De volta ainda apanha um ou outro besouro erradio e boêmio. Jamais pende para o lado do mamoeiro, das árvores perto da velha calçada porque aí reside a ondulante elegância famélica de Raca, a jararaca flexível e passeadeira noturna.

Nestas horas escuras seu vulto maciço e silencioso perpassa, impreciso, por quase todos os recantos do quintal, numa muda pesquisa misteriosa.

Fora do quintal, além da estrada torta e deserta, brilha a derradeira lâmpada da cidade distante.

No alto do poste negro a luz derrama sua doce claridade para as coisas humildes e simples. O círculo de metal que a encima projeta a luminosidade para uma área que o capim esverdeado e poeirento delimita. Ali vivem um drama de atração imediata e trágica, besouros, mariposas, mosquitos, em voejo teimoso ao derredor do globo que guarda aquele fulgor de encantamento, deslumbrando a noite, revelando os movimentos dos animais pequeninos, aprisionados à sua magia perene e dos que andam e se arrastam no solo, igualmente seduzidos pelo poder radiante do clarão feiticeiro.

Fu é cliente da festa maravilhosa mais ofuscadora nos escurões do verão. Embriagados pela irradiação que lhes perturba o equilíbrio íntimo, besouros, mosquitos, mariposas tornam descendentes pela fadiga os círculos tornejantes ao bojo de vidro resplandecente, e ficam volteando, obstinados, tontos, ébrios, ao rés-do-chão, justamente ao alcance da bocarra de Fu que os apanha, incontáveis, passando-os da intensidade clara para as trevas do estômago.

Outros bufonídeos comparecem fascinados mas sem que percam o sentimento interior que os aproxima das presas cobiçadas. A linha circular dos grandes sapos imóveis representa um friso, onde o plano prosaico da alimentação completa a visão nas alturas dos vôos lindos de insetos enamorados unicamente pela atração fulgurante da lâmpada solitária. Lá embaixo os parados cururus de imensos olhos materializam o nível terreno do utilitarismo, aproveitador incessante da luta desinteressada, nobre e superior dos alados Romeus da Julieta refulgente, inacessível e próxima. Quando a insistência do voejar ao redor do sonho cintilante esgota as reservas da resistência, vão decaindo, baixando, fiéis ao mesmo desenho movimentado mas em descensão insensível e contínua até o inferior onde ronca, cavernoso e rouco, o coro profundo dos cururus.

Ninguém concebe que aquela lâmpada destinada a iluminar o caminho seja cúmplice dos escuros sapos que se arrastam na penumbra, e como as formas leves, aladas e graciosas, feitas para a vida ao ar e à luz, livres e altas, fiquem palpitando nas mandíbulas espumantes dos cururus terrestres e enlameados.

Graças ao auxílio da luz ofuscadora, Fu pode deglutir mariposas de asas trêmulas e sonoras, transparentes e brancas como feitas de seda de ventarolas do Japão. Seriam destinadas a uma morte fulminante nos altos do céu, no encontro com um pássaro de penas luminosas, jamais à goela úmida, rubra e lôbrega de um batráquio rastejante. A cúmplice de Fu é a lâmpada solitária que clareia o fim da estrada silenciosa.

Não me interessa, olhando-o majestoso, soberbo, importante como um mandarim do Celeste Império, sua secularíssima tradição mágica na cultura do mundo, símbolo das fontes de água viva ou da vulva feminina, animal encantado, perturbador e sinistro, amigo fiel das feiticeiras e com elas queimado nas repressões aos *sabbats* sacrílegos.

 Interessa-me perquirir dos segredos do sentimento humano da "simpatia", as reservas irreveláveis de sua mecânica, a imprecisão do pronunciamento, as injustiças de sua fragrância funcional. Fu é o mais expressivo motivo para o solilóquio modesto.

 Certo que a simpatia é sempre uma relação, concordância, interdependência de sentimentos, mesmo no raro quadro da previsão, da antecipação, da intuição, há uma base inconsciente de interesse no convívio. Esperemos uma retribuição ideal na simples oferta daquela amizade em potencial, possibilidade ampla para o futuro entendimento que o afeto consolidará. Mas este obscuro interesse inconsciente não credencia, na inicial, o halo de força atrativa que a simpatia determina. Todas as teorias de afinidades intelectivas e "átomos em gancho", vinculadores da cadeia amistosa, são apenas esboços de explicações intelectuais para um sentimento imediato e poderoso em sua força indefinível e profunda.

 Há mesmo a permanência simpática para elementos inúteis ou descuidados da reciprocidade humana. Há criaturas mais receptivas que irradiantes. Há os conhecidos devotos do *venha-a-nós* e serenamente esquecidos do *o-vosso-reino*. Aqueles cujas mãos exercitam o movimento único da contratação muscular no ato do recebimento e nunca a distensão generosa na doação, no oferecimento, na entrega. Mesmo assim, justificamos pela diversidade de temperamento, originalidade pessoal, mania de egoísmo desculpável, a retenção nas trocas que mantêm as amizades vulgares e comuns.

 Intimamente, a base da simpatia é a utilidade. Utilidade secreta, recôndita, possivelmente jamais efetivada mas existente, viva, provável de ação exterior.

 Não são, entretanto, os tipicamente simpáticos os que são funcionalmente úteis. A utilidade não inclui na escala dos valores recíprocos a simpatia. Há criaturas admiráveis, indispensavelmente úteis e inenarráveis, insuportavelmente antipáticas. Que chegamos a dispensar o auxílio generoso, oportuno, espontâneo, pela necessidade de afastá-las de nós, livrando-nos do invencível, injustificável, cruel constrangimento que suas pessoas provocam, despertando-nos misteriosa, ilógica, desumana repulsa. Vezes defeitos são elementos colaborantes para uma atração sedutora, inexplicável, poderosa. Há seres que debalde lutam para a conquista deste sentimento que entregamos, graciosamente, à primeira vista, a desconhecidos.

Aracnídeos e cobras despertam repugnância, asco, pavor instintivo. Raca, Licosa, Titius, Gô determinam movimentos inconscientes de afastamento, de defesa, de nojo. Fu consegue apenas ser antipático. A feiúra de Niti ou de Sofia tem admiradores. Haloam-nos versões clássicas de lendas, sabedorias, presenças divinas de deuses que antigamente receberam tributos e fizeram milagres.

Quando se vê Sofia, grave, silenciosa, piscando os olhos familiares à deusa ateniense, há uma impressão vaga de que ao seu derredor "outrora retumbaram hinos". Titius, Gô, Licosa, Raca chamam desejos de morte, de anulá-los, esmagando-lhes a vida agressiva, rebelde, indomável. Fu pede apenas a imagem de uma reação parcial que o faça sofrer. Não se pensa em matá-lo mas em dar-lhe sofrimento, tortura, humilhação. Não aparecem os valores úteis de sua voracidade indiretamente benéfica. Vale, soberanamente, sua triste, grotesca, lamentável hediondez.

Fu, tomando-se em média uma boa noite de capturas abundantes, livrará o homem de cerca de quinze quilos mensais de insetos, vermes e mariposas. Não incomoda pelo canto porque a sua família, anfíbia mas eminentemente terrestre, é quase silenciosa, como deviam ser certos programas de rádio. Sua presença nos recintos iluminados é sempre uma perseguição aos inimigos comuns. Não está ali para perturbar a festa mas para livrá-la de adversários temíveis. No comum, enxota-se a Fu e os adversos voam e roem livremente. Esta liberdade explicar-se-á pelo tamanho dos perseguidos e pela ausência de concordância estética nas feições de Fu.

Assim, a simpatia é um sentimento provocado pela harmonia exterior do simpatizado. Nenhum outro elemento influi preliminarmente.

A tradição do sapo venenoso merecia pequena divulgação no tocante à sua periculosidade. Fu possui realmente peçonha, distribuída com inteligência pelo dorso, em bolsas, as duas maiores, as paratóides, atrás da cabeça, como inchações que lhe alteassem os ombros. Mas este veneno só pode ser projetado por compressão. É preciso que alguém comprima os sacos para que o veneno esguiche. São órgãos pura e totalmente defensivos. A prudência de Fu foi obter que, pela sua disposição, as glândulas segregadoras fiquem normalmente prontas a ejacular a peçonha dentro da boca do animal que o abocanhar. Se uma cobra morder Fu largá-lo-à imediatamente porque o veneno na mucosa é de penetração inconcebivelmente violenta. Via de regra a cobra morrerá, exceto se for a boipeva e congêneres, imunes por nossa infelicidade. Assim, arrisca-se um tanto quem agarrar Fu, apertando-o por coincidência nas paratóides, lugar próprio para ser apertado e decorrentemente sede natural da reação. Mas a pele é uma muralha respeitada pela peçonha de Fu. Para ação mais séria convém que a pele esteja dilacerada. Assim verificar-se-á contaminação. Para que alguém fique envenenado por Fu é indispensável prestar colaboração prévia e acentuadamente minuciosa ao pacatíssimo agressor. Para Fu tornar-se criminoso é lógico que a futura vítima ofereça generosamente todos os elementos de amável cumplicidade.

O veneno de Fu não lhe serve de arma de caça nem ofensiva. É semelhante às unhas do tamanduá-bandeira ou às cerdas do porco-espinho. Indispensável aproximar-se do animal e pôr-se em posição que lhe facilite o golpe. Doutra forma a peçonha de Fu é apenas de efeito moral. Veneno de sapo! Longe dele!...

Nunca me foi possível estudar de perto a fama hipnótica dos olhos de Fu. Seu olhar demorado e fixo parece-me, até prova expressa em contrário, mero e natural cuidado em acompanhar a possível presa em suas evoluções ou marcha descendente até o alcance do seu salto, salto lerdo para qualquer presa relativamente ágil. Já tenho presenciado o longo namoro de Fu com um coleóptero e a imobilidade promissora deste, deixando-o aproximar-se, com dignidade, até centímetros quando o besouro vai-se embora deixando Fu indignadíssimo. Parece que o aparelho fascinador estava descarregado.

Também não julgo extenso e satisfatório o conhecimento entomológico de Fu. Tenho-o visto abocanhar besouros e restituí-los depressa à liberdade, ficando de bocarra aberta, visivelmente arrependido da tentativa de deglutição. Dizem-me que ele, agarrando um potó-pimenta, fica uma hora babando de pura penitência ou delongada contrição por todos os pecados anteriores. Apesar de veterano (embora não tenha vinte ou trinta anos de idade) Fu ainda não distingue com segurança entre besouros facilmente assimiláveis e certos escaravelhos que não admitem promoção à classe dos acepipes. Estes enganos não constituem raridade. Têm sido até filmados, para descrédito da perspicácia de Fu.

Mistério é a sua fragmose. É o hábito de vedar a entrada da toca com seu próprio corpanzil. Emocional atitude para animal que possuísse e defendesse a fêmea e os filhos. Mas nem mesmo a ocasional e efêmera senhora Fu dá-se ao trabalho de criar a filharada. A fragmose deve ser vestígio de uma ação que se perdeu, uma sobrevivência nos costumes atuais do bufonídeo. Ato sem significação razoável na sua ecologia, inexplicável como fato iterativo. Posto de vigia será o primeiro agredido numa invasão.

Pelo que me conste, Fu é inteiramente destituído de qualquer resquício de valentia. Nada tem a defender ou guardar, exceto a vida, e esta colocação é mais ostensiva ao ataque que reservada à defesa.

Não se trata de respiração. Fu respira pelos pulmões e tem mesmo um auxílio cutâneo para a operação. Respira como nós bebemos água, aos sorvos. Ele bebe, engole o ar. Será que a fragmose seja um simples processo de comodidade respiratória? Não é, evidentemente.

O cururu não conhece a fecundação interna e seu exagerado abraço apenas é auxílio, naturalmente indispensável e decisivo, para que a fêmea expulse os óvulos que ele fecunda externamente. Participa dos dois processos. O fato positiva sua antigüidade assombrosa mas não é documento nem possível dedução para a imagem sempre grata do sapo criando os filhos, alimentando-os, fazendo grupo amorável em companhia da esposa. A separação é logo a seguir à ejaculação fecundadora e os atos de união subseqüentes têm o mesmo final desamoroso. Por que então Fu obedece a um misterioso instinto de guardar a entrada de sua toca solitária, defendendo-a com o próprio corpo? Para que esta famosa fragmose e qual sua origem? Fu conserva um majestoso silêncio relativo ao assunto.

Caiu a noite e o grilo estridula um canto insistente e alto. Fu abandona com solene lentidão sua toca, perto do tanque, e trejeita o andar canhestro e capenga na pista dos insetos viciados ao sacrifício.

O quiriri noturno sussurra nas mil vozes confusas e vagas, acordadas para a batalha nas trevas. Não caíram ainda as primeiras águas despertando a saparia barítona dos charcos. Os anuros foram os primeiros vertebrado a emitir som. Nas cartilagens formadoras da laringe há um par de dobras da parede interna valendo cordas vocais, rudimentares mas reconhecíveis e ainda sacos vocais que dilatam a pele externa da garganta, servindo de ressonadores. Tanto elogiam o grilo e a cigarra na classe dos cantores mas esquecem o sapo que, cronologicamente, iniciou a série produzindo não os ruídos rítmicos que poeticamente se tornaram "cantos" mas emissão vocal, som que nasceu da vibração de cordas especificamente destinadas a esta função. Não esperem concatenação e seqüência rítmica, marcando um desenho melódico, primário e pobre. A cantiga do sapo não impressiona no conjunto mas algumas notas são puras e de beleza real. As notas profundas ressoam como os "graves" soltos de certos instrumentos de sopro e há nalguns as claridades matinais, agudas e transparentes, de flautim.

Impossível atinar-se por que e como o grande cururu imaginou e deduziu que a luz da lâmpada distante esteja atraindo, hoje muito mais do que ontem, os fiéis deslumbrados do seu vermelho clarão.

O vulto maciço, atlético, desajeitado, sombreia o bordo da calçada, passa o túnel de Gô, ladeia a goiabeira onde o canário dorme e, de um salto, pesado, vagaroso, seguro, mas com a decisão de um programa deliberado, transpõe a brecha do muro e some, dissipado, diluído no escuro da noite tropical.

Canção da vida breve

> *... cousas do mundo, humas que vão, outras que vem, outras que atravessão, e todas passão.*
>
> Padre Antonio Vieira: *Sermão da Sexagésima,* 1655

Ao pôr-do-sol, na hora doce da luz tépida, o quintal se cobriu de neve. Uma neve branca, perolada, com longes de azul e nácar, descendo em ondas sucessivas e frementes, numa agitação que enchia de sussurrante música imperceptível os galhos oscilantes e as coisas imóveis. Tijolos, telhas, a face do tanque humilde, a pirâmide residencial, os tufos das samambaias, as folhas dos crótons e dos tinhorões, o triste capim atapetador, as roseiras floridas no abandono, recobriram-se de um manto trêmulo e sutilmente sonoro de asas inquietas.

Eram as efeméridas.

A aragem lenta da tarde arrastando-as da lagoa, atirava-as como nuvens palpitantes de confete para a melancolia dos quintais despovoados. Tudo se transformou sob aquela grandeza feita de mínimos, oceano sem fim onde se viam as gotas que o constituíam. Uma como cantiga silenciosa e perceptível tremulava no ar, fazendo-o colorido e palpável pelas miríades e miríades de efeméridas volteando, tontas e leves, na ânsia do amor e da morte na tarde vagarosa de verão.

Viveram em metamorfoses, da larva aquática ao animal adulto, vinte mudanças de pele, três de forma, em 36 meses de mutação. Agora, com dois pares de asas reticuladas, o corpo de um centímetro prolongando-se em três fios delicados e impalpáveis, atravessam o espaço num bailado deslumbrado de emancipação e de sacrifício.

Todos esses anos de preparação orgânica convergiam para o destino de fazê-las nascer no mesmo dia para que tivessem o esplendor de uma única iniciação coletiva.

Este é o dia da maravilha do vôo, ostentação suntuosa de cores claras, cintilantes e luminosas, nas derradeiras claridades do crepúsculo. É sua festa única, primeira e final, experiência e despedida da força impulsionadora das asas e do sexo. Durante três anos foram criadas para viver uma hora frenética, impaciente, imortal. Uma hora de intensidade total como nenhuma outra espécie. Toda a tentação da Natureza generosa sacode-lhes o corpo num desejo que deve ser satisfeito em minutos. Desejo de movimento com as asas de seda transparente. Fome de amor para a vibração do sexo ainda virgem de contato.

Não se alimentarão. Não têm boca nem aparelho intestinal. Não levarão da terra senão as lembranças do vôo espiralado e junção fulminante. Sua massa impalpável e sem conta cairá sobre as águas da lagoa num lençol de metros e metros e numa elevação de centímetros, cevando, fartando todos os peixes. Os quintais vizinhos estão mudados em jardins suspensos e ondulantes, naquela palpitação que enche os telhados, escorrega pelos beirais, juncando o solo de prata que estremece. Para qualquer direção o olhar avista somente o turbilhão das asas minúsculas esvoaçando sua dança de alegria mortal.

Milhões de casais revoluteiam nas núpcias luminosas e trágicas. As fêmeas fecundadas deporão na água o ovo brilhante e pequenino como uma jóia, para viver três anos e sonhar a participação naquele espetáculo tempestuoso de júbilo e de dor instantâneos.

E todos desaparecerão, esgotados, evaporada a essência vital nos diminutos corpos de seda reluzente.

Que mudança nos hábitos do canto de muro! Todos os animais deixaram suas tocas. Os pássaros prolongaram o expediente das caçadas. Os insetos e batráquios anteciparam os horários da colheita vivente. Mandíbulas e bicos fartam-se naquele pasto inesgotável e fácil. As efemérides voam ao rés-do-chão, tentando os apetites. Na altura dos ninhos, outras colunas densas piruetam, sedutoras.

O ar fica cheio de asas, somente asas sem corpos, flutuando como destroços do mundo desaparecido e veloz. E vêm descendo como pétalas brancas, lentas, bem lentas, para enfeitar o chão.

Toda a região teve a visita da multidão estranha. Os ventos da noite levaram para longe os cadáveres alados que desafiavam a gravidade. Ainda pela manhã a luz mostrará uma ou outra asa pairando, indecisa, no alto, inacreditável, tênue, melancólico vestígio da prodigiosa aventura...

Não raro, nem comum é o vento nordeste sacudir uma onda interminável de borboletas alaranjadas, com laivos de açafrão nas asas impacientes. O grosso da expedição passa mais alto, por cima das árvores, dando uma breve sombra fugidia de sua multidão. Miríades pousam em descanso fortuito que a fome animal muda definitivamente a estada. Diz-se apenas "enxame de borboletas" mas é o panapaná, a migração em massa, miraculoso caudal, vida que alaga o quintal como numa ruptura de porta de água. São como uma vaga de asas trêmulas, oscilando em cadência ou ficando paradas, a prumo sobre o corpo, expondo as cores atraentes numa amostra curta de beleza emigrante. Árvores, telhas, recantos desaparecem sob as camadas vivas que ficam, num frenesi, voejando rasteiras, subindo em perpendicular e caindo nas verticais como se faltasse alento substancial para a jornada maravilhosa.

Gabriel Soares de Sousa viu-as (1587) cobrindo dez léguas de lonjura entre a cidade do Salvador à outra banda a baía, num dia inteiro de desfile. Henry Walter Bates olhou-as, de sol a sol, perto de Óbidos, em dois dias de trânsito incessante. Detiveram, com sua massa palpitante, o navio em que viajava Teófilo de Andrade no Rio Paraná, em ciclo de desova que lhes custava a vida.

Vão do norte para o sul e não deixam no recinto do quintal nem uma relíquia de sua futura descendência. Trata-se de migração misteriosa, para fins de acomodação vital, fugindo a algum inimigo invencível e novo. Não são comuns nem raras. Afogam com o volume exuberante as fomes das espécies famintas. Durante horas atravessam os terrenos, abatendo-se aos milhares, perdendo-se no capim curto, entre as pedras, nas barrocas lacustres, imóveis nos montes de folhas secas que o vento amontoou. São as patrulhas exaustas, as colunas trôpegas, extenuadas, pousando para sacrificar-se no descanso que significa possibilidade de morte. As águas da lagoa próxima e do pequeno tanque desaparecem sob suas asas de cores pálidas, levemente agitadas por um sopro de vida.

Os animais, vorazes e atrevidos nos primeiros momentos, recuam diante daquela caça que se tornou agressiva na passividade e desprestigiada pela esmagadora abundância. O chão parece vestido de asas de ouro-claro e açafrão. Bruscamente retomam o vôo lerdo, batendo muito as asas, tentando acompanhar o estado-maior distanciado no céu crepuscular. Vão ficando pelo caminho, perdendo a formação regular, abatendo-se nas curvas, desgarradas e fracas, semeando no percurso da viagem um raro terreno de corpos e asas despedaçadas.

Na manhã seguinte ou no correr do dia inesperadamente reaparece uma borboleta aturdida de sol, retardatária, em vôo desesperado e último ao rés-do-campo, despedindo-se da vida breve. É uma surpresa vê-la erguer-se dos recantos ignorados e mostrar um instante, como cavaleiro perdido em campo inimigo e cruel, as cores heróicas de sua falange desaparecida.

Os que habitam o canto de muro sabem destas vidas intensas e luminosamente passageiras. Apenas homens de estudo conhecem outras existências que a limitação do volume tornou invisíveis para os interesses comuns da terra. Jamais figurarão nos livros de imaginação, romance ou poemas, porque não apareceram ao alcance dos olhos criadores de romancistas e de poetas. No comum dos volumes estão indicados nos vagos *etc.* generalizadores. São quase animálculos, revelados pelas réstias de sol, tornados sensíveis quando próximos, passeando num rebordo de folha ou subindo, laboriosamente, por um grão de areia. Voando, soltos, libertos, em pleno ar, são invisíveis. Parecem grãos microscópios de uma semente que estremece sob nossos dedos rústicos. Têm uma história, uma fisiologia, uma vida organizada, costumes, idiossincrasias, prazeres, vícios, paixão, lutas, amores. Têm um lar, uma fêmea, filhos, épocas de paixão, ciúmes, zonas ecológicas em que vivem, migrações, viagens e, quem sabe lá, heróis famosos, memórias de façanhas, de jornadas valentes através de mundos terríveis, talvez do tronco da mangueira ao primeiro tijolo da pirâmide. Conhecem animais monstruosos como Licosa e Titius, numa sensação semelhante à nossa deparando dinossauros em vez de elefantes e plesiossauros no canto dos lagartos familiares. Devem sentir dor, sono, cansaço, raiva, ódio, fome. Devem ter amigos, desafetos, antipatias, companheiros, aliados, cúmplices. Nunca os podemos ver, a olhos nus, como realmente são. Obras-primas de delicadeza organizada, de precisão fisiológica, de exatidão funcional, têm raríssimos amigos entre os homens e nunca mereceram, numa página exclusiva, o registro indispensável de sua biografia sedutora.

Todo este esplendor vive horas, dias, semanas, meses apenas. Sem ele várias espécies pereceriam e na falta destas uma cadeia inteira de utilidades relativas ao homem deixaria de existir. Aquela partícula vibrante que se debate, como uma poeira que é o seu grupo, num raio de sol, é o alimento que, de grau em grau, atinge o rei da Criação numa dependência de necessariedade preciosa.

Há nele substâncias químicas indispensáveis a outras vidas superiores e escravas de sua existência. Sua presença invisível é tão poderosa como um ácido para os mistérios da fermentação, de uma base, de um sal. Ele representa na sua humildade um elo infalível na seriação vital.

Estes bandos de libélulas lembram os velhos monoplanos do meu tempo de menino. Monoplano de Blériot que atravessou o Canal da Mancha, o *Demoiselle* de Santos Dumont. As duas asas extensas garantem aos olhos profanos uma base de sustentação absoluta. Os dois grandes olhos salientes são faróis. Apenas voam com as patas pendentes, sem recolher o trem de aterrissagem. Não têm deslocação silenciosa e sim atritam como simulando o pequeno motor. Nada têm de decorativas e sim figuram como aviões de caça aos insetos, colhendo-os no ar e indo devorá-los num galho, como fazia um gavião astuto. Mas é um encanto quando descem num vôo picado à superfície do tanque e tocam-na, de passagem, como provando a estabilidade incomparável do aparelho. Não foram beber água. Aquele salto vertical foi uma manobra de caça. Agarram com as mandíbulas de aço fino um besourinho que corria e que nenhum olho humano jamais há de ver sem um cristal aumentador. Mesmo no tanque há uma ou outra mancha lívida, lembrando longinquamente umas gotas de óleo, tornando mais densa e visível a superfície. São apenas os planctos. Ali estão microanimais e vegetais responsáveis pela fauna aquática. Com eles a ictiofauna está garantidamente normal. São quase imperceptíveis mas representam mundos de vidas diversas, diferenciadas morfologicamente, com uma variedade de aspectos que passam do imponente ao ridículo. Este plancto serve para provar a previdente Natureza. No tanque não há peixe algum. Se houver, quando houver, não desaparecerá por falta de almoço. Creio que Dica, a aranha-d'-água, não é freguesa destes planctos. Aí tomam banhos as aves, especialmente o bem-te-vi que chega às vezes a molhar-se inteiramente, não podendo voar e ficando, meio desconfiado, a enxugar-se, andando para lá e para cá, à sombra dos tinhorões.

A impressão de que o quintal está vazio é uma mentira dos sentidos. Piolhos, pulgas, cupins, mosquitos, moscas derramam-se por todo os recantos. Na casca das árvores, como se tivessem atirado punhados de farinha parda ou esverdeada, sugam a seiva os afídeos que se dão ao luxo de procriar com vinte dias de nascidos. Exsudam um líquido adocicado que as formigas vêm lamber, pressurosas. Estes pulgões são as vacas leiteiras das formigas, *Aphis formicarum vacca,* dizia Lineu.

Há besouros pequeníssimos, coloridos deliciosamente, com um ritmo vistoso e sugestivo que espera dar exemplo às fazendas destinadas às mulheres. Dificilmente posso vê-los. Estão sempre apressados em missões que devem ser importantes. Cabem dez deles na polpa do meu dedo. Miniaturas incomparáveis, de acabamento miraculoso, só aos técnicos oferecem as alegrias visuais de sua contemplação.

Na mancha úmida ao redor do tanque, perto da casa do mandarim Fu, a luz ocídua clareia um bailado torvelinhante de mosquitos de platina. Vão até uns três metros de altura na mesma intensidade de inacabável arabesco do Alhambra e descem, impecáveis, certos, infalíveis, até o chão. Horas dura a exibição desta movimentação febril e lúdica. Lembram as efeméridas múltiplas e radiosas, *epi,* durante, *himera,* dia, vivendo num dia a existência mutante e obscura de larva e ninfa.

É também uma ostentação amorosa, um baile de núpcias, uma conquista sexual pelo irrequieto dinamismo do volteio ascendente e descendente, convite que envolve o conúbio e termina na morte delirante, no ar, à luz, ao impulso espiralado da festa de todos os sentidos.

Mas, como qualquer festa, é júbilo passageiro, alegria rápida, fulgor veloz, sonho fugaz. Mais algumas horas e todos os bailarinos estarão mortos. Mas o quintal não se despovoará. Outra multidão retomará o ritmo do baile instantâneo, vivendo o momento álacre e sonoro das núpcias entre lampejos de sol e cantigas de vento.

Todos os anos, olhados pelas folhas e pelas flores, banhados na luz do crepúsculo, mirados pelas primeiras estrelas, os insetos, vestidos de seda e prata, bailarão para amar, perpetuar-se e desaparecer...

À flor da terra, debaixo dela, quantidades desmesuradas de vidas lutam e passam com tarefas miríficas de fecundação. Cada espécie visível corresponderá aos centos das que jamais veremos normalmente, colônias de bactérias em guerras contra outras, multidões de parasitas, surpresas de simbioses, animais misteriosos, formas indecisas, funções confusas mas possuindo destino, caminho, finalidade.

Milhares de minhocas, vermes, larvas procuram sobreviver e resistir. Todo um universo estuante, impetuoso, com a impiedade, violência, tempestade da defesa vital, debate-se nos limites deste canto de muro, humilde, pobre, silencioso, deserto.

E todas estas vidas escoam rápidas, num minuto de tempo, mas deixaram continuidade, seqüência, perpetuidade.

Não somente as rosas sabem viver, em beleza, o espaço de uma manhã...

DE RE ALIENA

Sereis como Deuses!...

Princípio de conversa da Serpente com Eva

Com o verão cresce o gasto de energia e aumenta a necessidade de comer. Os frutos do mamoeiro, da goiabeira, do sapotizeiro amadurecem e caem, espapaçados, na areia mole. Ficam com uma pequenina nuvem de mosquitos festejadores, moscas diligentes e insetos mais graúdos que sabem morder e sugar, excelentemente. Os pássaros participam do cibo farto e delicioso e aproveitam a presença copiosa dos demais fregueses para incluí-los nos cardápios. Não há nada mais estimulante que um besouro ácido depois da polpa doce de um mamão rubro e macio, com a multidão das sementes vestidas de seda assimilável e saborosa, prontas para as certeiras bicadas do bem-te-vi e dos canários de ouro.

Por este processo aglutinativo de frutas justificando uma afluência desusada de insetos e pássaros, o canto de muro vive vida nova de agitação e interesse acima da rotina, do triste habitual que a todos monotoniza.

Os povos de Blata, Vênia, Musi acorrem ao festim farto e gratuito e de mais a mais próximo e sem perigos maiores. Raca, Titius, Licosa não comparecem. Gô faz ato de presença mas há coisas novas vindas de longe, espalhadas nas casas distantes porque se aproxima a época do Natal. Sofia desdenha esses banquetes e Niti igualmente. Não há convidado nem intrusos e a recepção decorre no ambiente onde as figuras são conhecidas e toleradamente estimadas. O mandarim Fu, solene, vem sempre apreciar os besouros e as ondas ciciantes de mosquitos e moscas, inesgotáveis e circulantes, agitando o ar na palpitação miraculosa das asas invisíveis.

São grandes horas de fartação sem ginástica e abundância sem acrobacia. Os dias e as noites têm suas faunas rigorosas e clássicas mas sempre há uma exceção imprevista, desnorteando observadores e pondo notas e avisos nos livros de técnica. Há quem saia mais cedo e também quem prolongue o trabalho, sabidamente diurno.

Já escuro-escuro, o bem-te-vi esvoaça na sobremesa e o casal de canários morigerados e sérios estão beliscando sem obediência aos horários rituais. Que diriam os mestres da Ornitologia vendo esta indisciplina espantosa? O mesmo que resmungaria um astrônomo deparando de dia uma estrela retardatária...

Mas, durante o dia radiante, embriagador de luz quase palpável, as aves obrigam nossos olhos a olhá-las mais tempo, tornadas para a primeira fila da representação tumultuosa. Passam de coristas aos lugares de tenores e prima-donas, na boca de cena, monopolizando os aplausos.

É possível namorá-los demoradamente vendo-os bicar, saltar, pular, executando as várias formas de erguer o vôo e o desenho alado e gracioso descrito no ar com as asas frementes ou imóveis, dominadoras.

Todas as velhas notícias aprendidas outrora e semi-esquecidas reaparecem nítidas. Ossos com cavidades internas, pneumáticos, sacos aéreos pela dilatação das membranas internas dos brônquios, comunicando com os ossos, levando ar aos pulmões porque no vôo o tórax, tornado rígido, não permite a respiração normal, unicamente ocupado com a ação dos músculos motores; diminuição de peso, as penas tetrizes cobrindo-lhe o corpo sem oferecer resistência ao impulso aéreo, as retrizes da cauda, em leme, e as rêmiges, potentes nas asas miraculosas, os músculos peitorais mais fortes que os do Homem, toda conformação aerodinâmica, feita para atravessar as camadas, furar, projetar-se, sob o ímpeto propulsor de uma aceleração de ritmo admirável, não me contentam nem satisfazem. Parece-me sacrilégio a explicação simplista e fácil para compreender a maravilha que volteia ao sol num ambiente natural, insubstituível, lógico.

Ainda recordo a crítica fisiologista à impossibilidade dos anjos voarem porque os peitorais e o esterno não eram suficientemente desenvolvidos. O sábio é obrigado a suicidar o poeta lírico que deve espernear dentro dele. Os anjos e deuses olímpicos elevam-se no espaço em virtude de sua própria natureza etérea, recebendo da essência interior, divina, o movimento na força única da vontade. *Vera incessu patuit dea* – conhecia-se a deusa pelo andar. Independeria dos atributos exteriores de sua divindade. Esta gente erudita não lê Homero. Aprenderia como os deuses voam sem asas.

Num avião nós somos hóspedes. Criadores, inventores, fabricantes de motores e da aparelhagem surpreendente, pilotos, vamos olhando o caminho sem rastros através das nuvens, milhares de metros acima de um oceano sem segredos, de ondas banais, incessantes e humilhadas pelo pássaro sonoro que parece independer de todos os regimes dos ventos.

Mas uma ave é a criatura que voa, íntegra, completa, total. Ela é a mesma sensação indescritível, independência, arbítrio das curvas, das descidas, das retas harmoniosas. Ela tem a potência nos limites de sua anatomia funcional. É o próprio vôo. Nós somos passageiros num objeto que voa. Levados por ele embora sob a direção das mãos, dos olhos, da experiência humana. Entre nós e o vôo está o avião, rumor, hélices, jato, gasolina, energia atômica. No meio, o Homem, orgulhoso que foi ao céu escondido no bojo de sua invenção, do seu atrevimento, como o jabuti participou da festa altíssima oculto na viola do urubu. Ai de nós, não voamos. Somos transportados.

Quanto à origem, creio que a melhor fórmula ainda é o 1º livro do *Gênesis,* versículos 20 e 21, especialmente o *Creavitque Deus... omne volatile secundum genus suum.*

Vamos crer num réptil que se lançou de um galho para o chão, já possuindo órgão antes da função, saliências, abas, excrescências, de cada lado do tronco, tornadas asas de pele, pára-quedas amortecedores do salto. Ninguém jamais saberá se este animal, nas alturas do Jurássico, pretendia realmente caçar ou suicidar-se. É o *Archaeopteryx* deixando nas ardósias de Selenhofen a impressão horrenda do corpo onde se estendem asas com penas. Este lagarto, que salta longamente com o auxílio de membranas orladas de penas, abre a série aos graciosos monstros de nomes amáveis, *Pteranodontes, Rhamphorhynchus, Dimorphodontes, Pterodactylus,* répteis de vôos pesados, lentos, tenebrosos, como se víssemos um jacaré de Marajó passando por cima de uma palmeira.

Quando vai passando o Cretáceo há aves de penas mas como surgiram elas e por que a diferenciação tornou-se especificamente total? E por que os répteis iniciantes desapareceram, anulados na seleção, empurrados para a morte? É preciso o depoimento dos fósseis intermediários para a revelação assombrosa. As asas, as penas, o impulso ascensional são mistérios. Mistérios a independência dos membros posteriores, a projeção da carena, a autonomia, a disposição para o vôo.

Como estes membros anteriores se reduziram, se a identidade ecológica não obrigaria diversificação tamanha, ganhando a maravilha das rêmiges? E a ciência do equilíbrio e da direção nas retrizes, o leque da cauda? Razões para sempre obscuras determinaram que este lagarto abrisse o rudimento das asas, opondo ao vento uma superfície sensível e vibrátil. Mas não foram estes os sobreviventes que projetaram a espécie para a perpetuidade, mas outras ainda escondidas nas fases evolutivas sem a visão do conjunto e do testemunho fóssil.

O pterossauro já possuía bico córneo, ausência de dentes, ossos sem medula além das asas de pele, pegajosas e molengas, quando desapareceu. Desapareceu sem deixar sucessores para o recebimento da espantosa herança que era o Reino do Ar. Não teve a honra de ser o antepassado do bem-te-vi que dá piruetas ou do xexéu que reviravolteia no canto de muro.

Lêmures, esquilos, rãs, lagartos e mais pára-quedistas continuam alistados permanentemente nesta arma imutável. Jamais obtiveram os benefícios da promoção. O avô do canário da goiabeira seria um *ur-typus* que ainda não permitiu reportagem reveladora. Continua em segredo. Sabe-se, timidamente, que nos frios dos finais do Cretáceo os répteis voadores desistiram da competição e os que usavam penas avançaram para a contemporaneidade do século XX.

Et vidit Deus quod esset bonum. E viu Deus que era bom o vôo dos pássaros deixando na graça airosa e frágil de sua mecânica o problema para atrapalhar os sábios dos tempos passados e das eras presentes.

O vértice do ângulo comum entre religiosos e céticos, os devotos de Deus e da Ciência, é justamente a Fé. Os primeiros acreditam que o Ser Supremo criou uma espécie por um ato livre de sua vontade. Os segundos crêem que um animal, num dado momento, tomou determinada atitude e esta, repetindo-se no tempo, originou espécie ou modificações essenciais à sua existência no espaço. O bem-te-vi está saltando no canto de muro porque Deus o fez ou um réptil o gerou no período jurássico, pulando duma saliência de pedra e daí em diante a função fez o órgão.

E Deus viu que era bom...

Pouco se me dá que a lagartixa esteja concordando comigo ou Fu discorde, num bufo de ironia piedosa. A maior alegria humana é o encontro de sua própria explicação para o fenômeno, da sua e não da explicação oficial, possivelmente certa, verificada, inabalável. Não posso recordar nenhum ornitologista famoso, mas Pascal que não o era.

On se persuade mieux, pour l'ordinaire, par les raisons qu'on a trouvées soi-même, que par celles que sont venues dans l'esprit des autres.

Todas estas conclusões por causa de um bem-te-vi maluco e de um xexéu deseducado...

Posso afirmar que os pássaros possuem muitos cantos e cada um destes tem inflexões diversas, especialmente na parte final. Em vôo, no trabalho da nidificação, pousados, alimentando-se, em pleno jogo lúdico, chamando a companheira, isolados, como informando do seu paradeiro ou situação tranqüila, são diferentes, típicos, característicos. O bem-te-vi foi tomar banho no tanque e molhou-se demais. Tanto esvoaçou, abrindo as asas, borrifando-se, dando saltos e voejos circulares, que acabou dentro da água, como um banhista. Saiu pingando água, trôpego, com um andar de urubu malandro, canhestro. Pude facilmente deixar o esconderijo e apanhá-lo, segurando-o na mão. Não esqueci os olhos abertos, o bico fendido num apelo desesperado em que se via a garganta nacarada e palpitante e sobretudo o grito, o grito que lançou, tão diverso de quantos ouvira no dia luminoso e vadio de observação encantada. Uma série de gritos roucos, como dificilmente partidos da garganta, ásperos, inacabáveis, numa entonação aflita, persistente, significando menos uma súplica de impossível auxílio do que um aviso heróico para que a companheira se afastasse da mesma desgraça. Semelhava antes um coaxo de sapo do que uma nota musical de pássaro. Buffon, há dois séculos, já registrara o mesmo canto, lembrando o dos batráquios e que ouvira a um dos soberanos tenores, o rouxinol. Renúncia de luta, resignação, aceitamento da morte inapelável. Restitui-o à beira do tanque e voltei ao ponto escondido. O bem-te-vi, depois de algumas tentativas, pôde voar. Pousou num galho da mangueira e de lá soltou outro grito, noutro tom, noutro timbre. Uma só nota, alta, límpida, triunfal. Todos os bem-te-vis deviam ter compreendido que o companheiro regressara ao sol, às alegrias da vida anterior.

Certamente o ecúmeno dos pássaros é proporcional à sua amplidão de vôo. A sua "liberdade" é bem mais limitada que a nossa poética compreensão da autonomia das aves. Deverá estar circunscrita não somente às fronteiras das utilidades mas também ao possível conhecimento habitual das áreas percorridas. Na época do ninho, com a esposa e filhos, é natural que não se afaste muito da zona doméstica. Noto, porém, que bem depois, com os filhos independentes e dispersos, os vôos têm os mesmos horizontes e podem ser medidos por determinados pontos de referência. Podia ir muito além mas não vai. O meu casal de canários vive dentro de um possível quilômetro quadrado em tempo normal. O bem-te-vi é mais viajante mas, regressando ao pouso antes do anoitecer, não deve ter percorrido distância respeitável. Minha impressão humana é que o uso das asas desse um sentido de deslocação eterna, de jornada ininterrupta, de viagem sem fim, uma espécie de marinheiro-fantasma na avifauna, atravessando os espaços com o destino de uma evasão contínua. Mas, ao que deduzo, as aves do canto de muro estão presas ao limite da vida como eu, preso às fronteiras do meu trabalho, batendo insensivelmente nas grades da gaiola citadina onde vivo sem cantar.

Buffon ensinava uma hierarquia relativamente ao predomínio dos sentidos. Para o homem a seriação era: – Tato, paladar, vista, audição, olfato. Para os quadrúpedes: – Olfato, paladar (quase o mesmo sentido determinador dos movimentos), vista, audição, tato. Para as aves: – Visão, audição, tato, paladar, olfato. Ponho, com a maior sem-cerimônia, o ouvido como órgão precípuo nos meus amigos de pena e bico.

Fui caçador, caçador criminoso e de crimes laboriosamente premeditados porque caçava com alçapões, armadilhas, visgo, laços, com iscas de melão-de-são-caetano e – horror! – levando uma outra ave para "chama", pulando dentro do alçapão. Vi, tantíssimas vezes, a ave aproximar-se, realizar o seu longo processo de acomodação, conservando a área prudente para a fuga. Nunca há silêncio nos recantos onde exerci minha reprovável atividade. Havia rumores de vento nas galhadas, quedas de folha, pios, sussurros, gravetos despencados, sons confusos, dispersos, longínquos, trazidos pelas aragens e espalhados na mata. Vezes os arbustos atritavam. Uma vaca atravessava com seu chocalho avisador. A ave, seduzida pela visão do companheiro ou engodo da fruta apetecida e aparentemente fácil, esvoaçava por perto, um círculo maior ou menor, zona intransponível onde sua curiosidade, amor ou gula faziam-na semiprisioneira. Podia mesmo avistar-me, deitado, imóvel, disfarçado covardemente, olhando-a. Ia-se lentamente habituando e o complexo da fuga diluía-se no atrito de outros interesses materiais e notórios. Bastava, entretanto, um estalido, quebra de raminho seco, um pé que se espreguiçava inconsciente e mexera na moita de folhas secas, numa bulha de cascavel agitada e a ave voava, de vez, num vôo diagonal, liberta de todas as seduções e restituída ao seu arbítrio crítico. Só o rumor pudera dar ao seu instinto a totalidade da impressão suspeitosa. A visão do *objeto suspeito* é de menor eficácia que a audição de um *rumor suspeito*.

É o cúmulo que neguem a vista maravilhosa das aves. De certas aves, pelo menos. Sofia – dou depoimento pessoal – ouve melhor do que vê e mesmo nas horas de penumbra. Falta-me apenas saber o limite da distância em que uma ave tem a percepção da figura. Como raros teimosos ainda lêem Buffon, gosto de citá-lo porque é uma observação numa lonjura de dois séculos para confrontar-se com as observações americanas. Buffon afirmava que um objeto iluminado pela luz solar desaparece aos nossos olhos na distância de 3.436 vezes o seu diâmetro. Um homem desapareceria aos olhos de um pássaro que voasse a 4 mil metros de altura. Certo? Nunca pude verificar mas deve haver bibliografia respondendo a confessada ignorância. Difícil acomodar-se esta visão espantosa com observações de parentes meus, caçadores veteranos e mentirosos relativamente sem imaginação. Sei muito bem da imaginação do caçador, do pescador de alto mar e do antigo e saudoso caixeiro-viajante, substituído, com vantagem, pelas recordações confidenciais de alguns turistas, com ou sem livros de viagens.

O gavião faminto, não tendo disponíveis os pintos de galinheiros, persegue pássaros com a desenvoltura natural de quem sabe o bico e as garras que possui. Os caçadores sertanejos não perdoam o corsário. Numa destas feitas notaram que um gavião possante estava pousado a uns vinte metros da árvore onde canários, rolinhas, papa-capins vadiavam despreocupados como numa praia de Copacabana. Só fugiram quando o gavião levantou vôo. Estavam todos perfeitamente vendo o pirata. Audácia destemorosa ou falta de visão no plano da prudência?...

Noto também que os pássaros pousados no alto cantam mais forte que os encontrados ocasionalmente em pontos baixos, mesmo no solo.

O contato humano influirá decisivamente na variedade melódica das aves cantadoras? Afirmam que as aves dos países bárbaros são ásperas e roucas e as "civilizadas" lépidas e claras. Certo que apenas determinadas espécies aperfeiçoam o canto quando prisioneiras. As melhores são os filhos, netos, bisnetos de aves presas, aves que dificilmente recobrarão as técnicas da nidificação e o esforço pelo cibo diário, livremente, habituadas à gaiola farta, como os canários belgas. Há inicialmente modificação no canto e todas as aves famosas como tenoras são nascidas no cativeiro. As capturadas e postas nos aviários não recobram plenitude do canto que lhes custou a liberdade. Naturalmente xexéus, bem-te-vis e outras aves que costumam imitar outras, e outros sons, ganham variações novas nas proximidades das residências humanas porque dali recebem as excitações de motivos sonoros não possíveis no campo ou na mata. As aves em liberdade têm modulações que jamais repetem no âmbito das gaiolas. Em compensação aprendem, seus descendentes, gorjeios e trinados que não conheciam antes, ou melhor, desenvolvem na gaiola certas melodia apenas iniciadas quando em liberdade. Outros diminuem em proporção lamentável e ficam unicamente dando ao senhor a visão das penas bonitas. Ou da fama que não desejam corresponder. Os amadores de aves canoras sabem que os melhores espécimes são "criados", isto é, feitos, educados, na prisão, filhos de pais prisioneiros e eles próprios, naturalmente, nascidos entre grades. A graúna, o canário, o xexéu de canto atordoador pela variedade perdem muito e muito quando presos. Os filhos recobram as excelências tradicionais. Com um tanto de lirismo dir-se-á que não conhecem as alegrias de um vôo livre e decorrentemente ignoram as seduções que a mata oferece aos seus moradores.

Negam que tenham o sentido do paladar na acepção do sabor. Engolindo sem mastigar, sem glândulas salivares, a alimentação será meio mecânico de sustentar-se. Comem o substancial e o dispensável, passando pelo deleitável e o perigoso. Frutos e insetos terão para as aves o mesmo sabor? Não falo das aves presas que outrora tive o mau gosto de possuir. Falo das aves olhadas longamente em plena liberdade. Liberdade para escolher o alimento e tempo da refeição. Quem nunca viu um sanhaçu (tanagrídeo) almoçando numa goiabeira ou bicando mamão maduro não terá a imagem feliz de uma degustação saboreada. Um xexéu merendando minhoca, sabiá em laranja aberta, um canário engolindo semente de mamão-macho, dizem de um prazer quase consciente, expresso nos leves pipilos, o que devem significar as alegrias de boa mesa ao ar livre, num *camping* inesquecível. Estas mesmas aves na gaiola, com alpiste, pedacinhos de frutas e a folha de alface pendurada, terão outra conduta, comportamento de quem come salada de lagosta na cadeia ou bebe um *cru* de Mezés-Malé, *rayon de miel* de Tokay, na hora de ir para a cadeira elétrica.

Uma revolução decisiva nos costumes e critérios de civilização seria o homem e sua mulher terem tido as cores de sua raça de maneira inalterável na epiderme. Couro, pêlo, pena, quitina, penugens, conforme o combinado, como possuímos idiomas e bandeiras nacionais, assim seríamos, imutavelmente, identificáveis à primeira vista em nossas respectivas etnias. Os processos de mestiçagem traduzir-se-iam pelas colorações relativas.

A idéia me veio olhando as penas dos meus amigos que terminam o jantar. Por que usam estas cores não sei. Não há acordo, conluio, aliança que possam disfarçar uma da outra família ornitológica. São obrigados a defender suas cores e declarar-se solidários com a imensa família. Foi possível a São Pedro afirmar-se alheio ao conhecimento de Jesus Cristo mas um tiranídeo não pode dizer-se icterídeo. As cores denunciam-no positivamente. Esta fórmula, como valorização de solidarismo político, seria de algum alcance.

A coloração vibrante de algumas aves parece um desafio aos inimigos. As cores neutras, pardacentas, simulando folhas secas, pedras e areias, troncos de árvores, já têm sua bibliografia explicativa. Naturalmente há interpretações difíceis. Ensinam que os animais manchados da mata apresentam manchas de cor clara, simulando as réstias solares. Os nossos felídeos de maior força, as onças, são animais de caça noturna. Tanto a vermelha, suçuarana, como a pintada, preta ou canguçu, deixam durante a noite o covil para o assalto aos currais. A imagem dos raios do sol não pode ter influído, exceto se o mimetismo pertencer às épocas geológicas remotas. Onça de dia é como equilíbrio orçamentário, visão impossível de puro ineditismo.*

Mas há cores sem intenção utilitária pelo menos dentro de nossa compreensão. Mas ninguém afirmará que a disposição destas cores não tivesse tido em algum tempo significação essencial para o tipo e depois para a espécie, tanto assim que se tornou comum a todos os membros. Explicável a cor berrante, espetaculosa ou alheia às necessidades da defesa, burla ou intimidação nas aves importadas. As nacionais, algumas, lembram mais uma exibição permanente de apelo às fêmeas arredias ou demonstração da variedade pictórica do Criador, que a indumentária normal de aves que vivem em vigília e evitação aos adversários mais fortes. Mas a região neotrópica é justamente o palco destes desfiles suntuosos.

O ritmo quaternário das estações na Europa e América do Norte dá a divisão regular dos serviços e mesmo intensidade na coloração individual. Os processos de hibernação, resguardo ao frio, alimentação no inverno, correspondem às transformações da Natureza ambiental com as fases típicas da vida vegetal e nesta o cortejo dos insetos, larvas, toda espécie animal dependente. Um outono, um inverno na Europa são pausas no compasso da existência associativa, obrigando-as às mudanças de alimentação, horário de caça, abrigo etc. Aqui, num verão perpétuo afora a época das chuvas, as aves possuem a luminosidade ofuscadora, impulsiva, vibrante dos dias tropicais. Amanhece mais cedo e o ano inteiro é uma provocação ao movimento e ao combate. Os pingüins nos trópicos seriam tangarás.

A pilhéria, cediça e aposentada, lembra que no Brasil existem duas estações: o Verão e a da Estrada de Ferro.

Mas agora os vôos vão se tornando mais raros e de âmbito mais restrito. Já uma e outra vez as visitas verificaram nos ninhos sua ordem normal. Do escuro da mangueira os pios vão descendo, anunciando o repouso tranqüilo. Ainda há frutas abertas no chão e nas árvores mas a fome deste dia acabou. O chilreado se amiúda quando a noite chega, lenta e doce. O grilo começou a cantar. A luz indecisa transfigura o canto de muro. Aqueles que lutam nas trevas que as estrelas interrompem vão saindo para a vida, voando, andando, rastejando, coleando, perdendo-se na escuridão...

---

* Fabre não acreditava no momento: – *Le mimetisme est une illusion que nous ferons bien de rejeter dans l'oubli* (*Souvenirs*, 8ª série, 82).

Irmã Água

> *Laudato sii mio signore per suora acqua,*
> *la quale è molto utile et humilde et*
> *pretiosa, et casta.*
>
> São Francisco: *Il Cantico del Sole*

O tanque está vazando pelo lado esquerdo. O reboco de cimento descascou-se e caiu em farelos, e a argamassa entre os tijolos cedeu lentamente ao teimoso empuxo da água. Quando o nível da pequenina enchente coincide com as frinchas da parede, os filetes escorrem, brilhantes, para o chão, alastrando uma nódoa escura e úmida que cresce duas vezes por dia. Primeiro a mancha era menor e a areia sorvia o líquido não permitindo ampliação. Agora, com a seqüência do aguamento regular, há um trecho vagamente arredondado, vezes um polígono estrelado, ressaltando no solo cinzento do quintal, com uma orla mais densa e o centro escavando-se devagar e mesmo conservando um brilho de água parada.

Água escorrendo criou um novo centro de interesse e de vida. Não é água do tanque com as folhas, o lodo verde-negro e na superfície o vagaroso perpassar de Dica, com as seis patas altas como andaimes, passeando sem molhar-se. Água correndo no chão, dando outra cor, modificando a paisagem rasteira, alargando-se constantemente com a contribuição serena das seis a quinze horas. Os fios, com a força de impulsão, escorregam descendo as ladeiras minúsculas, espalhando as tonalidades diversas, vencendo e dissolvendo os torrões de barro, rasgando canais de brinquedo, fazendo curvas como um rio, detendo-se ante pedrinhas inarredáveis mas ladeando, cercando-as de dois braços trêmulos e continuando a jornada enquanto recebem o reforço vindo das brechas imperceptíveis. Na outra hora já o terreno consente mais fácil passagem, disciplinado pela água anterior e os canais se afundam, em milímetros orgulhosos, sacudindo a cabeça de água para frente, conquistando polegadas no rumo da telha enterrada onde residem as baratas da rainha Blata. Já existe mesmo uma formação de lama que é a franja daquela força em proporção mínima. A absorção da terra limita a expansão do território úmido. Todo o processo erosivo deu um aspecto imprevisto de cordilheiras, planícies, banhados, caminhos íngremes mesmo um complicado sistema intercomunicativo de fiozinhos de água, que parece ter sido copiado dos postais do Tirol ou da Suíça. Mas todo este mundo medirá metro e meio e as altitudes assombrosas irão aos cinco centímetros. Mas é um mundo já respeitado pelas formigas pretas e as aves preferem esta região ao tanque oceânico para a alegria de molhar as patas.

Para fechar o círculo irregular as cores se tornam mais claras relativamente aos graus de secura, indo numa gradação de tonalidades até confundir-se como o solo comum do quintal.

Das seis às sete e das quinze às desesseis lá vem água visitando seus novos domínios, ensopando-os, afundando as estradas, dizendo-se senhora daquele trecho que era jurisdição mansa e pacífica da rainha Blata, usado para banhos de sol ou vadiagem ginástica.

Deve ter sido um cataclismo para os moradores do subsolo. Transformação absurda, verdadeira revolução catastrófica, aquela inundação que ninguém havia previsto, obrigando mudança imediata. Às pressas, numa improvisação de todos os serviços de transporte e busca para afixação noutro pouso, com os incômodos de arranjo e colocação totais. Uma multidão de besourinhos, de cinco milímetros para baixo, emigrou desordenadamente, aos bandos dispersos, numa marcha divergente e tonta, salvando-se do dilúvio sem profecia. Mesmo a boca de um formigueiro de Ata desapareceu na avalancha e a continuidade da regação aterrou-o em definitivo. Creio que a rainha Ata deve ter castigado seu serviço de meteorologia que, desta vez, "dera água", não anunciando em tempo útil o fenômeno alagador.

Quando água deixa de correr, minutos depois, a terra se ergue num e noutro ponto, elevada e fofa, demonstrando mais uma evasão pelo caminho que o relevo de areia frouxa denuncia. Ninguém podia calcular o número de formigueiros existentes nesta área inundada. Nem quantos besouros estavam domiciliados regularmente nos limites que a água dominou. Não havia sinal pelo exterior que as moradas estivessem instaladas ali e tantas vidas ligassem a rede dos hábitos àquele local de poucos palmos de extensão. Só depois da água banhar o terreno e torná-lo úmido e diverso do estado anterior é que o recenseamento evidenciou o número incontável dos habitantes tranqüilos do recanto.

A água possibilitou uma situação favorável ao aparecimento de plantinhas humildes, vergônteas que surgiam tímidas como pedindo desculpas pelo seu atrevimento de nascer. Espécies de capim, com folhas duras e finas como pontas de lança. Depois um arremedo de bredo de palmas pequeninas e ásperas, bronzeadas. Espantosa força germinativa. A semente esperara anos e anos a sua ocasião favorável para romper a camada e pedir um pouco de sol.

Em 1946 os americanos fizeram saltar as usinas Krupp em Essen. Os edifícios imensos, salas infinitas, oficinas tentaculares onde escorria o aço fundido como prata líquida, os altos-fornos imponentes, os martelo-pilões poderosos, um conjunto de milhares de toneladas de cimento armado, ferro e aço mudou-se numa série de montões de ruínas precoces, símbolos duma atividade condenada pelo vencedor. Durante cem anos a maquinaria possante fizera estremecer o solo em quilômetros derredor, no estridor da tempestade em que se fundiam e calibravam os canhões temerosos. Derrubada a cidade Krupp, na primeira primavera subseqüente os destroços cobriram-se de malvas azuis, brancas, lilases. No fundo da terra sacudida pelas máquinas de guerra e aquecida pela irradiação dos fornos sempre acesos estavam as malvas intactas em sua força, aguardando o minuto da ressurreição. Quando as usinas Krupp caíram, as malvas ressurgiram como eram antes, com as mesmas cores, formatos e dimensões, inalteradas.

Fiquei pensando que debaixo dos edifícios que governam o mundo há sempre uma semente adormecida, sonhando com sua libertação para reaparecer e espalhar as pétalas esquecidas dos olhos humanos. Os palácios jamais admitirão a possibilidade de existir uma planta, quarenta ou vinte metros depois do seu peso dominador, espreitando que a tonelada opressora desapareça para renascer e florir.

Naturalmente todos sabem que os insetos não bebem água. Não é bem assim. Não bebem água no tanque, porque alguns, pela sua pequenez, não conseguem romper a resistência da superfície que lhes deve parecer uma lâmina de marfim. Na terra molhada, no barro porejante e úmido, é possível sorver com a tromba solícita as gotículas. Somente agora vejo os bandos de borboletas, miúdas, amarelas com laivos azuis, paradas no pequenino charco, asas imóveis, desalterando-se.

A terra molhada tem revelado um mundo estranho. Besouros desenhados com um rigor geométrico e outros com intenções abstracionistas e perturbadoras, pequeninos, luzentes, apressados, de todas as cores, todos lindos, adejando as duas antenas inquietas sobre a cabecinha redonda e negra de obstinados. Uns de pernas invisíveis, altos outros, aranhas esquisitas, com andar aos saltos sobre presas que ninguém vê, insetos com as patas posteriores em eterno balanceio, como estabelecendo equilíbrio, coleópteros esguios, magros, rápidos, passando com um ar de quem deixou uma conferência internacional e vai escrever o relatório para o governo que o enviou, pulgões branquicentos, lesmas de dorso escuro como lama e o anverso parecendo âmbar, paquinhas, grilos d'água, abrindo túneis com as patas fortes como braços de Sansão e, às vezes, num listrão alvadio, preguicento, escorregando de um orifício para reenterrar-se noutro, grandes minhocas de vida misteriosa e subterrânea. Há quase sempre um grupo de minhoquinhas ou vermes curvos como parênteses, agitando-se como se fizessem ginástica para rins, juntos, atrapalhados com os corpos como traje inusitado e novo, atraindo o vôo imediato e fulgurante do bem-te-vi ou da lavadeira. Devem ser pitéus excepcionais porque, via de regra, as aves levam no bico, para os ninhos, comida inesperada para os filhos de bico aberto.

É muita imaginação pensar num rio subitamente atravessando um deserto.

Provocaria uma revolução em círculos concêntricos, cada vez maiores na proporção do afastamento do centro. Flora, fauna modificar-se-iam determinando a vinda e nascimento de novas espécies vegetais e animais. E a zona de conforto faria a movimentação de vidas e interesses sem conta, encadeadas no brusco aparecimento de alimento certo em ponto fixo. Se este filete de água de um tanque, vazando, trouxe tantos motivos para o ciclo destas existências, que será no macrocosmo o que neste microcosmo vive?

Curiosa foi a reação do mandarim Fu. Sapo terrestre, anfíbio mais honorário que efetivo, não resistiu à tentação da terra molhada que ele goza nas raras fugidas, capengando, para a lagoa distante. Ali perto a umidade seduziu-o e, ao anoitecer, Fu deixa a residência e vai, não aos saltos mas no seu andar arrastado, de trejeito custoso, atravessar o trecho que água corrente refrescou.

Põe as patas espalmadas e largas na areia molhada num sabor de divertimento difícil. Como a fugida infantil para um banho no rio ou na maré. A leve camada de lama gruda-se-lhe entre os dedos, valendo uma carícia. Atravessa os curtos dois palmos deliciosos. Pára na outra margem.

Volta-se com lentidão majestosa. Fica imóvel, olhos radiosos, batendo o papo, engolindo vento, vivendo sua vida. É um volúpia consciente a que dedica horas. Vezes abocanha no ar algum mosquito atrevido ou asas que trouxeram o dono para perto, interrompendo-lhe a cisma deleitosa. Não deixa facilmente o *far-niente* de meditação e alegria silenciosa. É talvez a concentração mais digna entre as homenagens à água eterna onde fora gerado e amou, roçando, comprimindo o peito e o ventre no frescor do solo ressumante.

Não discuto que a posição é cômoda para a caça e esta procura justamente o ponto novo. Os insetos miúdos que residem nos arredores são salteados ao sair da porta. Deduzo que existe uma atração em calcar terra úmida mesmo para os pesados e lentos coleópteros que, sem necessidade aparente, vão atravessando a faixa, deixando as linhas ponteadas de seus rastros. As baratas redondas, ásperas e escuronas, sem a quitina protetora e outras, grandes, levemente amareladas, de asas friccionantes e rumorosas, cabeça negra, rondam a mancha do futuro lameiro liliputiano. Devem encontrar a massa de mosquitos quase impalpáveis e esvoaçantes as lagartixas noturnas. Mas as baratas e baratonas que vão fazer no pequeníssimo banhado de bonecas? Só o mandarim Fu, em pose de cálculo especulativo, informará.

Curioso é constatar que unicamente as formigas evitam transpor o caminho molhado. Continuam teimando em reabrir a boca do formigueiro que, duas vezes por dia, era obstruído pela areia molhada. Depois desistiram e o caminho volteou pelo tanque, do lado direito onde o mandarim Fu possui sua mansão. Nunca as vi varando a estrada borrifada, isolada ou nas filas intermináveis em horas de serviço. Nas curtas horas em que água escorre há como uma fronteira intransponível, respeitada, indevassável.

As plantinhas nascidas não ficaram despovoadas. As de sua espécie possuem familiares que as procuram para sugar a seiva ou roer as folhinhas tenras. A seiva é diminuta e tênue mas as folhinhas tentaram umas lagartas esverdeadas, de cabeça roxa e pataria colorida de negro. Não demoraram muito tempo na vilegiatura porque o bem-te-vi e a lavadeira acabaram com o mostruário vivo. Estas lagartas costumam acampar nas folhas mais baixas dos crótons mas sendo verdes confundem-se perfeitamente aos olhos técnicos dos pássaros. Nas plantinhas o verde era muito claro e vibrante, destacando o verde-escuro das lagartas, dando-lhe fundo que chamou as aves como uma isca irresistível.

Em certas horas há um inteiro corpo de baile e mosquitinhos, executando uma dança ascensional e descendente no mesmo eixo, quase batendo no chão, dão a impressão sugestiva de cada unidade ocupar uma dada posição no ar sem que deixe a simetria rígida da formatura vibrante e movimentada, arabesco de tapete persa. Este *ballet* justifica a assistência carinhosa de Vênia e toda uma corte de lagartixas, o mandarim Fu e intrusões súbitas do bem-te-vi, da lavadeira, dos canários e dos xexéus. Deve ser um bailado nupcial, um alarde festivo ao sexo, com a participação de damas e galantes que se candidatam não apenas à junção feliz mas às gargantas do público aplaudidor.

Debaixo da sombra fresca dos tinhorões, das taiobas com as folhas lembrando orelhas de elefante, há uma população que reside pendurada no caule, entre as folhas largas e no tronco. Estes pacatos moradores estavam mais ou menos livres das aranhas rendeiras. Com aquele espalhafatoso rodeio de mosquitos bailarinos, as aranhas aproveitaram imediatamente o mercado e uma série de teias espalhou-se nos arbustos e crótons próximos. Os mosquitos não são permanentes e a percentagem de vítimas é grande mas não diária. Quem ficou fornecendo contribuição forçosa às teias cavilosamente estendidas em situações estratégicas foi justamente o povo inocente e confiado dos tinhorões e das taiobas que, sem cuidar da maldade do mundo, cai nas malhas finas e resistentes das rendeiras esfaimadas. O mandarim Fu que jamais arriscara verificação por aquele quadrante começou uma viagem de inspeção com desastrosos efeitos locais. Até mesmo, sinistro, armado em guerra, audaz e bruto como um barão feudal, Titius fez-se notar, espalhando terror.

Água, depois de meses de insistente deslizar, atingiu o palácio funcional da rainha Blata, escavando um abismo de centímetros ao pé da telha e enchendo de água, subseqüentemente, a buraqueira. Esta água parada forneceu moradia aos mosquitos indesejáveis do gênero tenoresco, cantores e divulgadores de moléstias que não interessavam ao canto de muro.

As frinchas do tanque alargaram-se e a irrigação ampliou sua área. O manto escuro e peguento alcançou o muro. Nasceram os "pega-pinto" (nictagináceas) fazendo, com o tempo, pequenos bosquezinhos frondosos. Hospedou um piolho que fez a delícia das aves e estas dedicaram horas na busca minuciosa e farta. Por causa desta busca outros vegetais apareceram, trazidos nos excrementos, utilizando a terra que se tornara fecunda. Pimenteira, goiabeira e mamão deram réplica ao renque que vivia no outro extremo. A pimenteira cobriu-se de frutinhas vermelhas como coral e, pela primeira vez, o canto de muro ouviu o sabiá cantar, beliscando as pimentas.

Também a constante aguação enrijou os tinhorões e a taioba orelha-de-elefante, tornando-os fortes e frondosos. A fauna cresceu sob sua proteção. Os filhos e vassalos de Quiró fizeram visitas noturnas a uma zona outrora deserta mas agora povoada e sonora. O velho tronco, estirado e morto, lavado pela água insistente apodreceu, arrastando os insetos diferentes, roedores de madeira, coleópteros imponentes que tentaram até Sofia que os enxergou numa noite de luar, embaçado e sentimental.

O fio de água esbarrou no muro e as raízes confusas das trepadeiras agradeceram o benefício. Um ramo baixou, nascido paralelo ao chão, coleando pelas pequenas elevações, e ligou-se ao tinhorão, abrindo a graça das flores em cacho, vermelhas e brancas. O beija-flor inaugurou-as com seu longo bico matutino. As folhas caindo cobriam o filete de água e eram cobertas por ele no dia imediato. Sensivelmente a terra adubava-se, sacudindo outras plantas, outras frutas reduzidas e que tinham expressão gustativa para os pássaros que as espalhavam. E porque ficavam comendo ao redor delas, outras espécies surgiam, sacudidas nas fezes, empurradas para o solo pela água singela e pelas folhas humildes que se tornavam negras e pesadas de umidade.

Quando os mosquitos repetiam seu bailado de morte feliz, já o número de assistentes era vultoso e eficiente. Fu já podia ocultar-se na sombra de folhas espalmadas e aproximar-se sem ser visto de besouros ornamentais. Licosa e Titius deram mesmo a honra de estender por ali seus territórios de caça noturna. Do tanque ao muro era a pista de corrida da lavadeira. O depósito de água ficou reservado para beber e banhar-se. Não tinha a dimensão em superfície daquela praia sem água mas convidativa e fácil.

Dica, aranha-d'água orgulhosa, foi a única a não deixar o velho domínio. Nunca pôs uma de suas seis patas compridas fora do tanque para visitar os melhoramentos do canto de muro.

A infiltração deve ter procedido a modificações curiosas no subsolo. Deverá existir outros moradores atraídos pela nova temperatura e a região será o caminho real de espécies que amem a umidade relativa. Mas tudo dentro de uma escala de valores de milímetros e centímetros, um pequenino mundo humilde que passaria despercebido para os olhos comuns, seduzidos por outras tentações sensíveis.

O rumor dos zumbidos, chilreios, sussurros abafados, estalidos de gravetos tombados, folhas secas, levava a doce sonoridade silenciosa do fio de água escorrendo na areia cinzenta. A solidão se enchera de asas, teias, ciladas, tocaias, armadilhas, ânsias, júbilos, decepções.

O suave milagre fixador da vida e da batalha sem pausa fizera a Irmã Água humilde e útil, preciosa e casta, molhando a terra sem nome de um canto de muro tranqüilo.

KA OU A INUTILIDADE VIRTUOSA

A entrada do senhor Ka no canto de muro foi realmente triunfal. Apenas superior contar-se-á de Dondon, carijó heróica que iniciou as façanhas devorando uma centopéia de dezesseis centímetros, dando uma carreira olímpica em Gô e obrigando Titius e Licosa a uma quarentena rigorosa nos aposentos particulares, assombrados com a belicosidade do galináceo invicto. A cobrinha-de-coral também teve o seu minuto de celebridade mas noutra acepção.

O senhor Ka impôs-se pela originalidade de sua presença e naturalidade dos gestos que decidiram sua aceitação na comunidade.

Passou num vôo baixo e zumbidor, chamando atenção e despertando curiosidades. Os élitros estendidos, imóveis, protegiam a vibração das asas membranosas, propulsoras, varando o espaço. Parecia um helicóptero. Passou raseiro, numa reta que não teria fim dedutível. Enfiou-se por uma teia de aranha no tinhorão e atravessou-a, deixando o rasgão poligonal que sobremaneira indignou a proprietária e construtora. Perdendo o equilíbrio, precipitou-se numa descida de cabeça, capotando espetacularmente nos arredores do sapotizeiro. Ficou de pernas para o ar, agitando-se como se fizesse ginástica muscular, procurando alcançar o chão com uma das patas posteriores. Conseguindo-o, empurrou o corpanzil teimosamente, ajudando-se com uma pata dianteira e voltou-se, retomando a posição comum a todos os coleópteros deste mundo e unanimidade zoológica, exceto um peixe *Synodontis,* do Nilo, que se dá ao excentrismo de nadar com a barriga para cima.

Meio enleado nos restos da teia que destroçara, o senhor Ka continuou a marcha pedestre, firme e decidida na pista da brecha do muro e por ela se meteu, resoluto, desaparecendo.

No campo vizinho, logo à esquerda da fenda no muro, segue-se uma linha de montes de esterco. Foram deixados pelas vacas, bezerros e cavalos que vêm aproveitar o capim novo no terreno abandonado. Não podem ser motivos de atenção pública e sim acidental interesse individual porque, três ou quatro vezes por ano, são removidos para a vendagem como adubos de jardins. Cada monte de estrume é um mundo com seus habitantes, meios de vida, uma fauna e uma flora próprias, desenvolvendo-se na dependência do lixo orgânico. Ali reside, há muito tempo, o senhor Ka. Escolheu inteligentemente o montão mais antigo, mais amarelecido embora merecendo renovação aprovisionadora. As porções mais próximas da estrada é que são exploradas comumente porque dão menos trabalho ao carreto. O velho montão do muro é um sinal na deriva, uma montureira que daria rendimento bem inferior às coletas do resto do campo. Por isso é mais rico nas vidas residenciais e sua tranqüilidade garante a multiplicação pacata de uma população que nunca foi recenseada.

O senhor Ka é um escaravelho de quatro centímetros, negro-ébano com reflexos metálicos, lampejos do bronze rico e do cobre ornamental, seis patas sólidas, recurvadas como de campeão de luta romana, as dianteiras dentadas e temíveis. Os élitros cobrem-no inteiramente como uma couraça, ocultando a transparência resistente das asas de pergaminho, finas e vibrantes. Na testa maciça, baixa, obstinada, chapeada de ferro, ergue-se um acúleo, rostro de agressão e utilidade, ponta córnea que lembra os espigões decorativos dos antigos capacetes da imperial Alemanha. Anda devagar, pesado, pisando com segurança, como encouraçado vencendo onda solta. Dá uma impressão imediata de força, solidez, resistência, tenacidade.

Nenhuma força existente no mundo relativa ao peso pode comparar-se com a do senhor Ka. Se ele fosse do tamanho de um gato carregaria um elefante. Mal consigo imobilizá-lo nas polpas do indicador e polegar. Quando tenta abrir caminho com as serrilhadas dianteiras sente-se o poder impressionante do pequeno escarabeu poderoso.

Nunca lhe dei importância pela facilidade com que o via na chácara onde me criei, habitual e familiar ao redor do estábulo. *Quotidiana vilescunt...* As coisas vistas diariamente perdem insensivelmente o valor. A surpresa foi depará-lo nas coleções egípcias dos museus europeus como símbolo sagrado, o *khopirron* do deus Phtah. O espanto de ver o humilde copeiro sendo ministro de Estado ou o *chauffer* comandando uma brigada. Pude vê-lo em argila, vidro, esmalte, marfim, ouro, cornalina, sardônica, ônix, jóia de respeito divino no Egito, Fenícia, Chipre, Sicília, Sardenha, nas necrópoles púnicas, nos túmulos dos reis, protetor e indiscutível, representando um deus. Não havia dúvida. Era o escaravelho tão meu conhecido. Com esta preparação psicológica tratei de olhar o senhor Ka noutras perspectivas venerandas.

Era dedicado ao deus Phtah, associado aos mais antigos deuses de Mênfis, Tanen, deus da terra, Sokari, deus da vegetação. Estava ligado aos mistérios da fecundação, sabendo os segredos impenetráveis da germinação das plantas, explicações a vida humana. Vivia no seio da terra, nas trevas, num trabalho obscuro e silencioso. Não podia ser morto. Secando, guardavam-no nos hipogeus como uma relíquia. E eu, que nenhuma atenção dava ao senhor Ka!... Ignorância, sacrilégio, atrevimento!

Um pouco a culpa cabia ao senhor Ka pelos nomes que usava: *rola-bosta, fofa-bosta* não são títulos que imprimam respeito às crianças. Sua utilidade era arrastar carrinhos de papel ou de caixa de fósforos ou, amarrando-se ao corno um fósforo aceso, vê-lo deslocar-se naquela lamapadaforia trágica. Quando o vi imóvel nas mostras de cristal, apresentado com discursos preliminares de professores famosos, alemães barbudos e graves, norte-americanos escanhoados e sorridentes, tomei-me de pavor sagrado. Quando voltei a encontrá-lo, ocupadíssimo nos estercos do quintal, tratei de acompanhar-lhe vida e atos como quem registra as originalidades excêntricas de um sábio amalucado ou dum rei meio demente.

O senhor Ka vive nos estercos e dos estercos. É natural que use um dispensável perfume de matérias fecais. O cheiro nos animais mereceria investigação que teria o mérito de divertir e ocupar quem se encarregasse desta maravilha. Há odores pouco explicáveis como a saúva trazer uns leves de laranja e os micos um tanto de canela, que eles nunca viram. Adianto que as raças humanas possuem perfumes próprios, que os africanos e asiáticos, quando começaram a receber a civilização branca com metralhadoras e mortes, diziam sentir. Os grandes felinos conservam no faro estas distinções. Como as onças no Brasil e os leões na África preferem a carne dos negros à dos brancos, seguem com mais paciência os rastros daqueles do que destes. Os indígenas brasileiros de fala tupi afirmavam que o branco cheirava a peixe, *opitu;* o negro fede, *ocatinga,* e eles, *osakena,* cheiram bem. Na velha China Imperial identificava-se a moeda de ouro intacta cheirando-a. Todas as coisas têm aromas intransferíveis. Há quem possa precisá-los, individualizando centenas deles. Um perfume é uma entidade perfeita. Não há sinônimo. *But that is another story...*

No seu monturo a que os excrementos dão consistência e volume, o senhor Ka é, como dizem os bem-falantes, um inseto estercorário. Faz belas bolas de excretos, abre um túnel e leva a preciosidade para saboreá-la sozinho, longe de invejosos e concorrentes.

Vê-lo construir sua bola excrementícia é uma admiração. A cabeça sólida e as patinhas dentadas servem de garfos juntadores e quando a primeira porção atinge volume apreciável, o senhor Ka arredonda-a com as patas, empurrões de cabeça ajeitadora, arrumando-a com a pressão eficaz dos membros na massa ainda fofa que também sofre a revisão das patas anteriores, legítimo compasso esférico. As patas traseiras funcionam como réguas, pondo as saliências na justa medida e o volume se adensa, lento e seguro, na forma desejada. Nunca o senhor Ka está satisfeito da obra e a aperfeiçoa e completa com requintes de acabamento cuidadoso. Não roda a obra para obter a esfera. Trabalha empoleirado no alto, sem descer e sem ir verificando se a massa toma a forma arredondada. J.-H. Fabre, que o estudou longamente, crê que o escaravelho possua o dom da esfera como a abelha o dom do prisma hexagonal. Chegam à mesma perfeição e exatitude geométrica independentes de aparelhagem conformadora.

Pronta, rola-a destramente, trepado e firme nos dois pares de patas, a cabeça para baixo e as patas anteriores servindo de motores para a impulsão. A bola se desloca incessantemente mas o senhor Ka é motor traseiro, impelindo-a pela parte de trás. Assim não vê o caminho seguido pela sua bola, dez vezes maior que o próprio artífice, movimentando-a tão-somente com as duas patinhas primeiras, as duas mãos hábeis, cabeça no nível do chão, segurando o bolo com as quatro patas firmes, fincadas na massa.

Dispenso-me de meditar duas horas sobre esta habilidade do senhor Ka e as excelências do seu instinto. O alimento será absorvido numa câmara subterrânea e não ao ar livre. Tem de ser transportado para o local da consumação. Este nunca é próximo da fonte de produção. A forma esferoidal impunha-se como simplificadora para a viagem, podendo suster-se, com base de apoio em qualquer ponto, nas paradas necessárias ao correr do percurso. Criado sem escola, sem o modelo da obra que terá de fazer a vida inteira, nasce sabendo, já doutor formado. Nunca vi uma bola excrementícia do senhor Ka desfazer-se, desmanchar-se durante a jornada e nem mesmo ceder à pressão do terreno, fazendo reentrância, dificultando a deslocação. Fica intacta seja qual for o percurso e só se deforma quando saboreada pelo seu construtor.

Repetindo experiência de J.-H. Fabre, fiz o bolo, empurrado pelo senhor Ka, mergulhar parcialmente numa pequenina escavação. Queria verificar se era verdade que os escaravelhos pediam auxílio aos companheiros e vinha uma turma ajudá-lo a repor sua carga no justo rumo. Fabre tinha razão. Depois de tentativas teimosas, o escaravelho abandonou o bolo. A que ficou encravada secou, ressecou, tornou-se escura, negra, pétrea mas indeformável. O senhor Ka sabe escolher e dispor os materiais de sua obra essencial.

Nunca tive ocasião de presenciar o que J.-H. Fabre registrou deliciosamente: – a bola assaltada por outro escaravelho, a luta como proprietário, vitória ou derrota deste. Fabre constatou o banditismo entre os escaravelhos, numa abundância lastimável e quase humana.

Atingido um determinado local começa o trabalho de um túnel que será a via de acesso ao salão de jantar do senhor Ka, residência simples, confortável, de temperatura igual, mesmo quando o inseto, previdentemente, cerra, obstruindo com areia ou barro o orifício da entrada do seu *manoir*.

O instinto é impecável nas dimensões da bola e o pórtico do túnel e sua extensão. Nunca um escarabeu errou nestas proporções. As bolas são roladas conscientemente e desaparecem no túnel, levadas até o interior sem tropeços e dificuldades materiais. Jamais o senhor Ka, seduzido pela abundância excrementosa ao alcance de suas patas, deixou-se levar pela ambição de uma esfera maior, diminuindo o trabalho futuro, garantindo subsistência para mais alguns dias. Os globos têm diâmetro inferior ao túnel. O gabarito é inalterável e obedecido. Não há exemplo de haver encalhado na porta e obrigar o escaravelho a minguar sua carga para fazê-la deslizar.

Aqui cabe um confronto com os macacos, que se dizem inteligentes e cheios de manhas próximas das do homem. Todos sabem que o macaco metendo a mão na cumbuca onde puseram fruta do seu agrado agarra-a e não mais pode retirar o membro que aumentou na extremidade pela preensão. Por mais que veja aproximar-se o caçador e saiba que sua liberdade vai desaparecer, guincha e rosna como um desesperado, mas a ambição famélica não lhe permite o gesto lógico de abrir a mão e fugir. O senhor Ka, cercado pelo monte fácil do seu alimento predileto e único, retira unicamente o necessário para certos dias, constituindo o bolo de tantos centímetros inapeláveis. Sempre um escaravelho aproveita seu trabalho. Não podemos dizer semelhantemente do macaco que meteu a mão na cumbuca.

O senhor Ka alimenta-se exclusivamente de fezes. Gosto não se discute. Mas é uma anotação entomolóica mais ou menos caduca e apenas teimosa em repetir-se. Examinando-se o estômago de um escaravelho encontrar-se-á a massa de resíduos vegetais, fragmentos de fibras que deviam ter contido sumos e muito pouco excremento envolto com restos das plantas que o senhor Ka extraiu da matéria excretada. O que ele procura na excreção é o que resta dos vegetais consumidos pelos animais. O senhor Ka possui no estômago fermentos capazes de transformar o vegetal em produto assimilável. Não tem fórmula de retirar a celulose que envolve as células dos vegetais. Precisa que alguém realize esta transformação anterior. Nos produtos que são a derradeira fase digestiva de bois, vacas, cavalos, carneiros, os vestígios, os restos, os resíduos alimentares deparados são bastantes para o sustento substancial do escaravelho. O excremento é apenas o conduto, o veículo. Vamos confessar que o veículo é nauseante mas para o senhor Ka não se trata de escolhas. Há milhares de anos que se habituou com esta nutrição. Para encontrar o necessário há que deglutir quantidades proporcionais. Daí a surpresa de J.-H. Fabre vendo um escaravelho alimentar-se doze horas seguidas, produzindo uma fita dejetória de três metros de extensão. Os alimentos do senhor Ka são caçados na massa estercorária como agulha em palheiro.

As formigas brancas, cupins, térmitas padecem da mesma deficiência. Devoram madeira com notável voracidade mas não a podem libertar da celulose envolvente e torná-la substância digerível. Hospedam no intestino um parasita flagelado e este toma a si o cuidado da transformação indispensável. Se o flagelado não estiver no intestino do cupim, formiga branca, térmita, este roerá uma floresta inteira e sucumbirá de fome. O alimento continuará intacto, indigerível, no estômago. O trabalho do parasita flagelado para o amigo cupim é idêntico ao que realizam, previamente, os ruminantes para o senhor Ka.

Curioso é que os ruminantes têm o mesmo processo para a retirada da celulose. Não têm fermentos intestinais com força diluidora contra a celulose e sim o micróbio, *Bacillus amylobacter,* que é o único responsável químico pela operação. Nós mesmos, os *sapiens,* oferecemos no intestino generosa e permanente guarida ao *Bacillus amylobacter* para que gentilmente desfaça a celulose que ingerimos e assim possamos desfrutar intrinsecamente os alimentos que deglutimos com ela, feijão, ervilha, espinafre, couve, repolho, alface, maçã, pêra, uvas, laranjas...

O senhor Ka, não se sabe por que, não quis receber um micróbio prestante para vencer o envelope da celulose e permitir-lhe assimilação do conteúdo. Come justamente o que não mais contém celulose e pode imediatamente incorporar à sua economia interna.

O senhor Ka arranjou para ele e seus distantes ascendentes a fama de coprófagos e dificilmente o renome se afastará da espécie. Não há livro divulgativo e conversa fácil em que não venha a citação do escaravelho com seu repulsivo cardápio de um só prato. Realmente, e de certo modo indireto, trata-se de um vegetariano exclusivo na ortodoxia plena do regime.

Tendo doze anéis nas mandíbulas pode mastigar e daí o aproveitamento integral do que escapa, fragmentado, dos intestinos preparadores.

É monógamo vitalício. A senhora Ka não usa o apêndice de quitina no alto da testa, atributo ameaçador mas estranho para o seu sexo. As larvas são compridas, moles, esbranquiçadas, cegas e de cabeça dura. A senhora Ka constrói uma morada de maravilhosas proporções para cada filho em estado larvar. Uma pequenina pêra de meio centímetro guarda no interior do colo a larva de dez milímetros. A casa piriforme é feita de camadas alimentícias, sabiamente selecionadas, atendendo ao desenvolvimento proporcional da larva à ninfa, com a nutrição adequada às possibilidades funcionais da mastigação no interior da cápsula que o sol se encarrega de fecundar com o calor generoso. Três meses depois, o jovem escaravelho rompe a casa cujas paredes se foram adelgaçando com a consumição alimentar e, quando necessário, reforçadas com as próprias dejeções da larva, e ganha liberdade e luz, ocupando o posto na série da família de gastrônomos e engenheiros natos.

A senhora Ka preparou-lhe a casa para a fase do crescimento mas nunca o verá. O jovem Ka nasceu sozinho e sua vida dentro da pêra foi um rude aprendizado funcional e solitário, recebendo as lições de ação e prudência pela telestesia do instinto miraculoso. Nunca viu um outro escaravelho nas tarefas milenárias. Bêbado de sol, hesitante, bambo, encaminha-se para a esterqueira guiado pelo aroma familiar dos excretos. Jamais se enganará confiando no seu *odorat sans intermittence dans son activité,* como anotou Fabre. Modela sua primeira bola com a perfeição tradicional, as patas posteriores dando os graus da curva indispensável à esfera que as patas dianteira e a cabeça maciça avolumam com precisão e segurança. Depois empurra-a, impecável, com o primeiro par de patas, *roule sa pipule à reculons,* escolhendo estrada, evitando ou afastando obstáculos, abrindo o túnel e, mergulhado na areia tépida, instala sua sala de refeições. Para lá leva o bolo, desce-o com precaução, acomoda-o, cerra a porta, e tranqüilo, inicia a festa solitária cujas alegrias, oh Café Society, não percebereis!

Uma boa aventura do senhor Ka foi o seu encontro com o mandarim Fu que ia visitar os amigos na vigília derredor do foco da lâmpada da estrada morta. O caminho passa justamente pela cidade do senhor Ka e este, vindo de um dos seus vôos de reconhecimento, denunciados pelo rouco zumbido do motor potente, desceu a poucos palmos do mandarim. Fu adiantou-se lentamente e, sem observação prévia, colheu o senhor Ka na grande bocarra acolhedora. O senhor Ka não perdeu tempo e fez render toda técnica alusiva. Deduzo, embora não tenha muitos correligionários para esta conclusão, que o camarada escaravelho possui, pelo menos neste momento, uma memória raciocinada que o permitiu rearticular uma série de movimentos imediatos e eficazes, perfeitamente dentro do conceito americano do *elaborate behaviour* aplicado aos coleópteros, escarabídeos, lamelicórneos. Entraram em ação as patas serrilhadas e o pontão agudo da testa, ambos em coerente função local, rasgando e furando a mucosa bucal do mandarim Fu, surpreendido pela reação em parte sensível e desacostumada. Durou apenas uns dois segundos e Fu abrindo a boca e estirando a língua grossa, mole e visguenta, cuspiu o senhor Ka para longe. Cada um dos personagens retomou seu destino. O senhor Ka perdeu algum tempo enxugando-se da baba do mandarim.

Cavando túneis e enchendo-os de excrementos o senhor Ka e sua família, parentes e aderentes, contribuem visivelmente para a adubação das terras, defendendo a criminosa dispersão do azoto e fósforo.

Não tenho a menor intenção oposicionista em vetar semelhante programa, sábia e classicamente exposto com a única benemerência da família Ka desde que aderiram ao regime vegetariano depois da esperada digestão dos bois, cavalos e cabras. São pontos em que o esterco melhorará o teor orgânico no plano edafológico mas não são em número e extensão concorrentes para uma melhoria real. Muito mais eficientes são as tristes e perseguidas minhocas cuja expansão é muitíssimo maior, incessantemente revolvendo o subsolo numa obstinação terebrante a que nenhum arado de discos ou de garfos concorrerá.

O senhor Ka para mim, com sua respeitável antigüidade clássica de amigo dos deuses Phath, Tanen e Sokari, vivo nos camafeus bonitos, amuleto de fecundidade, é a inutilidade virtuosa.

É um lindo título para juntar-se ao de *khopirron* sagrado.

A RAPOSA E O AVIÃO

Um homem da cidade, perambulando no campo é suspeito. Se levar uma espingarda, explica-se perfeitamente a sua presença. Há sempre compreensão para um argumento belicoso. Troca-se um olhar de cumplicidade e a arma sugere reminiscências de velhas caçadas infrutíferas, que são lembradas como sucessos felizes.

Inútil espingarda! Encosto-a à primeira árvore de sombra e estiro-me na areia fofa e fulva, esperando a intimidade casual dos insetos e das aves. O tufo das manjeriobas bronzeadas esconde-me como um biombo. As formigas negras desfilam em cadência impecável, um a fundo. Duas aranhas tecem armadilhas baixas e sedutoras. Uma cobra verde-suja deslizou e desapareceu. Invisível cigarra espalha sua cantilena atritante e teimosa. Vou adormecendo, embriagado de silêncio, quietação, serenidade.

Bruscamente, surgida do capão de pau-de-ferro que os cipós entrelaçam harmoniosamente, sai uma raposa ouro-cinza, viva, inquieta, ágil, farejadora. Num momento se detém perto de mim. O vento sopra-lhe no focinho escuro e fino, ocultando-lhe meu rastro pela inevitável emanação do cheiro de homem, índice de perigo mortal. Posso vê-la em liberdade, senhora de seus movimentos instintivos, na plenitude da força graciosa, da astúcia milenar, da feiticeira desenvoltura juvenil. O pêlo igual e liso, acamado sem a ondulação de um arrepio, indica ausência de qualquer suspeita. A cauda na espessura normal roça o solo, sinal de tranqüilidade. Camarada raposa não malda a proximidade de um espectador com uma linda carabina de repetição ao alcance do gesto.

Suas orelhas recortam-se, hirtas, sensíveis à captação da mais longínqua denúncia inimiga. Fica imóvel como uma pedra. O focinho desloca-se, vagaroso, num amplo raio verificante, perscrutador, irradiando suspicalidade. As orelhas funcionam como detentores dos ruídos distantes. Ninguém! Se o vento mudar de quadrante serei localizado, pelo meu aroma inconfundível, às suas narinas delicadas. Dará um arranco sacudido, princípio de carreira olímpica, quase sem barulho audível, e desaparecerá como uma sombra, diluída na orla mosqueada da mataria rala. Avança, leve e fácil, fincando as patas na areia tépida, numa indizível elegância vulpina. No céu escampo de nuvens, de incomparável azul, perpassa um surdo, persistente e rouco zumbido que faz vibrar a paisagem silenciosa na tarde lenta de verão. O rítmico ronronar enche de sonoridade estranha o descampado solitário. Durante segundos, a raposa procurou fixar o som nas vizinhanças, virando o focinho para todas as direções, orelhas erguidas e paralelas, a cauda alteada, os olhos faiscantes de curiosidade e medo inicial. Estacou: patas dianteiras retesadas e firmes, vibrantes como alavancas de aceleração, e as traseiras curvas, trêmulas, ansiosas para o salto salvador na solução da escapula.

Na linha do horizonte passava o pássaro de prata, de asas estendidas, haloado pela luz do sol que o incendiava de branco, deixando a trauta inusitada daquele ruído atordoador. Era um avião de carreira, rumando para o aeroporto.

Vejo a raposa imóvel, focinho apontado para cima, olhando o avião sonoro. A bocarra úmida entreabre-se num espanto inconcebível, mandíbula decaída, mostrando a ponta escalarte da língua, a cauda baixa e grossa, os quadris curvados, as orelhas atentas, duras como se armados em latão, seguindo a ave reboante; dois olhos escancarados, luzentes, crescidos de assombro, fitam o mistério presente, ruidoso e alto, acompanhado pelas patrulhas do rumor. Sinto que a curiosidade chumbou-a ao solo quando o corpo palpitante anseia pela libertação veloz. Filha do mato, primitiva, arrebatada, fiel a todos os seus velhos instintos de fome e de sexo, ladra, fugitiva, preadora, covarde, rebelde aos amavios humilhantes da domesticação, incapaz de figurar num circo, aprender um bailado, obedecer a um gesto, livre, faminta e rústica, a raposa olha o avião sereno, semeador de ecos.

Durante dois minutos o animal está estático, inteiramente possuído por aquele centro de interesse de inaudita novidade. A cabeça afunilada acompanha automaticamente a trajetória do avião cintilante. As patas dianteiras mergulham na areia, duras, esticadas como de madeira rija; as traseiras têm um leve e visível frêmito de impaciência e pavor. Como o mirmecólio tinha a frente de leão e o final de formiga, a raposa ostenta a coragem da atenção obstinada por diante e o medo incontido por detrás. Está tremendo mas parada, quieta, subjugada pela visão inesperada da grande ave prateada e canora.

Se a raposa "pensa" por uma sucessão de imagens, não haverá nenhuma anterior par determinar-lhe o processo da comparação assimiladora. É uma imagem nova, virgem e de impossível cotejo no fichário mental das reminiscências raposinas. Qual será a reação íntima e maravilhosa dessa contemplação? Quais as soluções mais ou menos duradouras, subseqüentes ao conhecimento visual da aeronave? Com que a raposa comparará o avião atravessando nuvens com seus motores sonorizantes? Tê-lo-á como uma ave gigantesca, jamais anteriormente vista, feita, como todas as aves deste mundo, de carne, penas e sangue, susceptível de mastigação e deglutição saboreadas? O focinho, seguindo obedientemente o vôo, não seria uma muda perseguição ideal, prevendo e observando o local do pouso da imensa caça voadora?

Creio que a raposa, a dar-se crédito ao seu "romance" onde é personagem clássica, terá muito pouco de sentimentalismo e de visão abstrata das coisas inidôneas para um bom almoço. Admite-se que o sapo cante às estrelas e o veado duele por amor, valentemente, como um canário, uma lagartixa ou um escorpião. Ninguém, sob a cúpula do céu, evoca uma raposa lírica e sim perpetuamente ligada ao programa rendoso de utilitarismo imediato e prático, cientemente cumprido como num *master plan* da United States Information Agency.

Águias já têm morrido enfrentando aviões, atraídas pelo seu estridor e, quem sabe, batendo-se pelo monopólio do domínio aéreo. A raposa, a deduzir-se pelo que dela sabemos, lemos e vemos, terá no avião uma possibilidade mental de refeição inacabável e de sabor nunca degustado.

Talvez deduza que o ronco do motores é um resfolegar de agonia, de próximo declínio fatal. E quando o aparelho desapareceu pensaria na felicidade das outras raposas porventura vigilantes nas proximidades do pouso. A imensa presa iria para outras gargantas, outros estômagos mais afortunados.

Aqui onde estou dista dois quilômetros das casas que rodeiam a vila vizinha. A raposa será familiar freqüentadora dos galinheiros providos para a festa do Natal. Já viu automóvel, certamente. Ouviu os clamores dos rádios domésticos e deve ter encontrado semelhança entre a sua e a voz de certas glórias cantantes nos microfones submissos.

Está a poucos metros de mim, olhando o avião que se tornou pequenino. O focinho continua no mesmo nível anterior, patas dianteiras firmes, as traseiras trêmulas, recurvadas, os olhos ansiosos, tontos, abismados na sedução irresistível que se desfaz na altura da tarde.

Guardará o segredo deste conhecimento de imagem nova ou comunicá-la-á às companheiras no fortuito convívio dos comandos predatórios da madrugada?

Minha impressão é bem diversa, meus senhores. Parece-me que a raposa hipnotizada está fazendo um esforço milagroso para compreender. Toda ela é tensão, nervos polarizados na direção única de encontrar um processo dedutivo de assimilação, uma assimilação que leve a imagem para o fichário das imagens anteriores, vulpinas e úteis. Que íntimas reações permanecerão na memória deste *Canis vulpis* depois de haver contemplado a retumbante ave platinada? No meio de toda numerosa fauna, onde conta vítimas e perseguidores implacáveis, como deverá incluir a existência do possante pássaro roncador voando sem bater asas brilhantes?

Agora o avião não é mais avistado. O rumor morreu no ar. A raposa volta à última forma. O focinho vira para o chão, areia, gravetos, rastros de animais, folhas secas, banais. Apruma-se e trota, airosa, para frente, sem mais olhar o céu pálido do entardecer onde passara a grande ave de prata.

Com as pernas formigando de cãibras ergo-me, apanho a espingarda incólume e caminho, trôpego. Na vereda, fundos, estão os quatro orifícios do rastro da raposa, denúncia de sua atenção inquieta, de sua curiosidade sôfrega, de sua expectativa despremiada.

Pode ser que, na meia-noite, ao esgueirar-se para o assalto às galinhas dorminhocas, passe, rápida e sonora, a visão fulgurante daquele pássaro estranho e branco, tão grande, bem maior que dois carros de bois, rugindo dez vezes mais, fazendo-a deter-se e olhar para o alto, para onde raramente as raposas olham.

Namoro de pombos

Com o olhar aumentado pelo meu Bausch & Lomb, acompanho, desde a janela de 18º andar, um interminável namoro de pombos.

A fêmea é branca, graciosa, leve, em inquietação permanente e movimento contínuo. O macho é manchado de cinza sobre um fundo claro, retrizes escuras e as rêmiges cendradas com matiz mais intenso e decorativo.

Depois do almoço fico assistindo àquele processo inacabável de assistência amorosa. Todos os dias, horas e horas, vejo as várias técnicas sedutoras que não me parecem alcançar solução prática ou visível, digna de menção. Canso-me e vou tratar de outras coisas. Acidentalmente, voltando ao apartamento e olhando a janela, revejo o casal na perseguição obstinada e afetuosa que desanimaria qualquer enamorado da espécie humana.

Creio que esta conquista paciente e de repetição sem fim é mais uma excitação que forma de fixação da fêmea no campo da simpatia. Não há competidor nas cercanias, nem a reqüestada distância do contato seu corpinho airoso e fugitivo, intermitentemente arredio aos afagos do amorudo pombo. Deduzo que todo esse cortejo de evitações e oferecimentos, em que se afaste demasiado do raio da insistência do companheiro, manterá em estado de ebulição crescente seu desejo sexual que necessitará deste longo estado de provocação e incitamento para que os hormônios preparem a fase decisiva do ato fecundante. E para a companheira esses preparativos darão receptibilidade de alto rendimento.

É preciso tenacidade para este namoro infindável.

A fêmea fica no bordo do muro, paradinha, fazendo que nada vê. O pombo voa do caixote-pombal e pousa junto à sua amada. Fica quieto um momento. A fêmea inicia um passeio de passos miudinhos e é seguida de perto. Um minuto depois a fêmea voa para o caixote-pombal ou rebordo da janela próxima. O macho pensa uns instantes se deve ou não insistir, mas sempre a continuidade é a regra. Voa também para junto da amada, que repete a manobra anterior, terminada em vôo e acompanhamento fatal do apaixonado. E assim horas e horas... Aquele plano de perseguição circular, no mesmo âmbito e com atitudes repetidas, daria título lógico de *convite à fuga* num compasso *ad libitum*.

A fêmea tem ocasião de "dar o fora" mais de mil vezes no seu enamorado, e este, de insistir na fidelidade seguidora, tudo no espaço de algumas horas. Durante o dia seguinte a cena se repete, monotoníssima para nós e encantadora para os participantes.

O casal é de vida doméstica e recatada. Não voa buscando alimentos fora do recinto familiar. Em cima do caixote-pombal enxergo a mancha dos alimentos acumulados, esperando a fome da parelha. Não há grandes vôos e descidas rumorosas, catando invisíveis e presentes cibos na areia ou calçadas urbanas. Enquadrado pelos arranha-céus o casal comparta-se num ritmo de adaptação resignada ao ambiente do seu destino ecológico. Ao crepúsculo, quando a tarde esfria, vejo-os ensaiar um vôo mais ousado e amplo, roçando os telhados vizinhos e findando no muro, aeródromo das suas façanhas aladas.

Não sei por que se afirma o dogma do amor ardente dos pombos e sua impaciência sexual. Como todos seus arrulhos e voejos aperitivais demonstram positivamente a necessidade de uma excitação prolongada e prévia, tanto mais extensa quanto significativa da lentidão com que o sexo desperta. Nem a proximidade da companheira consegue diminuir o inevitável ciclo das andanças e vôos, horas e horas, indispensável à junção conubial. A companheira precisará fugir e fugir, sem distanciar-se para uma área desanimadora e decepcionante, como elemento não apenas de captação fixadora como de preparação fisiológica do tipo masculino. O pombo, como certos *playboys* que precisam de uma longa antecipação preparatória de canto, dança, olhar e contato, música, álcool e movimento da gaiola dourada de um *Night Club,* tem como fatalmente obrigatória a fase do cortejo sedutor, da provocação contínua, da perseguição próxima, horas e horas, avivando as brasas da ardência fecundadora.

Parece que as afirmativas clássicas dos amores fulminantes, independentes de preâmbulos de conquista, merecem revisão tranqüila. Os modelos deste ímpeto sexual, imediato e bruto, nunca dispensaram a corte teimosa ao elemento feminino. Bodes, macacos, cães seguem cativamente as namoradas com notórias mostras de predileção e esperança de aceitação. Só o homem conhece o pecado da violação bárbara, da posse cruel e sem o consentimento da fêmea subjugada. Mesmo os gigantescos gorilas são tão amorosos que esperam o gesto de consentimento da possante companheira inda que seja de companhia habitual e certa.

"Lúbrico como o macaco" diz o ditado feito parcialmente. São dignas de vista as gatimonhas, trejeitos e reviravoltas do macaco ao derredor da predileta cobiçada. Só se vendo... O cortejo obstinado de cães atrás da cadela, as batalhas pela posse, a defesa do "objeto amado", o estágio até que "ela" faça "o gesto que consente", rua acima e rua abaixo, sob pedradas dos moleques de todas as cores, chuva, sol, desdéns e dentadas, é merecedor de registro encomiástico. A série apaixonada dos bufos do bode percorre escala dodecaédrica, variando de acentos e timbres, na persistência do apelo sexual. Não apenas os bufos terão intencionalidade melódica, mas os saltos mimosos e repetidos, as atitudes erguidas com as patas dianteiras juntas, em súplica ou ostentação estética, merecem destaque e relevo como significações requerentes de feliz amor. Tantas amostras de protocolo amoroso têm sido negadas e o bufador bailarino reduzido a ser expressão típica de estuprador bestial.

DEPOIMENTO

> *Now that this book is printed, and about to be given to the world, a sense of its short comings, both in style and contents, weighs very heavily.*
>
> H. Rider Haggard: *King Solomons's Mines*

*P*ara muito leitor parecerá estranha esta atividade inesperada num velho professor provinciano, convertido à sedução da História Natural e aos encantos divulgativos de leituras recentes. Canto de Muro, *entretanto*, é um livro de poucos meses, vivido em muito mais de quarenta anos.

Muito antes de 1918, segundanista de Medicina, no Rio de Janeiro, andava eu colecionado insetos, criando escorpiões (chamados no Nordeste "lacraus"), aranhas caranguejeiras e formigas saúvas, na grande chácara que meu pai possuía no bairro do Tirol, na cidade do Natal. Ali moraram Sofia, na mangueira escura e copada, o sapo Fu, pássaros agora fixados, o senhor Ka, no estábulo, e, nas gaiolas, a coruja Maroca e o Xexéu imitador. Ali ocorreu a nuvem de borboletas, creio que nos finais de 1919, tido como presságio de grande seca. O bacurau-mede-léguas vivia próximo, e no quintal ondulavam a jararaca e a cobrinha-de-coral. No quarto da lenha penduravam-se os morcegos. No tabuleiro derredor, o povo da rainha Ata. No canto de muro, perto do tanque, morada de Dica, estavam as telhas com as baratas, e no alpendre velho, onde apodrecia o carro, dormiam os filhos de Musi. Gô corria por este mundo, e o seu caso fatal, deixando o rabo numa ratoeira e a cabeça noutra, sucedeu numa mercearia do meu primo, Bonifácio Dario, onde está o Edifício Natal, na Praça Augusto Severo. Os dois urubus, um morto e outro atropelado pelo automóvel, foram vítimas do veículo em que viajavam meu pai e o Coronel Manuel Maurício Freire, na reta da Tabajara, caminho para a cidade da Santa Cruz.

Minha curiosidade fez muitas vítimas para a lupa e o microscópio, com corantes e fixadores inauditos. Os cadernos se foram enchendo de notas mas nunca delas me aproveitei. Quase todos os episódios ocorreram na saudosa Vila Cascudo, paraíso perdido em 1932. A pesquisa sobre morcegos, frutívoros ou hematófagos, é da praça Sete de Setembro, assim como o estudo no estômago do senhor Ka. O caso da raposa e o avião passou-se entre a Fazenda Taborda e a Vila de Parnamirim, em 1943. O namoro dos pombos foi observado duma janela do apartamento do meu filho, no Recife, julho de 1957. À batalha da jararaca com a acauã assistiu meu pai nos arredores do Acari. O grilo, as lavadeiras, o bem-te-vi, o caminho novo das saúvas são fatos de minha atual residência, na Avenida Junqueira Aires. Os xexéus e as tapiucabas foram vistos no Engenho Mangabeira, do Coronel Filipe Ferreira, em Arez. O duelo e o bailado de Titius foram presenciados no Tirol, assim como a briga das caranguejeiras.

Verificações posteriores foram feitas com aparelhagem emprestada pelo Dr. Onofre Lopes, então diretor da Faculdade de Medicina, e colaboração do Dr. Grácio Barbalho, professor de Bioquímica.

Nunca deixei de interessar-me pelo assunto, lendo o possível e tomando notas desinteressadas. Os caderninhos do Tirol estavam esquecidos e eu mesmo perdi o que tratava das lesmas, minhocas, e de um grande gafanhoto de jurema. Ainda possuo as observações pessoais sobre a pesca do voador e a caça das ribaçãs, parcialmente aproveitadas no trabalho que *presentemente me ocupa,* da etnografia geral, *pesquisas e notas do curso na Faculdade de Filosofia do Natal.*

Em fins de dezembro de 1956, meu filho adoeceu gravemente no Recife. Dáhlia e Anna Maria, mulher e filha, foram para junto dele. Fiquei sozinho e desesperado de angústia. Inexplicavelmente, pensei nos meus bichos de outrora e no convívio inesquecido da longínqua chácara do Tirol. Escrevi o primeiro capítulo. José Pires de Oliveira, então gerente do Banco do Estado de São Paulo, tomou-se de amores, contagiando-me o entusiasmo e prestando-se a repetir experiências. Na ansiedade em que vivia, o esforço foi uma derivação sublimadora e o livro nasceu com violência. Revi o material, atualizando documentação e verificações. Num clima de inquietação e susto Canto de Muro *se ergueu, página a página.*

Fernando Luís veio convalescer no Natal. O livro estava pronto e nele não passa uma figura humana, um problema, a sombra do Homo sapiens. *Não pensava publicá-lo, e se o fizesse seria sob pseudônimo. Os meus amigos José Olympio e Daniel Pereira aceitaram, generosamente, todas as con-*

dições, livro com nome suposto, sigilo, animando-me. Mas minha mulher, filhos, o Bambi (José Pires de Oliveira) e, por fim, Daniel Pereira, teimavam gentilmente em que eu assinasse o livro. Acabaram vencendo.

Nenhum outro possui, como este, a tonalidade emocional. Por isso, relativamente aos já publicados, no es que fuera mejor ni peor – es otra cosa!

377, Av. Junqueira Aires, Natal

Luís da Câmara Cascudo

BIOGRAFIA

Luís da Câmara Cascudo nasceu em Natal. Estudou no Atheneu Norte Riograndense, cursou Medicina na Bahia e no Rio de Janeiro, fazendo até o quarto ano. Desistiu de ser médico, por falta de vocação, e foi estudar Direito no Recife, onde se formou em 1928.

Apaixonou-se por uma menina de 16 anos, com delicadeza e nome de flor, Dáhlia Freire. Casaram-se em 1929 e tiveram dois filhos: Fernando Luís e Anna Maria. Durante os 57 anos em que estiveram casados, Dáhlia foi para Luís muito mais do que uma esposa, tornando-se o seu esteio emocional, dando-lhe o equilíbrio e a serenidade que ele precisava para escrever mais de 150 livros, durante toda a sua vida. Luís, como ela o chamava, nunca se preocupou com o lado prático das vida, tudo era "Dáhlia que resolvia".

Em 1918 iniciou-se como jornalista, no jornal *A Imprensa*, de propriedade de seu pai. Colaborou em todos os jornais de Natal e em vários do país, mantendo seções diárias inesquecíveis, como "Bric-a-Brac", naquele jornal, e "Acta Diurna" em *A República*. Essas seções foram os germes de quase todos os seus livros, de sua obra de historiador, folclorista e antropólogo de romance internacional. Foi também etnógrafo, sociólogo, ensaísta, tradutor-comentador, memorialista e cronista.

Seu primeiro trabalho foi *Versos reunidos*, em 1920, antologia poética de Lourival Açucena, com introdução e notas de sua autoria. No ano seguinte, com 23 anos de idade, publicou um livro inteiramente seu, *Alma patrícia*, crítica literária em torno dos poetas potiguares desconhecidos do resto do Brasil conquistando um lugar na galeria dos escritores precoces. Sua consagração como escritor, entretanto, ocorreu a partir de 1938-1939 e, sobretudo, ao longo da década de 1940.

Entre os mais de 150 livros, plaquetes e ensaios de Câmara Cascudo, destacam-se: *Dicionário do folclore brasileiro, Literatura oral no Brasil,*

História da cidade do Natal, Vaqueiros e cantadores, Canto de muro, O tempo e eu, Rede de dormir, Jangada, Viajando o sertão, Antologia do folclore brasileiro, História dos nossos gestos, Antologia da Alimentação no Brasil, Civilização e cultura, Intencionalidade no descobrimento do Brasil, Religião no povo, Lendas brasileiras, Geografia dos mitos brasileiros, Geografia do Brasil holandês, Superstições e costumes, Dante Alighieri e a Tradição Popular no Brasil etc.

Durante toda a sua vida, e permeando toda a sua obra, foi fiel a sua terra e a sua gente, estudando e escrevendo sobre o que acreditava e o que achava importante. Para ele, "alguém deveria ficar estudando o material economicamente inútil, poder informar dos fatos distantes na hora sugestiva da necessidade. Fiquei com essa missão. Andei e li o possível no espaço e no tempo". Nos seus 87 anos de vida, tornou-se um dos maiores "descobridores do Brasil", enaltecendo sempre a nossa cultura e os nossos costumes. Graças a ele, movimentos de valorização do regional e aspectos da nossa verdadeira brasilidade são hoje enaltecidos e ressaltados. Cascudo "encantou-se", como ele se referia à morte, aos 87 anos, em 30 de julho de 1986, em Natal.

Bibliografia de Luís da Câmara Cascudo*

1. *Alma Patrícia*. Natal, 1921.
2. *Histórias que o tempo leva...* São Paulo, 1924.
3. *Joio*. Natal, 1924.
4. *López do Paraguai*. Natal, 1927.
5. *O Conde D'Eu*. São Paulo, 1933.
6. *Viajando o sertão*. Natal, 1934.
7. *O mais antigo marco colonial do Brasil*, 1934.
8. *Intencionalidade no descobrimento do Brasil*. Natal, 1935.
9. *O homem americano e seus temas*. Natal, 1935.
10. *Em memória de Stradelli*. Manaus, 1936.
11. *Uma interpretação da Couvade*. São Paulo, 1936.
12. *Conversas sobre a hipoteca*. São Paulo, 1936.
13. *Os índios conheciam a propriedade privada*. São Paulo, 1936.
14. *O brasão holandês do Rio Grande do Norte*, 1936.
15. *Notas para a história do Atheneu*. Natal, 1937.
16. *O Marquês de Olinda e o seu tempo*. São Paulo, 1938.
17. *O Doutor Barata*. Bahia, 1938.
18. *Peixes no idioma tupi*. Rio de Janeiro, 1938.
19. *Vaqueiros e cantadores*. Porto Alegre, 1939.
20. *Governo do Rio Grande do Norte*. Natal, 1939.
21. *Informação de história e etnografia*. Recife, 1940.
22. *O nome "Potiguar"*. Natal, 1940.
23. *O povo do Rio Grande do Norte*. Natal, 1940.
24. *As lendas de Estremoz*. Natal, 1940.
25. *Fanáticos da Serra de João do Vale*. Natal, 1941.
26. *O presidente parrudo*. Natal, 1941.
27. *Seis mitos gaúchos*. Porto Alegre, 1942.

28. *Sociedade brasileira de folclore*, 1942.
29. *Lições etnográficas das "Cartas Chilenas"*. São Paulo, 1943.
30. *Antologia do folclore brasileiro*. São Paulo, 1944.
31. *Os melhores contos populares de Portugal*. Rio de Janeiro, 1944.
32. *Lendas brasileiras*. Rio de Janeiro, 1945.
33. *Contos tradicionais do Brasil*. Rio de Janeiro, 1946.
34. *História da Cidade do Natal*. Natal, 1947.
35. *Geografia dos mitos brasileiros*. Rio de Janeiro, 1947.
36. *Simultaneidade de ciclos temáticos afro-brasileiros*. Porto, 1948.
37. *Tricentenário de Guararapes*. Recife, 1949.
38. *Gorgoncion – Estudo sobre amuletos*. Madrid, 1949.
39. *Consultando São João*. Natal, 1949.
40. *Ermete Mell'Acaia e la consulta degli oracoli*. Nápoles, 1949.
41. *Os holandeses no Rio Grande do Norte*. Natal, 1949.
42. *Geografia do Brasil holandês*. Rio de Janeiro, 1949.
43. *O folclore nos autos camponeanos*. Natal, 1950.
44. *Custódias com campainhas*. Porto, 1951.
45. *Conversa sobre Direito Internacional Público*. Natal, 1951.
46. *Os velhos estremezes circenses*. Porto, 1951.
47. *Atirei um limão verde*. Porto, 1951.
48. *Meleagro – Pesquisa sobre a magia branca no Brasil*. Rio de Janeiro, 1951.
49. *Anubis e outros ensaios*. Rio de Janeiro, 1951.
50. *Com D. Quixote no folclore brasileiro*. Rio de Janeiro, 1952.
51. *A mais antiga Igreja do Seridó*. Natal, 1952.
52. *O fogo de 40*. Natal, 1952.
53. *O poldrinho sertanejo e os filhos do Visir do Egipto*. Natal, 1952.
54. *Tradición de un cuento brasileño*. Caracas, 1952.
55. *Literatura oral*. Rio de Janeiro, 1952. (2ª edição 1978 com o título *Literatura oral no Brasil*)
56. *História da Imperatriz Porcina*. Lisboa, 1952.
57. *Em Sergipe D'El Rey*. Aracaju, 1953.
58. *Cinco livros do povo*. Rio de Janeiro, 1953.
59. *A origem da vaquejada do Nordeste brasileiro*. Porto, 1953.
60. *Alguns jogos infantis no Brasil*. Porto, 1953.

61. *Casa dos surdos.* Madrid, 1953.
62. *Contos de encantamento,* 1954.
63. *Contos exemplares,* 1954.
64. *No tempo em que os bichos falavam,* 1954.
65. *Dicionário do folclore brasileiro.* Rio de Janeiro, 1954.
66. *História de um homem.* Natal, 1954.
67. *Antologia de Pedro Velho.* Natal, 1954.
68. *Comendo formigas.* Rio de Janeiro, 1954.
69. *Os velhos caminhos do Nordeste.* Natal, 1954.
70. *Cinco temas do heptameron na literatura oral.* Porto, 1954.
71. *Pereira da Costa, folclorista.* Recife, 1954.
72. *Lembrando segundo Wanderley.* Natal, 1955.
73. *Notas sobre a Paróquia de Nova Cruz.* Natal, 1955.
74. *Leges et consuetudines nos costumes nordestinos.* La Habana, 1955.
75. *Paróquias do Rio Grande do Norte.* Natal, 1955.
76. *História do Rio Grande do Norte.* Rio de Janeiro, 1955.
77. *Notas e documentos para a história de Mossoró.* Natal, 1955.
78. *História do Município de Sant'Ana do Matos.* Natal, 1955.
79. *Trinta estórias brasileiras.* Porto, 1955.
80. *Função dos arquivos.* Recife, 1956.
81. *Vida de Pedro Velho.* Natal, 1956.
82. *Comadre e compadre.* Porto, 1956.
83. *Tradições populares da pecuária nordestina.* Rio de Janeiro, 1956.
84. *Jangada.* Rio de Janeiro, 1957.
85. *Jangadeiros.* Rio de Janeiro, 1957.
86. *Superstições e costumes.* Rio de Janeiro, 1958.
87. *Universidade e civilização.* Natal, 1959.
88. *Canto de muro.* Rio de Janeiro, 1959.
89. *Rede de dormir.* Rio de Janeiro, 1959.
90. *A família do padre Miguelinho.* Natal, 1960.
91. *A noiva de Arraiolos.* Madrid, 1960.
92. *Temas do Mireio no folclore de Portugal e Brasil.* Lisboa, 1960.
93. *Conceito sociológico do vizinho.* Porto, 1960.
94. *Breve notícia do Palácio da Esperança,* 1961.

95. *Ateneu norte-rio-grandense*, 1961.
96. *Etnografia e Direito*. Natal, 1961.
97. *Vida breve de Auta de Sousa*. Recife, 1961.
98. *Grande fabulário de Portugal e Brasil*. Lisboa, 1961.
99. *Dante Alighieri e a tradição popular no Brasil*. Porto Alegre, 1963.
100. *Cozinha africana no Brasil*. Luanda, 1964.
101. *Motivos da literatura oral da França no Brasil*. Recife, 1964.
102. *Made in África*. Rio de Janeiro, 1965.
103. *Dois ensaios de história* (A intencionalidade do descobrimento do Brasil. O mais antigo marco de posse). Natal, 1965.
104. *Nosso amigo Castriciano*. Recife, 1965.
105. *História da República no Rio Grande do Norte*, 1965.
106. *Prelúdio e fuga*. Natal.
107. *Voz de Nessus* (Inicial de um Dicionário Brasileiro de Superstições). Paraíba, 1966.
108. *A vaquejada nordestina e sua origem*. Recife, 1966.
109. *Flor de romances trágicos*. Rio de Janeiro, 1966.
110. *Mouros, franceses e judeus* (Três presenças no Brasil). Rio de Janeiro, 1967.
111. *Jerônimo Rosado (1861-1930)*: Uma ação brasileira na província, 1967.
112. *Folclore no Brasil*. Natal, 1967.
113. *História da alimentação no Brasil* (Pesquisas e notas) – 2 vols. São Paulo, 1967 e 1968.
114. *Nomes da Terra* (História, Geografia e Toponímia do Rio Grande do Norte). Natal, 1968.
115. *O tempo e eu* (Confidências e proposições). Natal, 1968.
116. *Prelúdio da cachaça* (Etnografia, História e Sociologia da Aguardente do Brasil). Rio de Janeiro, 1968.
117. *Coisas que o povo diz*. Rio de Janeiro, 1968.
118. *Gente viva*. Recife, 1970.
119. *Locuções tradicionais no Brasil*. Recife, 1970.
120. *Sociologia do açúcar* (Pesquisa e dedução). Rio de Janeiro, 1971.
121. *Tradição, ciência do povo* (Pesquisa na Cultura popular do Brasil). São Paulo, 1971.
122. *Civilização e cultura*. Rio de Janeiro, 1972.

123. *Seleta* (Organização, estudos e notas do Professor Américo de Oliveira Costa). Rio de Janeiro, 1973.
124. *História dos nossos gestos* (Uma pesquisa mímica no Brasil). São Paulo, 1976.
125. *O príncipe Maximiliano no Brasil.* Rio de Janeiro, 1977..
126. *Mouros e judeus na tradição popular do Brasil.* Recife, 1978.
127. *Superstição no Brasil.* Belo Horizonte, 1985.

---

* Esta bibliografia foi elaborada tendo por base a monumental obra da escritora Zila Mamede: *Luís da Câmara Cascudo:* 50 anos de vida intelectual – 1918-1968 – Bibliografia Anotada. Natal, 1970. A data é somente da 1ª edição (Nota da Editora).

Obras de Luís da Câmara Cascudo
Publicadas pela Global Editora

Contos tradicionais do Brasil
Mouros, franceses e judeus
Made in Africa
Superstição no Brasil
Antologia do folclore brasileiro — v. 1
Antologia do folclore brasileiro — v. 2
Dicionário do folclore brasileiro
Lendas brasileiras
Geografia dos mitos brasileiros
Jangada
Rede de dormir
História da alimentação no Brasil
História dos nossos gestos
Locuções tradicionais no Brasil
Civilização e cultura
Vaqueiros e cantadores
Literatura oral
Prelúdio da cachaça
Canto de muro
*Coisas que o povo diz**
*Antologia das religiões no Brasil**
*Religião no povo**
*Viajando o sertão**

* Prelo

Obras Infantis

Contos de Encantamento

A princesa de Bambuluá
Couro de piolho
Maria Gomes
O marido da Mãe D'Água – A princesa e o gigante
O papagaio real

Contos Populares Divertidos

Facécias